La Servante

DU MÊME AUTEUR

La Vallée des illusions, 2003, éditions De Borée, coédité avec France Bleu.

L'Enfant de la rivière, 2002, éditions De Borée, coédité avec France Bleu.

en collaboration avec France Bleu
Diffusion : De Borée
53, rue Fernand-Forest - Z.A. de l'Artière - 63540 Romagnat
Achevé d'imprimer en France en février 2004
Dépôt légal février 2004
ISBN 2-84494-097-8

Louis-Olivier Vitté

La Servante

De Borée

I

René

LE SOLEIL était à peine voilé par quelques nuages fins qui rosissaient au loin, à l'horizon. René allait d'un pas lent sur le petit sentier qui suivait les courbes du paysage. Ici, la végétation était déjà plus basse, moins luxuriante que dans la vallée dont on devinait les ombres au loin. Les châtaigniers semblaient plus fins, les chênes plus soucieux de se protéger du vent et du froid que de jeter haut leurs branches vers le ciel, en une confrontation permanente avec les autres arbres de la forêt. Les sous-bois étaient ici plus lumineux qu'ailleurs. Le petit chemin serpentait entre prés et bois. René, en tendant l'oreille, percevait parfois derrière le raclement de ses sabots sur les cailloux, le bruit d'une cloche que faisait tinter quelque vache en train de paître alentour.

L'homme était grand et bâti solidement. C'était un de ces paysans sans instruction, mais qui avait appris presque seul à lire et à écrire. Il avait eu la chance de croiser un jour sur sa route un vieux soldat qui, à l'entendre, avait fait toutes les guerres. Il en parlait sans arrêt. Ses récits pouvaient durer des heures. Et personne n'osait l'interrompre. Nul ne savait s'il y avait là dedans un traître mot de vrai, mais tous se laissaient bercer par les mots riches en coups de canon, en assauts, en misères, en morts et en boue des charniers.

Seul, à l'époque, un enfant y croyait dur comme fer et ce jeune garçon c'était lui, René. Une solide amitié était née entre le vieux soldat érudit et l'enfant. Le vieil homme avait alors décidé d'écrire ses mémoires. Et pour écrire, c'est bien connu, il vous faut un secrétaire. Il avait donc entrepris d'apprendre à écrire et à lire au jeune garçon. Le livre n'avait jamais dépassé la première phrase. Le vieux soldat la voulait épique, belle, poétique, et de nature à enflammer le lecteur. Si bien que René avait passé des heures avec son vieil ami à écrire et à réécrire les premiers mots d'un impossible livre, qui n'existait désormais plus que dans sa tête, aujourd'hui que le vieux soldat n'était plus là.

En ce début d'automne, l'air avait un parfum sucré. La lumière basse laissait deviner au loin les formes du massif du Sancy. René aimait ce paysage exceptionnel. D'un regard, il embrassait tout un pays, le sien. Il n'était jamais allé plus loin que les récits du vieux soldat. Il avait tiré un mauvais numéro pour la conscription et n'était pas parti, lui qui en avait toujours rêvé. Mais un jour il irait là-bas, tout au bout du paysage, voir d'un peu plus près ces monts que l'on disait si hauts qu'il fallait plus d'une journée pour les gravir.

Le petit chemin descendait à présent entre deux talus ras où la roche noire perçait la mince couche d'herbe. Il quitta le bruit du vent et prêta l'oreille au chant d'une source toute proche.

Il savait qu'au détour du talus il serait chez Julien Caze, son ami. Julien habitait là, à l'écart de tout, une petite maison de pierres grises et rugueuses. Taillées en gros blocs rectangulaires, elles donnaient à l'ensemble une impression de solidité à l'épreuve du temps, du froid, et du vent, souvent violent ici l'hiver.

Le toit de pierres plates achevait de donner cette impression d'invulnérabilité à l'ensemble.

Devant chez Julien, de l'autre côté du chemin qui passait le long de sa porte, coulait une petite source qu'on entendait, l'été, bouillonner sous la terre du pré d'où elle sourdait. Elle sortait en un jet toujours régulier, et une petite mare carrée et maçonnée avait été aménagée pour en recueillir l'eau. René aimait ce coin de campagne. Il marqua un temps d'arrêt en débouchant au coin du petit talus à l'herbe rase pour admirer, tout à son aise, le tableau qui s'offrait à lui.

Le soleil faisait briller la mare comme un miroir. La source captait par moments les rayons de lumière dans son jet désordonné.

Devant le perron, poules et canards semblaient aller et venir sans but précis. La porte de la maison était ouverte sur un intérieur dont on ne devinait rien, tant il était sombre.

René, lui, aurait pu s'y mouvoir les yeux bandés. Il connaissait bien la grande pièce commune. En entrant, à droite, un grand coffre de bois noirci par les ans et la fumée de la cheminée. En face, une longue table de chêne, creusée de bols à même le bois.

Au fond à gauche, la cheminée dans laquelle trois ou quatre personnes pouvaient tenir assises, tassées sur de petits bancs de bois.

À droite, un lit tout bancal, à la paillasse dure et usée. C'était là l'univers de Julien et Antonine.

Julien et Antonine avaient eu trois enfants. Un garçon et deux filles. La plus jeune venait d'avoir ses treize ans. Elle était en âge de partir servir chez d'autres, comme c'était souvent l'usage pour les cadets des familles pauvres.

En entendant le bruit de pas sur le chemin, Antonine s'était levée de la table où elle écossait quelques derniers haricots.

« Ho ! René, achève donc d'entrer. »

Campée sur le pas de sa porte, elle regardait approcher l'homme en s'essuyant les mains au pendant de son tablier noir.

« Bonjour Nine, dis-moi, où as-tu mis le chien, je ne l'ai pas entendu en venant ?

— Figure-toi que ce fils de garce est parti depuis bientôt trois jours, sans doute à courir après quelque chienne en chasse. »

René partit alors d'un grand rire sonore.

« Et le Julien, il est pas parti courir aussi, des fois, lui ?

— Si c'est pour dire des âneries que tu t'es avancé jusque-là, alors tu peux retourner ! »

Et dans un sourire Antonine s'avança légèrement pour laisser passer René.

« Je ne rentre pas, la Nine. »

Il s'était arrêté devant la femme et la regardait dans les yeux.

« Figure-toi que je viens pour de l'ouvrage.

— Pour de l'ouvrage ? Tu as donc besoin de sous ?

— Que non, Antonine, je viens pour de l'ouvrage, pour ta cadette.

— Pour Quiterie ?

— Oui pour Quiterie. Elle est en âge de partir, non ? Tu te souviens que tu m'avais demandé de te prévenir si d'aventure quelque place venait à se libérer. »

Antonine ne disait rien. Elle savait depuis longtemps que la petite devrait partir un jour, mais si vite ! Déjà !

René, qui lut le trouble sur le visage de la Nine, lui posa amicalement la main sur l'épaule.

« Allez va, ne t'inquiète pas, elle ne part pas loin, rassure-toi !

— Comment ça pas loin ? Tu vas me dire que tu sais une place pour elle ?

— Et pourquoi donc crois-tu que je suis venu aujourd'hui jusque-là ?

— Et Julien qui n'est pas là !

— Veux-tu l'attendre ?

— Oui, c'est mieux comme ça. »

Antonine avait repris son allure habituelle.

C'était une belle femme. Les grossesses ne l'avaient pas abîmée comme tant d'autres de ses amies.

Les yeux noirs, le cheveu clair, et une peau légèrement halée, en faisaient une des plus belles femmes des environs.

Julien et elle avaient fait un mariage d'amour. Et depuis toutes ces années, le couple vivait une vie dure, ils avaient souvent faim, froid, manquaient toujours de deux sous pour faire un franc, mais ils vivaient heureux. Heureux d'être là, ensemble, tout simplement.

« Va Antonine, je vais te donner la main à ton ouvrage, si tu le veux. Qu'est ce que tu faisais donc, à cette heure.

— Les derniers haricots du jardin. Il y en a un peu. Alors en attendant je commencerai de m'avancer.

— Et le Julien, tu ne m'as toujours pas dit où il était parti ? »

Tout en parlant René avait franchi le seuil de la porte. Antonine avait saisi un verre culotté de rouge et, un pas en arrière de l'homme qui s'était assis devant la table, elle le servait d'une large rasade de vin rouge. Un vin qui venait tout droit des coteaux ensoleillés de la vallée toute proche.

«Le Julien, figure-toi qu'il est allé prêter la main pour faire vêler une vache. C'est le fils d'Adrien qui est venu le chercher en courant, ce matin.

— Et depuis ce matin il est là-bas ?

— Oui, sans doute que c'est plus long que prévu.

— Sans doute oui ! »

Et dans un sourire, René leva son verre en regardant la Nine qui était toujours debout derrière lui.

«À tes amours, ma belle.

—Ho ! René, parle donc pas ainsi ! Si on t'entendait ? »

Antonine avait fait le tour de la table, s'était à son tour assise, et, saisissant une poignée de haricots, elle la déposa fermement devant l'homme qui venait de reposer son verre.

«Dis donc, tu as toujours une bonne descente à ce que je vois !

—Faut pas se laisser aller, tu sais, ma bonne Nine ! »

Et René sans plus rien dire posa sa grosse main sur le tas de légumes pour le ramener à lui.

Le silence se fit, troublé par instant par le caquètement d'une poule ou un coup de vent soudain, qui faisait chanter le marronnier planté à côté de la maison.

Combien de temps passa ainsi ? Elle silencieuse, plongée dans ses pensées, lui tranquillement installé, heureux de ce moment de calme et d'intimité avec son amie ?

Ni l'un ni l'autre n'aurait pu le dire. Soudain, comme sortant de sa rêverie, Antonine demanda :

« Et c'est pour où que tu voudrais nous emmener Quiterie ?

— Pour où ? Mais tu te doutes bien que ce n'est pas pour te l'emmener traîner Dieu sait où, chez des gens de peu. Ta fille, je lui ai une bonne place, figure-toi ! La meilleure du canton ! »

Antonine, sans s'arrêter, répondit :

« La meilleure du canton, ce n'est pas possible, la meilleure ici, c'est Pradines de Cosnac au Peuch. Et d'ici qu'il veuille d'une petite de rien, comme notre fille, il y a loin. »

René avait relevé la tête. Un rayon de soleil pénétrait dans la pièce en éclairant une partie du visage de la Nine. Une mèche s'était échappée de sa coiffure, et lui balayait le front. La lumière allumait un reflet dans ses yeux noirs. René la regarda un instant sans rien dire, puis voyant la gêne s'installer, il se hâta de répondre.

« Et si c'était bien là que je lui connaissais une place, moi, à ta petite ?

— Chez ces gens-là ? Ils voudraient de ma fille ?

— Hé ! Oui, figure-toi, c'est Léa elle-même qui est venue me trouver hier matin pour me demander si je connaissais pas quelqu'un. »

Léa Pradines de Cosnac était une femme du pays. Elle avait épousé par convenance un de ses cousins. Elle était riche, lui ne l'était plus, mais possédait un nom. Les deux familles avaient donc conclu un mariage où la jeune femme apportait sa fortune et le jeune homme son nom.

Les années avaient fini par souder ce couple étrange. Ils avaient même eu un fils, Thibault. Louis-Adrien, son père, était plus passionné par ses livres de comptes et sa charge de juge à Tulle que par les petits tracas quotidiens. C'était un homme dur avec ses fermiers, mais qui savait s'en faire, sinon aimer, du moins respecter. Il mettait un point d'honneur à ce qu'aucun d'entre eux ne manquât de rien, dans la limite de ses moyens. Il disait toujours qu'un homme heureux et bien nourri travaille mieux et rapporte plus qu'un autre. Aussi était-il en permanence soucieux de bien organiser chaque chose, et de faire respecter sur ses terres un ordre qu'il croyait source de profits et de richesses.

Et la vérité c'est que l'idée de travailler pour les Pradines de Cosnac enchantait plus qu'elle n'effrayait. La maison était bonne et personne n'aurait jamais songé à s'en plaindre. On disait bien que la patronne était une femme autoritaire, toujours à compter chaque sou. Certains disaient même qu'elle rangeait le pain dans une armoire dont elle gardait elle-même la clef, de peur qu'on ne lui en mange plus qu'il n'était nécessaire.

Mais il était vrai aussi que pour tenir une maison comme la sienne et n'y jamais manquer de rien, il fallait être maîtresse femme. Ce qu'elle était.

Mais malgré tout cela, malgré la séparation et l'éloignement, Antonine préférait encore savoir sa fille dans cette maison que chez quelque marchand de Brive ou d'Aurillac !

« Et tes enfants, où sont-ils aujourd'hui ?

— Le grand s'est engagé pour faire le bois pour les Argentats, quant aux filles, elles sont à garder aujourd'hui. »

Puis après un silence :

« Elles seront là avant le coucher du soleil, elles ne tarderont pas.

— Dis-moi Antonine, ton Julien il tarde bien un peu. Je repasserai à la nuit pour lui parler. Toi, de ton côté, tu verras ta petite ?

— Je te le promets, va. Mais sois sans crainte, elle ne dira pas non. Et puis de l'ouvrage ça ne se refuse pas aujourd'hui. Alors tu comprends bien que tu peux la rassurer la Léa, la petite sera là-bas dès demain. J'en dirai deux mots ce soir à Julien. Ne te donne pas le peine de revenir. »

Antonine avait redressé le visage et regardait René dans les yeux, en souriant.

Gêné, il se leva en bredouillant :

« Bon, ben… à se revoir, Nine.

— À se revoir, oui… Mais prends donc garde, tu m'emportes toute la table ! »

Dans sa gêne, il avait saisi son chapeau posé devant lui, et, dans le mouvement, avait fait tomber quelques haricots par terre.

« Laisse va, je les ramasserai. Et va-t'en maintenant. »

Et, en souriant, elle le reconduisit vers la cour où le soleil, désormais, étendait les ombres à l'extrême avant de disparaître en filets rouges et or au loin, vers la vallée.

II

Antonine

« QUITERIE, PRESSE-TOI, nous voilà rendus ! »

Antonine, ce matin-là, s'était levée avant le jour. Elle avait peu dormi. Toute la nuit, elle avait pensé à sa fille Quiterie, qui dès cette après-midi partirait pour la grande maison perdue sur le plateau. La petite avait à peine treize ans et déjà elle devait partir. Les sentiments de Nine étaient contrastés. La joie de voir placée sa petite ne contrebalançait pas la peine de la voir partir. Quiterie avait accueilli la nouvelle sans rien dire. Elle avait juste pâli un peu puis, sans un mot, elle était sortie de la maison. Sa mère l'avait regardée s'éloigner et disparaître au coin du chemin. Elle n'était rentrée qu'à la tombée de la nuit. Ce soir-là, seul Julien avait montré un peu d'entrain.

Que sa fille soit placée le réjouissait d'autant plus que la maison était bonne.

« Voilà au moins quelqu'un, disait-il, qui n'aura plus faim de sitôt ! »

Puis regardant sa petite, il ajoutait en souriant :

« Eh bien, petiote, tu n'as donc pas faim aujourd'hui ? Mange un peu ou sinon tu ne tiendras pas debout demain pour te présenter. »

Mais Quiterie n'avait même pas relevé la tête pour sourire à la boutade.

Sa mère et elle avaient passé un long moment ensemble à parler à voix basse avant d'aller dormir. Que s'étaient-elles dit ? Des histoires que seules les femmes connaissent. Des recommandations que seules les femmes se font entre elles, et que les hommes mettent un point d'honneur à ne pas voir ni entendre.

Les douze coups de midi avaient sonné à l'église du bourg, portés par le vent. Quiterie et sa mère marchaient d'un pas assuré sur le petit chemin caillouteux, bordé de deux murs de pierres sèches et grises, recouvertes par endroits de mousse et de lichens. La maison des Pradines de Cosnac était là au bout du chemin, mais il parut à l'enfant qu'il ne devrait jamais se terminer.

C'était une bâtisse tout en longueur, sans véritable genre. La cour était fermée par un long mur, coupé d'un puits et d'un abreuvoir à vaches. Au-delà s'étendaient à perte de vue les bois et les champs de la famille. Ici tout appartenait aux Pradines de Cosnac. Les terres, les maisons, les granges, les troupeaux et, d'une certaine manière, les femmes et les hommes aussi. Ces gens-là n'avaient peur que de deux choses : la politique et Dieu. Le père Cheyrousse, le curé de la paroisse, avait table ouverte chez eux, et il était interdit d'y parler politique. La paix n'avait pas de prix.

Quiterie s'arrêta brusquement en arrivant dans la cour. Elle qui s'attendait à trouver un jardin aux allées propres et entretenues devait prendre garde à ne pas y salir ses gros sabots de bois. Sur le pisé grossier, monté en galets, la boue se mêlait à la paille de la grange toute proche.

« Allez viens donc, presse-toi, Quiterie.

— Maman, attends-moi. »

Et la petite, pressant le pas, tentait d'attraper la main de sa mère.

En arrivant devant les trois marches en demi-cercle du perron, les deux femmes s'immobilisèrent. Une voix stridente s'était levée quelque part dans la maison, qui criait :

« Mais, ma pauvre fille, vous n'êtes donc même pas capable de vider une volaille, que ferons-nous de vous ? Croyez-vous donc que je vous nourrisse pour rien ? Tâchez de faire en sorte d'y parvenir pour ce soir. Quand Monsieur rentrera de Pleaux, il vous faudra veiller à ce que rien ne manque à sa table ! »

La voix était haut perchée, les mots se bousculaient. La colère n'était pas feinte, et Antonine eut un frisson au moment de saisir le lourd battant de cuivre et de le frapper contre la porte.

Il sembla à Quiterie que le bruit résonnait sans fin dans la maison. Elle ne disait rien, le regard perdu, la main dans celle de sa mère qui tremblait. Au bruit du heurtoir, le silence s'était fait dans la maison. Un raclement de sabots sur le sol de pierre de la maison se fit entendre et la porte de bois cloutée s'ouvrit sur une vieille servante, courbée en deux, aux cheveux blancs pris dans une coiffe de paille tressée. Ses vêtements étaient gris et usés. Ses gestes lents, sa peau rougie et ses mains gonflées, laissaient deviner une vie de travail au froid de l'hiver, dans l'eau des lessives, dans la chaleur brûlante du feu, et dans le froid de la solitude.

« Bonjour, Mado, c'est René qui m'a dit de me présenter aujourd'hui, pour la petite.

— Bonjour, Antonine, achève donc d'entrer, je vais chercher la patronne. »

Quiterie n'avait pas quitté la vieille des yeux. Sa bouche aux chicots noircis, la peau de son visage plus ridée qu'une pomme, ses yeux qui semblaient transparents, tant les ans semblaient les avoir usés, tout cela fascinait la petite fille.

« Eh bien quoi, Mado, qui est-ce donc ? »

La voix venait de la droite de l'entrée. En tournant la tête, Quiterie voyait juste une porte de bois noir et, dans la pénombre, le coin d'une table de bois.

Devant elle, partait un grand escalier de bois à la rampe sculptée, qui parut à la gamine la chose la plus belle qu'elle ait jamais vue. Elle eut brusquement envie de le gravir, de fouler ses larges marches cirées, d'en toucher la rampe lustrée par les ans et de partir à la découverte des mondes qu'il desservait.

« C'est Antonine, Madame. Elle dit qu'elle vient de la part de René.

— Ah oui, ma fille, je suis au courant ! »

Un bruit de pas du côté de la pièce à la table de bois, une silhouette qui s'encadre dans la porte et Léa Pradines de Cosnac est là, devant les deux femmes, qui, sans un salut, se campe devant Quiterie et la fixe comme on le ferait d'un animal de foire que l'on s'apprête à marchander.

« Ainsi donc, c'est toi Quiterie. René m'a dit beaucoup de bien de toi. J'espère qu'il a dit vrai.

— Madame, je vous assure que la petite...

— Tais-toi donc, Antonine, et laisse-nous donc avec ta fille. Nous avons à parler ! »

Léa avait devant elle une gamine mince, aux cheveux bruns déjà noués sous un foulard, d'où dépassaient quelques mèches. Une gamine vêtue d'une jupe sans forme, dont le bas, tout crotté et déchiré, disait assez que c'était là son seul vêtement.

Un gilet de mauvais drap couvrait ses épaules et seul un petit foulard rouge mettait une note de chaleur dans ce portrait.

Quiterie regardait sans peur cette femme petite et mince, et son regard clair la détaillait autant que l'autre le faisait.

Leurs regards se croisèrent. Quiterie ne baissa pas les yeux. Léa en parut troublée. Alors elle tendit le bras vers la petite, saisit sa main qu'elle prit entre les siennes, et, penchée vers elle, lui dit très doucement :

« Ma petite, veux-tu travailler dans cette maison ? »

Quiterie ne répondit pas tout de suite. Elle fixait toujours droit dans les yeux la maîtresse de maison.

« Allons, ma petite, réponds donc ! Veux-tu rester ici ? »

Un filet de voix sortit alors de la bouche de l'enfant.

« Oui, Madame.

— Eh bien tu vois, quand tu veux, que tu retrouves ta langue ! »

Puis, tournée vers Antonine :

« Reviens me voir dans deux jours, je te dirai bien ce que je ferai. Si je garde ta petite ou si je ne la garde pas. »

Antonine, rougissante, ne disait rien. Elle regardait sa fille. Dans un sanglot, elle tourna les talons et dévala les trois marches du perron.

« Antonine, dis-moi, ne pars pas si vite. Reviens un peu par ici. »

La Nine s'était arrêtée au bas des marches. Sur le seuil de la porte, Léa lui tendait du bout des doigts une bourse de cuir brun.

« Tiens, pour ta peine. Et pour la petite, reviens me voir dans deux jours sans faute, hein ? Je compte sur toi. »

Le soleil était haut à présent, et les ombres de l'après-midi s'étendaient derrière chaque muret, derrière chaque taillis, derrière chaque arbre, chaque maison. Et

Antonine, qui aimait tant ce paysage, cette lumière, cette chaleur d'automne, Antonine ne voyait rien. Son regard noyé de larmes lui interdisait de jouir de ce spectacle qu'elle aimait pourtant par-dessus tout.

Quiterie ne s'était pas retournée pour voir partir sa mère. Mado avait refermé lentement la porte cloutée. Le loquet de métal avait claqué dans le silence de la maison. Léa s'était alors tournée vers l'enfant.

« Suis-moi à présent, petite, je vais te montrer où tu devras dormir. »

Quiterie s'engagea dans le grand escalier de bois, derrière Léa. Au premier étage, une fenêtre donnait un peu de lumière, qui tombait sur le palier, en marquant les ombres des carreaux sur le mur blanchi.

Les marches ne craquaient pas. Quiterie en était presque surprise.

Deux portes s'ouvraient au premier étage. La jeune fille eut à peine le temps d'apercevoir un coin de cheminée et une table ronde. Léa montait toujours sans se retourner.

« Tu es là, petite, tu me suis bien ?

— Oui, Madame.

— Tu dormiras avec Mado pour l'instant, dans le grenier de la tourelle. La chambre est petite. Tu n'auras pas trop froid l'hiver. »

Au deuxième étage, encore deux portes et un balcon qui s'ouvrait dans la charpente. Quiterie s'arrêta un instant pour regarder par la fenêtre les champs, les vallées et le ciel qui s'étendaient à perte de vue. L'ombre du grand arbre de la cour jouait avec le soleil sur la rambarde de bois. Le balancement des branches faisait scintiller la lumière par petites plaques d'or, sur le bois vieilli par les intempéries. Quiterie se dit qu'elle aimerait bien venir là souvent, pour regarder le soleil mourir au loin, comme elle le faisait parfois dans le champ au-dessus de la maison de son père.

« Eh bien ma fille, où es-tu ?

— Je suis là, Madame. »

Et elle s'engagea dans un vaste grenier sombre encombré de paillasses faites de quatre bouts de planches, dans lesquelles de la paille avait été disposée.

Devant l'air effaré de la petite, Léa sourit. Puis, dans un geste de mère, elle se baissa vers l'enfant, lui prit la main, et, les yeux dans les yeux, comme elle l'avait fait tout à l'heure, elle lui dit :

« Rassure-toi, Quiterie, là ce sont les hommes qui viennent pour travailler l'été, que nous logeons, et parfois quelque vagabond. Toi, tu vas dormir dans un lit, un vrai, avec la vieille Mado. Suis-moi. »

Léa avait poussé une petite porte bancale qui racla le plancher de bois sale. La pièce était toute petite, carrée. Une fenêtre l'éclairait, et le contraste avec l'obscurité du grand grenier surprit la petite.

Dans un coin de la pièce, un lit aux montants de fer était dressé. Les couvertures en étaient proprement tirées et un drap blanc en dépassait.

« Je vais dormir où, Madame ?

— Mais là, petite sotte, répondit Léa en souriant.

— Dans le lit ? avec Mado ?

— Mais oui, tu ne vas tout de même pas dormir par terre ! »

Quiterie qui n'avait jamais dormi dans des draps blancs, sur un vrai matelas, dans une vraie chambre à elle, avait du mal à croire à tout cela. La perspective de dormir avec la vieille domestique ne l'effrayait pas, elle n'avait jamais eu de lit à elle. Jusqu'à présent, c'est avec sa sœur qu'elle avait partagé sa couche. Maintenant, ce serait avec Mado. Qu'importe son âge !

« Dis-moi, as-tu des affaires à toi ?

— Non, Madame.

— Tu n'as pas de jupe autre que celle-ci ? Pas de souliers ?

— Non, Madame.

— Tu veilleras, dès que tu le pourras, à te faire une belle robe pour servir ici dans la maison. Je te ferai donner du bon tissu bien solide, pour faire l'année. Maintenant, suis-moi, je vais te montrer où tu te tiendras pour aider Mado. »

Léa, d'un pas preste, sa lourde robe retenue à deux mains, redescendait l'escalier de bois. Il paraissait encore plus grand et impressionnant vu d'en haut. Quiterie n'avait pas descendu deux marches que Léa était déjà arrivée sur le palier du premier étage.

« Mado, Mado… Où es-tu ? Veux-tu venir ici, s'il te plaît. Tu vas montrer à la petite où elle devra se tenir pour t'aider à la cuisine aujourd'hui. »

Mado, de son pas lent et traînant de vieille femme, débouchait au bas de l'escalier par une petite porte sombre, un tissu à la main.

« Eh bé, où elle est, la petite ?

— Elle arrive Mado, tu ne l'entends donc pas descendre ? Occupe-toi d'elle, et tâche de ne pas la laisser sans ouvrage ! Je viendrai tout à l'heure voir où elle en est. »

Quiterie finissait de descendre les dernières marches. Léa, sans la regarder, lança :

« Eh bien ma petite, il te faudra apprendre à être plus vive si tu veux rester ici longtemps ! Il n'y a pas de place dans cette maison pour le temps perdu.

— Oui, Madame !

— Ne l'oublie jamais !

— Oui, Madame. »

Une larme avait perlé au coin de l'œil de l'enfant. Doucement, Mado avait pris sa main et l'avait entraînée vers la grande pièce qui servait de cuisine à toute la maison. Quiterie s'était arrêtée au milieu de la pièce et en faisait le tour des yeux.

Au coin de la porte, une cuisinière en pierre, percée de trois trous pour y poser les plats à réchauffer, en face, une immense cheminée dans laquelle un mouton aurait tenu et, au fond, un recoin sombre où étaient entreposés toutes sortes de bouteilles, jarres et autres pots à graisse et toupines bien remplies.

Au milieu de la pièce, une longue table de bois, recouverte de légumes verts et d'épluchures, disait que Mado était au travail quand Léa l'avait appelée.

Le plafond, très haut, était fait de longues poutres noircies. Au-dessus, un plancher aux lattes irrégulières laissait entendre tout ce qui se passait à l'étage.

Quiterie admirait cet univers qui lui paraissait grandiose. Elle n'en finissait pas de regarder la table, les deux bancs, la cheminée, les poutres, l'aiguière et les grandes dalles de pierre du sol sur lequel sonnaient ses sabots.

« Alors, dis-moi, comment t'appelle-t-on ?

— Quiterie.

— Moi, c'est Mado. Ça te plaît ici ? »

Après un temps, la petite fille leva les yeux à nouveau vers le plafond, puis, d'une petite voix retenue, elle laissa échapper :

« C'est grand ici, et j'ai un peu froid. »

Mado s'était approchée de l'enfant et, du plat de la main, lui frottait le dos au travers de l'étoffe.

« Ah ça, ma petite, il faudra bien t'y habituer, tu sais. L'hiver il vaut mieux travailler dans la cheminée, quand il y a assez de bois et qu'elle brûle toute la journée. »

Puis, saisissant Quiterie par la main, elle la fit asseoir devant un tas de haricots tardifs, posés là sur la table.

« Tiens. Tu sais faire ça, équeuter quelques haricots ?

— Oui, Madame.

— Oh non, pas Madame avec moi, petite, ça c'est pour Madame. Moi tu dois m'appeler Mado, c'est tout. »

Et la petite, sans plus rien dire, prit son visage dans ses mains, et se mit à pleurer à chaudes larmes. Ce matin-là l'ouvrage n'avança guère, et Mado dut s'y reprendre plusieurs fois pour consoler l'enfant.

III

Le Peuch

LES MOIS AVAIENT PASSÉ et Noël approchait. L'hiver était rude et le froid s'était installé dans la maison. Léa ne se tenait plus que dans son salon, au premier étage. Dans la chambre de Mado et de Quiterie, le givre couvrait les vitres à l'intérieur même de la pièce. La vieille domestique semblait ne pas souffrir du froid, habituée qu'elle était à ces hivers dans la chambre jamais chauffée. Quiterie, elle, dans l'insouciance de l'enfance, dormait blottie contre la vieille et, au matin, se précipitait pour être la première à la cuisine et souffler sur les braises de la cheminée. Elle aimait ce moment de la journée où tout était calme dans la grande maison. Elle était seule, et pouvait à son aise aller et venir sans soucis, en se disant quelle avait bien le temps de commencer l'ouvrage. C'était le moment du silence total. Ce moment où chaque bruit prend une ampleur insoupçonnable le reste du temps. Quiterie descendait, les sabots à la main, pour ne pas faire sonner le grand escalier de bois.

Puis, dès qu'elle était arrivée sur le sol de pierre, elle les rechaussait, en prenant bien garde à ne pas les faire racler trop fort. Dehors, la nuit était encore profonde. Seul le vent se faisait entendre et parfois, au loin, un coq chantait, qui rentrait bien vite, saisi lui aussi par le froid.

Mado descendait toujours au moment où le feu recommençait de partir. La vieille domestique déjeunait d'un bol de soupe et d'un oignon, été comme hiver. Quiterie s'occupait de faire réchauffer la soupe sans quitter la cheminée où elle se tenait le plus près possible du feu. Puis sa journée commencerait. Elle irait, dans le froid glacial du matin d'hiver, tirer l'eau du puits parfois gelé. Elle irait allumer les feux au premier étage, puis redescendrait, si elle en avait le temps, en attendant que les maîtres se lèvent. Elle filerait peut-être un peu au coin de la grande cheminée ou irait chercher quelques fagots soigneusement préparés à la grange.

Ce matin elle irait au lavoir, avec Mado, pour la corvée de linge dans l'eau glacée. Elle en reviendrait les mains rougies et tétanisées par le froid. Elle n'était pas malheureuse. Elle avait su faire sa place dans la maison et Léa l'avait prise en affection.

Mais le travail était rude et la jeune fille avait le sentiment de ne pas suffire à l'ouvrage tant elle devait travailler tard le soir pour se lever tôt le matin.

Il y avait, au premier étage de la maison, deux portes : l'une à droite qui menait aux appartements de Monsieur et de Madame et, à gauche, une seconde en tout point identique à la première. Quiterie n'avait, en trois mois, encore jamais eu le droit de la pousser. Cette porte ordinaire fascinait la jeune fille. Que cachait-on derrière ? Pourquoi ne s'ouvrait-elle jamais ? Et pourquoi, lorsqu'elle demandait ce qu'il y avait au-delà, la vieille Mado posait-elle son doigt sur sa bouche en disant :

« Chut… petite, tu le sauras bien assez tôt. »

C'était comme un jeu, Mado souriait discrètement en répondant et Quiterie, loin d'être fâchée, s'en accommodait de bonne grâce.

Était-ce là, la chambre de Thibault, le fils de Léa et de Louis-Adrien ? Thibault, ce fils que Quiterie avait vu une ou deux fois alors qu'elle vivait encore chez ses parents, et qui était, depuis plusieurs années, parti pour Tulle, puis pour Paris. On le disait instruit. Mado racontait qu'il était parti apprendre son métier d'avocat à Paris. Quiterie avait alors demandé :

« Et qu'est-ce que c'est un avocat ?

— C'est un homme qui apprend la loi pour aider parfois les pauvres gens contre les puissants, mais bien souvent pour aider les gens puissants à le devenir encore plus, et à se battre entre eux.

— Et Monsieur Thibault, il va revenir ici ?

— Tu es bien curieuse, petite ! »

Alors Quiterie rougissait, baissait la tête, et, après un silence, revenait à la charge :

« Mado, Monsieur Thibault, il travaille là-bas, à Paris ?

— Mais non, petite sotte, je t'ai déjà dit qu'il est chez son oncle, le frère de Madame…

— Le député ?

— Oui… il apprend son métier et, un jour peut-être, il reviendra ici pour s'installer.

— Il viendra travailler ici ?

— Peut-être, oui.

— Mado, il n'y a que des vaches et quelques moutons ici ! D'où lui viendra son ouvrage ?

— Ça, ma fille, ça n'est pas ton affaire, tu sais ! »

Et Quiterie continuait de regarder cette porte qui l'on n'ouvrait pas et qu'elle n'avait encore jamais été autorisée à pousser.

Or, un jour que la neige avait recouvert les prés et les bois alentour, un jour que Quiterie était occupée à plumer un canard au coin du feu, Léa entra en trombe dans la cuisine en criant :

« Mado, ma fille, Mado, où es-tu ?

— Elle est à l'étable, Madame, avait répondu Quiterie.

— Et qu'est ce qu'elle y fait donc, à l'étable, Mado ?

— Elle est partie chercher un peu de bois pour votre chambre, Madame.

— Parfait, parfait. Dis-moi Quiterie, sais-tu qui arrive dimanche ? »

La jeune fille avait suspendu son geste. Une plume vint voler au-dessus du feu, en brûlant dans une odeur forte. Son regard s'était relevé vers Léa qui riait devant le visage défait de sa jeune domestique.

« Eh bien Quiterie, qu'est-ce qui te met dans cet état ?

— Rien, Madame, rien du tout… »

Elle avait compris que la porte de droite du premier étage allait enfin s'ouvrir. Elle allait savoir ce que l'on cachait de l'autre côté du palier. Elle allait enfin connaître l'univers de celui dont on parlait peu ici, et dont un petit portrait ornait le mur du salon, au premier étage. Un jeune garçon au visage rond et au regard droit. Quiterie l'avait souvent contemplé. Elle le faisait, comme on vole de la confiture, dans la crainte d'être surprise. Et elle s'était prise à rêver de ces traits poupins, de ces yeux dont le dessin ne disait pas la couleur.

Et voilà que, ce matin, Léa venait annoncer qu'enfin ce visage allait s'animer, ces yeux regarder la petite, et peut-être la voir comme une jeune femme et non pas comme une servante.

« Quiterie ma fille, notre fils vient de Paris, passer l'hiver auprès de nous, tu verras avec Mado à préparer sa chambre.

— Oui, Madame, oui… »

Et la pauvre petite ne savait plus que dire, la volaille sur les genoux, dont la tête, sanguinolente, pendait lamentablement.

Brutalement, elle eut froid. De ces froids dont aucun feu ne peut venir à bout. Ses mains se mirent à trembler et, pour cacher son trouble, elle se mit à plumer de plus belle le canard qui ornerait, demain, la table de ses maîtres.

Mado poussa la petite porte de bois, qui s'ouvrait à côté de la cuisinière de pierre, un fagot sur son dos.

Quiterie s'était levée pour l'aider, son visage était plus pâle que d'habitude, Mado le vit tout de suite. Quiterie, dans son trouble, fit tomber le fagot par terre, soulevant la poussière du sol et éclata de rire.

« Eh bien ma petite, tu es sûre que tout va bien aujourd'hui ? Tu ne peux donc pas faire attention ?

— Excuse-moi, Mado, mais tu ne sais pas ce qui arrive ?

— Ah ça non, mais à te voir le nez si long ce matin, j'ai bien le sentiment que je vais en apprendre de belles, non ?

— Figure-toi, Mado, que Monsieur Thibault arrive ce dimanche ! »

La vieille femme s'était arrêtée net et, la main à sa bouche, laissa échapper :

« Oooh, mon Dieu, c'est pas Dieu possible qu'il vienne celui-là, et Madame qui ne me l'a pas dit ! Mais rien n'est prêt, sa chambre est toute froide, son lit est encore défait ! Mon Dieu, Quiterie, tu arrêtes tout. Va pour allumer le feu dans sa chambre, qu'elle sèche un peu avant que l'on y fasse le lit !

—Mais, Mado, tu sais bien que la porte est fermée, je ne peux pas y rentrer !

—Tais-toi donc ma fille et va plutôt me chercher un fagot de plus et quelques bûches, le temps que j'aille ouvrir là-haut. »

Ce matin-là, Quiterie ne sentit pas le froid en allant chercher le bois. Elle ne sentit pas non plus l'humidité de la pièce quand la vieille Mado ouvrit la porte. Quiterie ne sentait plus son cœur battre et quand, doucement, la porte, en grinçant un peu, se fut ouverte, la jeune fille regarda de toute son âme, respira de toutes ses forces le parfum de cette pièce dont elle avait tant rêvé, ce lieu qui était comme un endroit interdit depuis trois mois. Ce lieu que désormais elle ne pourrait fréquenter que lorsque le jeune homme n'y serait pas. Ce lieu dont, mille fois, elle avait dressé la carte dans son esprit. Voilà qu'enfin elle allait y pénétrer. Voilà qu'enfin elle allait en prendre possession, l'arranger du mieux possible, en faire un endroit le plus agréable qui soit pour ce jeune maître qu'elle ne connaissait pas, et dont elle avait tant entendu parler.

Mado s'était avancée vers le centre de la pièce, avait humé l'air un instant, puis s'était avancée vers la fenêtre fermée en maugréant :

« Dieu que ça pue ici, il est bien temps d'ouvrir un peu, et tant pis pour le froid. »

Quiterie aussi s'était avancée, et l'odeur de la pièce lui sembla un parfum unique. Elle cherchait au fond de sa mémoire à retrouver les images qu'il lui rappelait. Mado avait ouvert les volets. Un rayon de lumière blanche et froide éclaira le mur recouvert d'un papier jaune à motifs bleus. Dans un coin, un lit de bois sans ciel de lit, face à lui une petite cheminée au rideau de fer tiré. Une table de toilette à côté de la fenêtre, un bureau d'acajou fermé, et une chaise composaient le mobilier. Et dans cet univers sobre, Quiterie s'était avancée, et regardait de toutes ses forces autour d'elle. Son regard enregistrait l'ensemble dans ses moindres détails, le broc d'émail blanc et bleu et sa cuvette ébréchée, les livres posés à la hâte sur le manteau de la cheminée, un bout de chandelle sur la table de nuit. Elle touchait le secrétaire couvert de poussière pour y laisser la trace de ses doigts. Elle posait sa main sur le montant du lit, touchait le papier jaune et bleu des murs, tournait sur elle-même comme une enfant émerveillée par tout ce qui l'entoure.

« Eh bé, petite, tu rêves ?

— Non, Mado, je regarde… Elle est belle, cette chambre ! Tu crois que c'est Monsieur Thibault qui l'a faite à son idée ?

— Tu en as bien des questions indiscrètes, ce matin. Tais-toi donc un peu, et donne-moi la main pour ouvrir cette diable de cheminée qui se coince toujours. »

Quiterie s'était penchée, avait saisi la petite poignée en forme de coquille Saint-Jacques du rideau de fer de la cheminée et, d'un coup sec, l'avait relevé. Une pluie de poussière tomba alors du conduit et s'étala devant l'âtre.

« Tu as fait du beau, ma fille, tu ne peux donc pas faire doucement ?

— Laisse donc, Mado, je m'en occupe ! »

Et virevoltante, elle était repartie vers la cuisine, chercher un vieux balai de paille. Toute la matinée, elle tourna, vira, travailla dans la chambre, alluma le feu, retourna le matelas, accrocha le ciel de lit, tira les draps qui sentaient la lavande, borda les couvertures et enfin disposa dans le broc de la table de toilette un bouquet de monnaie du pape, trouvé au grenier, où il séchait depuis l'été.

Mado souriante avait regardé la jeune servante aller et venir, se contentant de la guider et de l'aider quand elle en avait besoin. Elle comprenait la jeune fille. Elle se sentait heureuse de la voir ainsi courir en tous sens pour préparer la chambre. Elle aussi, il y a longtemps, avait préparé la chambre d'un jeune homme qu'elle ne connaissait pas. Depuis elle l'avait vu grandir, se marier, et faire un enfant, celui-là même pour qui l'on préparait aujourd'hui la chambre.

« Allez donc, Mado, c'est terminé, ne reste pas là, tu vas prendre froid. Viens donc au *cantou*, je reviendrai surveiller le feu.

— Quiterie, ma petite…

— Oui ? »

Mado s'était plantée au milieu de la pièce et regardait autour d'elle d'un air mélancolique.

« Quiterie, tu sais, moi aussi quand je suis rentrée dans cette maison, il y avait un jeune homme !

— Et où il est, ce jeune homme ? »

La vieille souriait tristement. Elle referma la porte de la chambre et lâcha comme un aveu :

« C'est le père de Thibault. »

Quiterie s'arrêta au milieu de l'escalier et se tourna vers Mado qui descendait prudemment, en tenant bien la rampe.

« Et il était beau, ce jeune homme, Mado ? »

La vieille femme rougit, puis, l'air fâché, dit en bougonnant :

« Eh dis-moi petite, tu en as bien de ces questions ! File plutôt à la cuisine, le repas ne sera jamais prêt pour ce tantôt ! »

Et Quiterie, en riant, avait fini de dévaler les quelques marches de bois en faisant sonner ses sabots comme jamais.

IV

La Pomme

LA NEIGE S'ÉTAIT INSTALLÉE depuis plusieurs jours. Devant la maison, un passage avait été dégagé par la Pomme. La Pomme, c'était, des fermiers du domaine, celui qui habitait le plus près de la maison. Lucien Trémont pour l'état civil, il avait gagné son surnom un jour où il s'était vanté d'avoir, tous les jours de l'année, des pommes sur sa table. Et la vérité, c'est qu'il y parvenait. Les fruits étaient fripés, desséchés, ramollis, peu appétissants, mais il y avait toujours sur sa table une coupe d'étain avec quelques pommes. C'était sa fierté. Il disait aussi :

« Tant qu'il y aura un seul fruit sur ma table, nous n'aurons pas besoin d'en acheter à quiconque ! »

Et depuis des années il n'avait jamais acheté un seul fruit à quiconque. Et tant pis pour ceux, qui, chez lui, n'aimaient pas les pommes, il fallait faire avec la lubie du bonhomme.

La Pomme, c'était un peu l'homme à tout faire dans la maison. Cocher, jardinier, bûcheron, raccommodeur de toit ou d'escalier, si le besoin s'en faisait sentir. On n'hésitait pas à faire appel à lui pour les tâches que ni Mado ni Quiterie ne pouvaient accomplir. Une solide inimitié était née entre lui et René, pour une histoire de moutons malades. La Pomme avait, il y a fort longtemps, quelque temps avant un marché aux bestiaux, laissé entendre que les moutons de René avaient la douve. On disait même que les deux hommes s'étaient battus. Mado aussi avait pris la Pomme en grippe, et personne ne savait vraiment pourquoi. Le bruit courait qu'un soir de beuverie, il aurait eu la main un peu leste et que la vieille ne le lui aurait jamais pardonné.

Quoi qu'il en soit, la Pomme, ce jour-là, fut appelé par Léa pour atteler le cheval à la petite calèche noire couverte d'une capote décolorée par le soleil.

« Mado, ma fille, je serai de retour avant midi. Veille à ce que tout soit prêt pour le déjeuner. Et n'oublie pas le porto, Monsieur le curé en est grand amateur, tu le sais. »

Mado, qui s'était arrêtée sur le seuil de la grande cuisine, retourna en bougonnant vers la cheminée.

Aujourd'hui le curé, dimanche Monsieur Thibault. À son âge, c'était beaucoup d'événements pour une seule semaine. Mais les jeudis du curé étaient une institution depuis longtemps, et Léa ne manquait jamais d'aller le chercher avec la petite voiture, profitant du voyage pour se rendre à confesse. C'était sa sortie hebdomadaire, dont son mari, Louis-Adrien, était exclu. La Pomme, sur son siège, semblait ne pas sentir le froid, à peine protégé par une capote de mauvais drap. Léa, elle, se tenait blottie au fond de la banquette, les mains dans son manchon, les jambes protégées par une lourde couverture de laine.

La neige, sur le chemin, s'était transformée en boue. Le pas du cheval faisait voler des paquets sales sur l'avant de la carriole. Tout, alentour, semblait étrangement silencieux, tant la neige étouffait les sons.

Léa regardait, au loin, le ciel qui se dégageait et les nuages faire place au bleu du ciel. Demain la neige durcirait, et il serait presque impossible de marcher dessus sans risquer de glisser.

Devant l'église, on avait pris soin de la dégager. La Pomme arrêta l'attelage devant le porche. C'était une petite église rustique, bâtie pour affronter les siècles. La porte de bois était fermée par un loquet de fer noirci, que même la Pomme avait du mal à faire jouer. Quand il y parvenait enfin, le claquement résonnait dans l'église un long moment. Quelques vitraux sans charme ne suffisaient pas à éclairer l'ensemble bas et trapu de la nef, et seule, au fond, une flamme rouge semblait devoir guider les pas des fidèles vers l'autel.

Le prêtre était là qui attendait comme tous les jeudis Léa pour confesse.

« Bonjour, père Clément. Comment va notre petite église, ce matin ? Le Seigneur nous a-t-il chauffé un peu ces murs ?

— Bonjour, Léa. Hélas non, voyez-vous, et j'ai bien peur qu'à confesse vous n'attrapiez mal.

— Pensez-vous, mon père, je suis encore vaillante sur mes deux pieds. »

Le petit confessionnal de bois simple se tenait au fond de l'église, à l'opposé du baptistère. Léa, tout en parlant s'était approchée et, en s'agenouillant, avait repris son manchon dans lequel elle fourra bien vite ses mains.

Confesse, ce jour-là, fut rondement menée. Le froid était le plus fort.

En sortant de l'église Léa cligna des yeux. La lumière vive de la neige contrastait avec la pénombre de l'église. Le vent s'engouffra dans la carriole et le père Clément, les mains dans les manches de sa soutane, sa capote de drap noir sur les épaules, s'enfonça dans le fond de la calèche.

« Vous avez froid, mon père ?

— Le vent se lève, Léa, et il n'est guère chaud. »

Et comme passant d'une idée à l'autre :

« Et chez vous, comment vont les vôtres ?

— Thibault arrive dimanche, si j'en crois sa lettre. Il vient attendre ici le printemps. Ses examens sont pour le début de l'été et il sera mieux ici pour finir d'étudier.

— Il veut toujours être avocat ?

— Oui, il dit qu'il veut défendre les plus pauvres, aider à soulager la misère. Je ne sais pas qui lui a mis ces idées en tête. J'ai bien peur aussi qu'il n'aille s'encanailler avec quelques socialistes ou autres voyous, là-bas à Paris. C'est pourquoi je ne suis pas fâchée de le voir revenir un peu. Ici au moins il ne risquera pas de faire de mauvaises rencontres.

— On dit que dans le Nord, les mineurs ont arrêté le travail pour réclamer du pain et de l'argent. Voilà où nous mène toute cette engeance politique. Léa, croyez-moi, toutes ces choses sont le résultat du travail d'agitateurs. Heureusement le gouvernement est là. Il saura bien remettre de l'ordre dans tout cela. »

Léa ne disait plus rien. Son nez rougi par le froid faisait une tache de couleur sur son visage. Le père Clément s'était tu, lui aussi.

La calèche se mit brusquement à balancer de gauche et de droite en arrivant sur le chemin mal pavé qui conduisait à la cour de la maison.

« Et la petite Quiterie, comment se porte-t-elle ? Elle est bien vaillante à l'ouvrage ? »

Léa parut sortir de son rêve.

« Cette petite est une bonne recrue, mon père. Je vous remercie encore de me l'avoir recommandée.

— Dites-moi Léa, j'y pense, quel âge a-t-elle ?

— Elle aura quatorze ans cette année, et c'est déjà un petit bout de femme qui connaît bien son ouvrage. »

Le père Clément descendait prudemment le marchepied en tenant sa soutane pour ne pas la laisser traîner dans la boue de la cour. Il prenait également grand soin de poser ses escarpins noirs là où les pavés affleuraient, pour ne pas les crotter.

Puis brusquement, il arrêta son geste, se tourna vers la maîtresse de maison et la regarda bien droit dans les yeux :

« Léa, dites-moi, est ce qu'il est bien convenable qu'un jeune homme s'installe sous le même toit qu'une jeune servante ? »

Léa partit d'un grand éclat de rire et lâcha sa robe pour mettre sa main devant la bouche.

« Vous n'y pensez pas mon père, un Pradines de Cosnac, et une servante ? Ah non alors c'est inconcevable !

— Léa, vous savez, on a vu plus surprenant. »

Puis comme s'il prenait conscience qu'il était en train de gaffer, il rougit et se tut.

Léa sentit sa gêne et, pour la chasser, se tourna vers la Pomme qui dételait le cheval d'un geste lent.

Mado, sur le seuil, attendait, la porte ouverte, que tout le monde soit rentré.

« Tu as fait du feu au petit salon, ma fille ?

— Oui, Madame.

— Nous y mangerons aussi. Il fait trop froid pour manger en bas. Vous nous pardonnerez, Monsieur le curé, cette entorse à nos habitudes, n'est-ce pas ?

— Je vous le pardonnerai d'autant plus que je m'en réjouis. »

Du fond de la cuisine, Quiterie n'avait pas perdu une miette de la conversation. Depuis son arrivée, elle n'avait encore pas été autorisée à servir pour l'un des déjeuners du jeudi. Elle connaissait bien le père Clément. Il l'avait baptisée et c'est tout naturellement lui qui disait la messe quand elle avait le temps de se rendre à l'office.

Aujourd'hui les choses étaient différentes et si elle continuait de communier fréquemment, en revanche elle était dispensée de rester trop longtemps à l'église afin de mieux se consacrer à ses travaux domestiques.

Léa et le père Clément s'engagèrent dans l'escalier après avoir bien secoué leurs pieds sur la dernière marche du perron.

Du fond de sa cuisine, Quiterie continuait d'épier la conversation.

« Et où cachez-vous cette perle, la petite Quiterie ? Je ne l'ai encore pas vue depuis qu'elle est rentrée dans votre maison ?

— Quiterie ? Mon père, elle est encore trop jeune pour servir à table quand nous recevons. Mais si vous le souhaitez, je peux la faire appeler ? »

La jeune servante avait rougi. D'un geste rapide, elle avait replacé correctement sa coiffe et rajusté son tablier sali par les travaux de cuisine.

Mado entrait et disait doucement :

« Viens donc par-là ma petite, le père Clément te fait demander. Allez, presse-toi donc ! »

Quiterie s'en voulait de n'être pas plus à son avantage. Ses sabots, son tablier, son corsage mal noué, tout en elle lui paraissait ridicule. Quand elle allait à confesse elle prenait toujours bien soin d'être le mieux mise possible. Et aujourd'hui elle n'avait pas eu le temps de se préparer. Elle était certainement ridicule.

Devant le prêtre qui lui passait la main sur la joue en la regardant, la tête un peu penchée sur le côté, un sourire au coin des lèvres, elle baissa les yeux, pour fixer le bout de ses sabots.

« Te voilà bien belle Quiterie. Tu as les joues bien rebondies, le teint frais et rose. Comme tu as bien profité ici ! J'en suis si heureux. »

Et Quiterie cachait tant bien que mal ses mains rougies, gercées et gonflées par le travail. Elle s'arrangeait pour bomber le torse et ne pas laisser paraître qu'elle avait maigri. Elle craignait par-dessus tout de perdre sa place par la maladie, ou la fatigue. Elle était heureuse dans cette maison, elle était nourrie tous les jours et malgré le travail harassant, elle ne regrettait rien.

« Et, dis-moi, qu'avez-vous mijoté toi et Mado aujourd'hui ? »

Quiterie regarda Léa, comme pour demander la permission de parler.

« Tu peux répondre au père Clément, tu sais. »

Alors, la tête baissée, elle répondit dans un souffle :

« Nous avons ouvert une belle toupine et, ce midi, c'est une poule confite que nous vous servirons, accompagnée de châtaignes et de pommes.

— Fort bien, mon enfant, fort bien. »

Le prêtre, tout en tapotant la joue de Quiterie, regardait en souriant la maîtresse de maison :

« Je crois, Léa, que nous pouvons libérer cette enfant.

— Oui, bien sûr ! Allez, retourne donc à ton ouvrage et prends bien garde que les plats ne soient pas froids en arrivant au salon.

— Oui, Madame. »

Et du fond de la grande cheminée où elle était repartie prendre place, elle entendit les pas de Léa et du père Clément faire sonner les dernières marches du grand escalier.

Et tout en montant, la discussion continuait, dont elle ne saisit que quelques bribes.

« Et que ferez vous si… »

Un murmure marqua la fin de la phrase.

« Oh, rassurez-vous, nous aurions vite fait de lui trouver un mari. Un domestique se doit à… »

Le bruit de la porte du salon que l'on referme finit d'étouffer les voix.

Quiterie, plus pâle que jamais, avait lâché la cuillère de bois dans les châtaignes qui cuisaient à la vapeur, pour poser la main sur son ventre.

Jusqu'à présent, elle n'avait jamais pensé à elle dans le rôle de mère. Mais, aujourd'hui, elle réalisait qu'elle ne serait jamais plus une femme comme les autres. L'état de domestique ne permet ni le mariage, ni les enfants, ni même l'amour. Sa vie aujourd'hui, et pour toujours, était liée à celle de ses maîtres. Sa servitude était totale désormais et quoi qu'elle pense, quoi qu'elle en souffre, quoi qu'il lui en coûte, elle devait, et pour toujours, se réjouir de son état de servante, puisque telle était la volonté d'un Dieu dont ne manquait pas de lui parler Monsieur le curé dès qu'il en avait l'occasion.

V

Thibault

« LUCIEN, vous rentrerez le cheval et vous remiserez la calèche.

— Oui, Madame. »

La neige était à nouveau tombée à gros flocons toute la nuit et en ce dimanche matin, les champs alentour étaient recouverts d'un manteau tellement épais que les branches les plus basses des petits pommiers du verger, de l'autre côté de la cour, touchaient presque le sol.

La veille au soir, René était arrivé avec à ses côtés, sur sa vieille carriole, un jeune homme exsangue, sale, crotté, les vêtements détrempés et titubant de fatigue : Thibault.

La patache l'avait amené de Limoges jusqu'à Tulle, et de là il avait fait le reste du voyage dans cet équipage sans bâche, dans le vent, la neige et le froid. René, en revanche, ne semblait pas en avoir souffert, lui qui, été comme hiver, gardait le même visage, le même sourire et le même entrain.

Léa, qui n'attendait son fils que pour la journée du lendemain, était dans tous ses états. Elle allait et venait en tous sens, s'inquiétant de tout. La chambre était-elle bien prête ? Le feu y était-il ? Restait-il quelque chose à manger pour Thibault, qu'elle entourait de mille soins ? Le garçon, lui, semblait étourdi par cet accueil virevoltant. Léa ne cessait de parler, de le presser de questions, s'inquiétait de sa coiffure, passait la main dans ses cheveux, le prenait et le reprenait dans ses bras, les yeux rougis par l'émotion. Un peu en retrait, Louis-Adrien regardait la scène, sans doute habitué aux débordements de son épouse devant les retrouvailles filiales.

Mado, en habituée elle aussi, avait déjà mis les braises dans le chauffe-lit de cuivre, et mis à chauffer un peu d'eau pour la toilette du jeune homme. Quiterie, quant à elle, n'osait pas sortir de la cuisine où elle s'était réfugiée en entendant arriver la vieille carriole de René.

De l'intérieur de la grande cheminée de pierre, au linteau en arc de cercle, elle écoutait les voix aller et venir à l'étage, passant et repassant sur le palier, d'une pièce à l'autre et du bas en haut de l'escalier. Puis, brusquement, le silence se fit et, par la petite porte ouverte de la cuisine, seuls des murmures parvinrent jusqu'à la jeune fille. Le pas lent de Mado se fit entendre, qui descendait avec précaution les marches de bois.

« Quiterie ma fille, tu porteras au petit salon de quoi faire manger Monsieur Thibault. »

« Monsieur Thibault », « Monsieur Thibault », ces quelques mots résonnaient dans la tête de Quiterie, qui n'en connaissait encore que le son d'un murmure. Un « bonjour mère, bonjour père ».

Et voilà que celui qu'elle n'avait pas revu depuis si longtemps, celui dont la chambre était gardée comme un sanctuaire en son absence, celui qui était au cœur des pensées de Léa tout au long de l'année, celui qui faisait la fierté de cette maison, celui-là était de retour. Verrait-il seulement qu'une nouvelle tête faisait partie de la maison aujourd'hui ? La verrait-il seulement, elle qui, il n'y a pas si longtemps, était encore une petite paysanne sale et mal nourrie ?

« Mado, viens avec moi, je t'en prie. »

La vieille qui n'était pas dupe la regarda en souriant.

« As-tu donc peur ?

— S'il te plaît, accompagne-moi au petit salon. Viens avec moi. »

Et la vieille servante, sans répondre, s'engagea dans l'escalier au côté de Quiterie. Sur le palier, Léa attendait les deux femmes. La porte de droite, celle du petit salon, était ouverte, celle de gauche, celle de la chambre, fermée. Un rai de lumière tremblante éclairait la dernière marche. Un murmure de voix d'hommes semblait sortir des pierres tant il était bas.

Quiterie, pâle et tremblante, n'eut pas le loisir de franchir la porte. Léa, d'un geste ferme, lui avait pris le plateau des mains et, les yeux dans les yeux, lui dit un peu brutalement :

« Eh bien ! ma petite, il me semble que tu peux aller te coucher. Mado finira bien de desservir tout à l'heure. Allez, file ! »

Quiterie, incrédule, immobile, regarda un instant sa maîtresse debout devant elle.

« Eh bien, tu ne m'as donc pas entendue, petite sotte ? File donc maintenant ! »

Et la jeune servante, les larmes aux yeux, courut se réfugier dans la chambre de la tourelle, tout là-haut au fin fond de l'immense grenier sombre et froid. La tête dans les mains, assise sur le bord du lit, dans l'obscurité seulement troublée par le reflet blanchâtre d'une lune à moitié pleine, elle se laissa aller à pleurer, sans vraiment savoir pourquoi. À pleurer, d'énervement, de joie, de déception aussi peut-être, de n'avoir pas pu entrer dans le petit salon, d'où seul un murmure sourdait. Ce murmure, il lui semblait l'entendre encore du fond de ses larmes.

Une lueur vacillante s'approcha de la porte restée ouverte. Quiterie reconnut le pas lent et fatigué de Mado. Sans bouger elle écouta alors, non pas le bruit, mais bien plutôt le silence de cette nuit d'hiver où la neige semblait manger les sons avant qu'ils n'aient eu le temps de venir bercer les jeunes servantes en larmes.

Cette nuit-là, pour la première fois, la jeune fille dormit la tête sur l'épaule de la vieille, qui, pour la calmer, lui caressa longuement les cheveux, comme l'on fait à un enfant que le chagrin tient éveillé et que l'on berce pour le soulager de sa peine.

Comme tous les matins, Quiterie s'était levée la première. Elle buvait sa soupe tout en écoutant, dans l'escalier, le pas de Mado qui descendait, toujours avec précaution.

Elle surveillait aussi les bruits en provenance de la pièce au-dessus de la cuisine. Elle imaginait la chambre qu'elle avait préparée avec Mado, dérangée par le jeune homme. Qu'avait-il pensé des monnaies du pape ? Le lit était-il à son goût ? Le feu avait-il rendu la pièce plus saine ?

Autant de questions qu'elle ressassait sans pouvoir y apporter de réponses. À aucun moment, elle ne s'était demandée pourquoi elle était si impatiente de voir le jeune maître. Elle, l'enfant qui allait maintenant sur ses quatorze ans. Elle, une petite servante. Elle qui vivait dans une maison où tout était bien ordonné. Avec Monsieur qui parlait peu et semblait n'avoir jamais vraiment pris conscience de son existence. Avec Léa qui était une bonne patronne, même s'il lui arrivait parfois d'être dure avec elle.

Seule Mado la protégeait comme si elle avait été sa petite-fille. Mais dans cet univers clos, il manquait un élément majeur, la jeunesse.

Ici point de jeux, point de rires, point de discussions enflammées, pas plus que de romances. Et voilà qu'un jeune homme d'à peine vingt ans débarquait de Paris. Paris, la capitale, la fête, la musique, les lumières, la jeunesse, les bals, et toute cette folie dont on parlait ici de temps à autre, mais à voix basse.

Quiterie brûlait de questions à poser sur ce monde qu'elle imaginait en perpétuel mouvement, qu'elle voyait bardé des couleurs les plus brillantes de l'univers.

À vrai dire, elle n'était jamais allée plus loin que le chef-lieu de canton et si on lui avait dit qu'un seul quartier de Paris valait plus de cent fois ce village, elle ne l'aurait peut-être pas cru.

La matinée lui sembla ne jamais devoir finir. Monsieur et Madame étaient levés depuis longtemps déjà, et Thibault dormait toujours. Le voyage l'avait visiblement éprouvé, et il s'était couché fort tard la veille au soir. Quiterie surveillait avec attention les bruits en provenance de la chambre, mais rien n'en venait. Le jeune maître dormait comme un enfant. C'est vers onze heures, aux coups de la pendule du grand salon, qu'elle entendit enfin grincer les volets de sa chambre.

Mado, assise à la table, préparait quelques légumes. Elle se tourna vers la jeune fille occupée à coudre dans la cheminée une capote de tissu noir pour le jeune maître. Léa lui avait donné une étoffe qu'elle gardait roulée depuis des semaines en prévision du retour de son fils. Mado avait bien voulu laisser à Quiterie le soin de coudre le manteau.

« Tiens, voilà du bruit chez Monsieur Thibault. »

Elle leva la tête vers le plafond.

« Mado, tu crois qu'il a aimé la chambre ?

— Comment ça, s'il a aimé la chambre ?

— Oui, Mado, le lit, le feu, les draps, le bouquet ? »

La vieille regardait Quiterie en coin, comme un adulte qui adresse un reproche muet à un enfant turbulent.

« Dis-moi, petite, tu crois donc que ces gens-là s'intéressent à tout ça ? Tu sais, ils ne nous voient pas. Je crois même qu'ils se moquent bien de savoir la couleur de leurs draps, tant qu'ils n'y ont pas froid. »

Au-dehors, le bruit d'une cognée venait mourir dans la neige de la cour. Un chemin avait été dégagé devant le perron et la petite porte de la cuisine. Il se séparait en deux au milieu de la cour, pour partir d'un côté vers le vieux puits de granit gris, et de l'autre vers la porte de la grange, où les fagots étaient entreposés pour l'hiver.

« Dis-moi, Mado, qui donc fait du bois ce matin ?

— C'est la Pomme, ce vaurien. Il n'a rien fait de tout l'automne et voilà qu'à présent il doit aller traîner dans la neige pour nous fendre le bois. Ça lui fera les souliers plus durs à celui-là ! »

Le feu craquait dans la cheminée. Un faitout de fonte était suspendu, au-dessus des flammes. Le couvercle posé de travers laissait dépasser une longue cuillère de bois. De temps à autre, Quiterie levait les yeux de son ouvrage, se soulevait légèrement, et remuait délicatement la cuillère pour ne pas faire tomber le couvercle.

« Mado ?

— Oui ?

— Mado, tu crois que je le verrai, moi, aujourd'hui, Monsieur Thibault ?

— Ma fille, tu le verras bien assez, et bien assez tôt. Et garde-toi bien de ne pas l'approcher de trop près, tu es encore jeune et fraîche. Les maîtres n'aiment pas les histoires avec les domestiques. Tu as une bonne place ici. Écoute-moi bien, et prends bien garde à ne pas t'approcher trop près. Tu pourrais t'y brûler. »

Quiterie n'avait pas relevé la tête de son ouvrage. À son âge, elle n'était encore qu'une enfant et les paroles de la vieille lui paraissaient bien sévères. Elle qui cherchait à vivre, qui avait tant besoin de bruits, de rires, de jeunesse et de vie autour d'elle, elle, la presque enfant, elle était à mille lieues de ce genre de soucis et d'histoires. Le silence fut soudain troublé par la clochette de Monsieur qui sonnait du petit salon.

« Veux-tu que je monte, Mado ?

— Oui, ma fille, vas-y donc puisque tu en meurs d'envie. Mais prend bien garde à ne pas regarder le jeune Monsieur dans les yeux. Souviens-toi de ce que je t'ai dit. »

Mais Quiterie était déjà dans l'escalier. Ses sabots faisaient sonner les marches et elle n'eut pas besoin de frapper pour entrer. La porte était grande ouverte. Une ombre flanquée d'une grande chemise blanche sortit de la pièce pour se précipiter dans la chambre face au petit salon et en fit claquer la porte.

« Monsieur, vous avez sonné ?

— Oui, Quiterie. Monsieur Thibault mangera avec nous à une heure. D'ici-là, peux-tu lui faire servir un bol de soupe chaude ? Ah, et puis aussi, sois gentille, pense à lui faire chauffer assez d'eau pour qu'il puisse se laver au bac tout à l'heure.

— Bien, Monsieur. »

Et Quiterie ne bougeait pas, regardant à terre le sac ouvert d'où sortaient en boules, des chemises sales, une culotte de drap noir, une veste sombre et d'autres vêtements qu'elle ne reconnut pas.

« Ah, ma petite Quiterie, tu feras dire à Mado de chercher le linge de Monsieur Thibault, veux-tu ?

— Je peux le faire, Monsieur.

— Non, Quiterie, laisse faire Mado. Thibault n'a confiance qu'en elle. Elle le connaît depuis sa naissance et s'il venait à apprendre que quelqu'un d'autre s'est occupé de son linge, il serait capable d'en faire une maladie. »

Louis-Adrien partit d'un formidable éclat de rire.

« Monsieur Thibault est souffrant ?

— Tu veux dire qu'il est reparti se coucher ?

— Oui, Monsieur.

— Non, rassure-toi, il est jeune, c'est tout, et à cet âge-là, les pendules ne se règlent pas comme les autres. Elles ont parfois tendance à confondre le jour et la nuit. Mais crois-moi, il finira bien par se lever. »

Louis-Adrien aimait bien la jeune fille. Cette enfant, cette adolescente, mettait un peu de vie dans la grande maison sombre et froide. Sans se l'avouer, il aurait aimé avoir une fille comme la petite. Elle était belle, curieuse, vive. C'est peut-être bien pourquoi Léa s'en méfiait tant, en pensant à son fils.

Louis-Adrien, lui, était heureux de la savoir là, dans sa maison. Et l'idée qu'il se faisait de son fils, un grand dadais mou et paresseux, l'empêchait d'imaginer qu'il pût, le moins du monde, s'intéresser à la petite.

Thibault n'était pas mou ni même paresseux. Thibault était plutôt de ces hommes pour qui un arbre, un coin de soleil, une fleur étaient une source d'émerveillement. Thibault avait la passion de la couleur, du vent, du temps qui s'écoule lentement, des hommes et des femmes qui vivent avec les saisons, avec le froid, la chaleur, la pluie, les peines, les joies. Thibault passait le plus clair de son temps libre, à Paris, à croquer ses contemporains. Il aimait à voir vivre les plus démunis, à les voir bouger, à les entendre parler, à les regarder vivre. Il éprouvait pour les familles d'ouvriers et de paysans, une vraie passion. Lui qui avait toujours vécu dans le giron de Léa, dans cette grande maison où il n'avait jamais manqué de rien, lui le fils de bonne famille s'était pris de passion pour ceux que la vie n'avait pas épargnés. La pauvreté le fascinait. Le travail, la souffrance des autres, leurs peines, leurs larmes et leurs joies étaient pour lui des sujets de contemplation infinie.

Thibault

Thibault était de ces enfants qui naissent avec un don. Chez lui le dessin était comme une seconde nature. Du plus loin qu'il s'en souvienne, il avait toujours eu un crayon et un bout de papier pour griffonner. Son père ne voyait là qu'un petit travers. Quant à Léa, l'idée qu'elle se faisait de son fils lui interdisait d'imaginer qu'il pût un jour vivre de son art. C'est pourquoi le jeune homme était aujourd'hui étudiant en droit. À Paris il lui arrivait de traîner, le crayon à la main, dans ces quartiers grouillant de vie et de misère et de s'installer à quelque coin de rue sombre pour esquisser, là un portrait de femme, ici une scène de la vie de tous les jours.

Scène de misère, scène de joie aussi, quand, tout autour de lui, une volée de gamins débraillés passaient en courant. Quelquefois, Thibault s'enhardissait à pénétrer dans une de ces entrées d'immeubles sombres et puantes où, du haut en bas des escaliers délabrés, il écoutait vivre ce monde qui le fascinait.

Puis comme pris en faute, il repartait brusquement en regardant bien autour de lui comme un enfant qui a peur de se faire gronder. Il s'empressait alors d'aller griffonner plus loin ce qu'il avait si brièvement vu, assis sur un coin de trottoir des beaux quartiers.

Le droit l'attirait peu. Il se consolait en pensant qu'il pourrait un jour être utile à la défense des plus démunis. Mais à la vérité, il se laissait plutôt vivre et aurait été bien en peine de dire comment il voyait son avenir.

Mais tout cela, Louis-Adrien ne pouvait pas le comprendre ni même l'imaginer. Pour lui son fils était ce grand dadais, comme il se plaisait à le répéter, ce grand dadais qu'il adorait et à qui il aurait passé tous ses caprices.

Quiterie, elle, ne savait rien du jeune homme. Elle était simplement avide de découvrir celui qui venait de si loin, celui qui avait voyagé là-bas, à Paris, et qui devait avoir tant de choses à raconter.

« Allez va, ma petite, et porte-lui donc un bol de soupe, ça devrait l'aider à se réveiller. »

Pour la première fois depuis qu'elle était arrivée dans la maison, Quiterie fit attention à ne pas faire sonner ses galoches de bois sur les marches de l'escalier. Assis au coin du feu du petit salon, Louis-Adrien, qui aimait ce bruit familier, releva la tête et sourit en regardant vers la porte.

« Mado, Mado, où es-tu ?

— Par ici, ma fille, je suis là. »

La voix venait du fond de la grande cuisine où s'ouvrait une petite porte de bois donnant sur la cave. Mado était descendue dans le froid et dans le noir. Quiterie avait toujours peur que la vieille domestique ne se casse le cou dans l'escalier usé et glissant. Mais Mado n'en démordait pas et continuait de descendre tous les jours au sous-sol de la cuisine.

« Mado, il te faut aller voir pour le linge de Monsieur Thibault. »

Du fond de la cave, un bruit de bouteilles que l'on déplace, puis la voix de la vieille :

« Et alors, comment tu le trouves, Monsieur Thibault ?

— Figure-toi Mado, que je ne l'ai seulement pas encore vu !

— Encore à dormir à cette heure ?

— Eh oui ! Mais je lui porte un bol de soupe.

— Veux-tu que j'y aille ?

— Oh non Mado, je saurai bien le faire, va ! »

La vieille domestique apparaissait à la porte de la cave. Elle tenait, serré contre elle, son tablier replié sur une poignée de pommes de terre de l'année, qu'elle alla déverser sur la table de bois.

« Eh bien va, petit moineau, puisqu'il te faut être plus curieuse qu'une pie, et surtout prends bien garde de ne pas glisser dans l'escalier, tu aurais l'air bien gourde avec le jupon plein de soupe ! »

Mais Quiterie ne l'écoutait déjà plus. Le bol sur un plateau de bois, elle attrapa au passage une tranche de pain blanc qu'elle posa dessus.

Dehors, le bruit de la calèche que l'on sortait, Léa qui donnait ses ordres à Lucien, et le vent qui commençait de souffler fort, avaient dû réveiller définitivement Monsieur Thibault, c'est en tout cas ce que pensait Quiterie en frappant à sa porte.

Pas de réponse. Elle cogna encore une fois, quand elle entendit derrière elle la porte du petit salon s'ouvrir et la voix enjouée de Louis-Adrien.

« Attends, ma petite, je vais voir ce qui ce passe dans cette chambre. »

Il passa devant la jeune servante, ouvrit la porte d'un geste large et théâtral et dit à haute voix :

« Thibault, mon fils, ouvre donc tes yeux, je te présente Quiterie ! »

Du fond du lit une voix pâteuse répondit :

« Qui rit ? Qu'est-ce c'est ?

— Mais non, pas "qui rit", Quiterie, c'est une nouvelle domestique. Elle te porte un bol de soupe, et un peu de pain blanc. »

Elle avait posé le plateau sur la table de chevet et s'apprêtait à ressortir. Louis-Adrien se retourna, la regarda et, toujours souriant, ouvrit la fenêtre et les volets.

La pièce était dans un désordre indescriptible. La chambre que Mado et Quiterie avaient préparée avec tant de soins était devenue, en une nuit, un champ de bataille sans nom. Seules, dans leur vase, les monnaies du pape étaient encore en place. Le ciel de lit était attaché à un coin du lit, le petit tapis rouge en boule près de la cheminée et le feu éteint. Au sol, les souliers crottés avaient laissé de grandes traces d'eau et de boue sur le plancher ciré. Sur la table de toilette une liasse de dessins en désordre étaient posés à la diable dans la cuvette. Ce qui restait de place par terre était envahi de linge et de livres, mêlés en un désordre inextricable.

« Eh bien Thibault, je vois que les bonnes habitudes n'ont pas changé. Et, bien entendu, tu as brûlé toute ta chandelle cette nuit ? »

Le jeune homme, qui s'était redressé sur son lit, regardait son père d'un air absent, un vague sourire aux lèvres, puis, tourné vers Quiterie, il fixa son regard sur elle. Il regarda tour à tour ses mains, son visage, sa coiffe blanche, sa robe de paysanne.

Après un moment qui parut à la jeune fille ne jamais devoir se terminer, il dit, le regard posé sur son père :

« Dis-moi, comment s'appelle-t-elle ?

— Eh bien mon fils, demande-le-lui donc. »

Thibault rougit, prit son plateau sur ses genoux et grommela :

« Je finirai bien par le savoir, va ! »

Louis-Adrien, heureux de sa plaisanterie, ressortit de la chambre en riant.

Quiterie, au moment de le suivre, se tourna brusquement vers le lit du jeune homme et d'un air de défi le regarda dans les yeux.

« Moi, Monsieur, je m'appelle Quiterie. »

Puis elle sortit, en faisant bien claquer ses sabots sur le palier et les marches du grand escalier.

Léa, au même moment, rentrait dans la maison. Elle fit pénétrer par la porte ouverte un souffle d'air glacé. Sans lever la tête, elle tendit son manteau à la jeune fille.

«Quiterie ma fille, tu rentreras quelques fagots pour le petit salon et pour la chambre de Monsieur Thibault, tu feras tout cela avant le déjeuner.

—Oui, Madame.

—Et tu demanderas à Mado de porter un bol de soupe à Monsieur Thibault.

—C'est fait, Madame.

—Et qui donc l'a fait?

—C'est moi, Madame.

—Comment? Tu es entrée dans la chambre de Monsieur Thibault?

—Oui, Madame.

—Et qui t'y a donc autorisé?

—Monsieur.»

Léa, rouge de colère, piqua droit sur l'escalier et Quiterie entendit la porte du petit salon s'ouvrir et se refermer brusquement.

Dans la cuisine, Mado, au coin du feu, préparait les pommes de terre remontées de la cave, tout en chantonnant.

Quiterie, blême, vint s'asseoir face à elle de l'autre côté du feu.

La vieille fit alors tout doucement:

«Elle est colère, non?

— Oui, Mado.

— Quelle idée aussi de rentrer dans la chambre!

— Mado, crois-tu que je l'ai fait exprès? C'est Monsieur qui me l'a demandé.

— Quiterie, crois-moi, dans notre état, il faut savoir dire non aux maîtres et à tous les autres hommes de la maison. Crois-moi, ces bougres-là te chasseront plutôt que de devoir risquer un procès en paternité. Sans compter qu'une fille avec un enfant ne trouve plus jamais d'ouvrage.

—Mais Mado il n'est pas question de ça aujourd'hui. J'ai juste porté un bol de soupe.

— Ma petite fille, quand tu auras mon âge, tu pourras rentrer sans crainte dans la chambre des jeunes maîtres. Jusque-là apprends à te méfier d'eux. Tu as une bonne place ici. Ne va pas la gâcher. Demain, j'irai lui servir son bol de soupe à Monsieur Thibault. »

Un long moment se passa sans plus rien dire. De la chambre au-dessus de la cuisine un bruit de pas lourds se fit entendre.

Quiterie écoutait. Elle essayait de deviner les mouvements du jeune homme.

Le bruit de l'eau dans la cuvette, la fenêtre que l'on ouvre, l'eau qui tombe dans la cour. Un godillot que l'on pose, un raclement de pied, puis le bruit de la porte sur les planches du palier, enfin le loquet qui claque et enfin plus rien.

« Eh bien Quiterie, tu peux à présent lui porter son fagot. Il n'y est plus.

— Mado, est-ce que j'ai fait quelque chose de mal, dis-moi ?

— Mais non, ma petite, simplement tu es un peu jeune et tu apprendras qu'à ton âge, il convient de se tenir un peu à l'écart des messieurs de la maison, c'est tout ! Allez, va maintenant. Et ne t'inquiète donc pas, je t'arrangerai bien ça avec Madame Léa. »

Les jours qui suivirent, Quiterie prit bien garde de ne plus se trouver seule en présence de Thibault. Le jeune homme l'impressionnait. Son dédain du premier jour, son air mou, ses manières désordonnées et la pagaille dans laquelle il semblait se complaire lui semblaient à elle, la petite paysanne qui n'avait jamais rien possédé d'autre que ses sabots et ses vêtements, une forme de nonchalance coupable.

Seule désormais, Mado rentrait dans la chambre de Monsieur pour y mettre un peu d'ordre. Quiterie posait le fagot devant la porte et toquait légèrement, quand il était là à travailler ou à se reposer.

La plupart du temps, pour toute réponse, il grommelait et la jeune fille avait le temps de redescendre l'escalier avant qu'il ne se soit levé pour ouvrir la porte. En un mois, ils ne s'étaient pas adressés la parole plus de trois ou quatre fois.

Quiterie prenait bien garde de ne plus froisser Léa et d'observer scrupuleusement les conseils de Mado. Et pourtant, bien souvent, il lui était arrivé de se précipiter à la fenêtre quand, après avoir suivi le pas lent et lourd du jeune homme dans l'escalier, elle l'entendait ouvrir la porte et descendre les trois marches du perron. Elle le regardait alors s'éloigner dans la cour vers le chemin de pierre qui menait au hameau. Elle aimait à voir cette silhouette massive et courte s'éloigner lentement, le visage levé vers le ciel ou tourné vers les champs, à la recherche d'un souffle de vent ou d'un chant d'oiseau, bien rare en cette saison.

Thibault restait des heures entières absent. Où allait-il ? Que faisait-il, qui voyait-il ?

Quiterie ne le savait pas. Elle s'imaginait une bonne fortune, quelque part, dans une maison des environs. Elle s'imaginait une seconde vie pour ce jeune homme que sa mère surveillait tant. Elle en souffrait, et bien souvent restait à travailler près de la fenêtre pour guetter le moment où son pas ferait sonner les pierres de la cour.

Les jours, les semaines avaient passé et Thibault, qui ne sortait de sa chambre que pour le déjeuner après avoir travaillé toute la matinée, avait pris l'habitude de passer par la cuisine l'après-midi, avant de sortir. Il y prenait une petite goutte de cette eau-de-vie qui servait à faire, l'été, des vins de pêche, de noix ou autres, dont Léa se régalait toute l'année.

L'hiver avait été très rude et le jeune homme prenait prétexte du froid pour boire son verre.

« Cela me gardera du mal », aimait-il à dire, en se servant lui-même.

Il aimait aller jusqu'au grand buffet de chêne, l'ouvrir dans un grincement familier, saisir sur une étagère recouverte d'un tissu blanc un petit verre sans pied et revenir vers la table, la bouteille et le verre dans la même main, pour s'asseoir sur le banc usé et se verser à boire comme il le voyait faire aux guéridons des petits bistrots des Halles ou de la Bastille à Paris.

Quiterie, dans les premiers temps, se levait précipitamment, s'essuyait les mains gauchement à son tablier en bredouillant.

Mais, très vite, le jeune homme lui avait fait comprendre qu'elle ne devait surtout pas bouger. Ni elle ni Mado.

Quiterie tremblait alors de voir Léa rentrer au même moment. Elle s'arrangeait pour sortir chercher de l'eau, rentrer quelques fagots ou, le printemps venu, aller au potager, de l'autre côté de la cour, pour y travailler un peu.

Thibault s'asseyait en silence et, une fois son verre vidé, il repartait comme il était venu. Puis, petit à petit, il engagea la conversation. Avec Mado d'abord. La vieille n'aimait pas beaucoup le voir là. Cette cuisine, c'était un peu son fief, le seul endroit dans toute la maison où elle fut un peu chez elle. Mais Thibault, par ses silences et par son calme, avait su peu à peu se faire accepter là, de cette domestique qui l'avait vu naître mais qui n'en gardait pas moins la mesure de ce qu'elle était, une servante.

Et tous les maîtres le disent bien assez, on ne mélange pas les torchons et les serviettes, de même qu'on ne mélange pas la domesticité avec les patrons. Et quoi qu'en pensât Thibault, quelque image qu'il eût de lui-même, il était après tout le maître ici et Mado une simple servante, même si elle l'avait bien souvent réchauffé contre elle l'hiver, au coin de cette même cheminée.

Thibault, petit à petit, s'enquérait de tout. Chaque détail de la vie de sa vieille domestique semblait le passionner. Comment préparer les bonnes toupines qui attendaient sagement rangées dans l'aiguière ? Comment préparer, l'été, les vins parfumés, les sirops ? Comment laver le linge ? Il s'inquiétait même des conditions de travail, quand tout est gelé et qu'il faut travailler dans l'eau dont on vient de casser la glace.

Petit à petit, Quiterie était restée elle aussi un peu plus longtemps dans la pièce quand Thibault y entrait. Il lui avait bien posé quelques questions, mais la jeune fille baissait alors la tête en rougissant et ne répondait pas. Puis, un jour que le printemps avait mis de la couleur dans la maison, un jour que le soleil parcourait les moindres recoins de la grande bâtisse, un jour que Léa avait demandé que l'on ouvre toutes les fenêtres, y compris celle de la chambre de Thibault, Quiterie avait bousculé un large carton plat qui, en tombant, avait répandu de grandes feuilles blanches sur le sol. Sur chacune d'entre elles, une scène de la vie ouvrière et prolétaire des petites gens de la capitale était représentée. La jeune fille se baissa pour ramasser les feuilles et resta en arrêt devant les dessins.

Sur ces morceaux de feuilles vivait tout un peuple de gens au visage maigre, aux yeux fatigués, au dos voûté, aux vêtements en haillons. Ce monde, Quiterie ne le connaissait pas. Elle le découvrait avec une fascination qui la laissait là, assise par terre au milieu des croquis au fusain. Combien de temps resta-t-elle ainsi, les yeux fixés sur ce monde dont instinctivement elle se sentait très proche ?

Elle n'aurait pu le dire. De même qu'elle n'entendit ni le bruit de l'escalier ni celui du palier. C'est une ombre et un souffle, derrière elle, qui la firent se retourner brusquement. Thibault était là, dans l'encadrement de la porte. Il souriait, la tête un peu penchée et regardait la jeune fille. Quiterie s'était relevée prestement, lissait son tablier et tentait maladroitement de remettre de l'ordre dans les dessins éparpillés sur le sol.

« Laisse, Quiterie, je les ramasserai.

— Monsieur Thibault… non, je le ferai bien, laissez donc. »

Elle était pivoine. Thibault, toujours debout dans le chambranle de la porte, semblait ne vouloir ni avancer ni reculer. Il regardait la jeune servante sans paraître comprendre qu'elle aurait tout donné pour sortir de la pièce et s'enfuir en courant. La confusion était à son comble dans sa tête, quand il lui demanda :

« Dis-moi Quiterie, sais-tu dessiner ? »

Après un silence, troublé par le bruit d'un volet que le vent rabattit, elle releva la tête et le fixa dans les yeux.

« Non, Monsieur Thibault, mais… excusez-moi, il ne faut pas que je reste ici, votre mère ne le veut pas. »

Elle fit mine d'avancer, mais Thibault ne bougea pas d'un centimètre. Il continua à la regarder en souriant doucement.

« S'il vous plaît, laissez-moi aller.

— Ne crains rien, je ne te veux pas de mal Quiterie. Je voulais juste savoir ce que tu avais pensé de mes dessins, puisque maintenant tu les connais.

— Ils sont… très… très… enfin, je… c'est… ce sont des… des vrais gens de Paris ? »

Dans un grand éclat de rire Thibault s'était avancé et commençait à ramasser les feuilles éparses. Quiterie, figée au centre de la pièce, le regardait et répétait :

« Ce sont de vrais gens ?

— Mais oui, qui donc crois-tu que ce soit ?

— Les gens sont donc si vilains, si mal habillés à Paris ?

— Pas tous Quiterie, pas tous. Mais la plupart oui. »

Puis, comme si elle prenait conscience de la situation, elle prit sa robe à deux mains et s'élança sur le palier. D'un geste vif, Thibault l'attrapa par le bras. Elle s'arrêta brusquement, les yeux dans ceux du garçon, comme elle l'avait fait tout à l'heure, et dit très fermement :

« Lâchez-moi !

— Quiterie, juste un mot. »

Et tout doucement, il la relâcha. Elle se campa devant lui.

« Tu ne m'as pas répondu, sais-tu dessiner ?

— Non, Monsieur.

— Veux-tu que je t'apprenne ? »

Quiterie avait relevé le visage. Elle regardait par la fenêtre le soleil jouer avec les jeunes feuilles du grand marronnier de la cour. Après un silence, elle ouvrit la bouche pour répondre, mais le jeune homme la prit de court :

« Allez, va, mais quand tu le désireras, je t'enseignerai le dessin, le fusain, et pourquoi pas, à peindre.

— Oh, Monsieur !

— Quiterie, si un jour tu le souhaites, je pourrai même faire ton portrait au crayon. Si un jour… »

Mais comme si elle n'avait rien entendu, elle avait dévalé l'escalier, laissant Thibault désemparé, seul sur le palier les bras ballants.

Ce jour-là Thibault ne vint pas après le repas à la cuisine pour y prendre son verre d'eau-de-vie. Quiterie, pourtant, avait pris soin de sortir un verre et une bouteille, qu'elle avait posée sur un napperon rouge et blanc au centre de la table.

Mado, en souriant, avait jeté un regard en coin à la jeune fille.

« Sais-tu bien ce que tu fais là ? Tu t'imagines que c'est le rôle d'une domestique que de dresser la table de ses maîtres à l'office ?

— Mado, laisse-moi un peu ! »

Puis elle virevolta sur place, saisit son tablier à deux mains et fit mine de l'envoyer voler vers le plafond.

« Mado, il veut faire mon portrait ! Tu te rends compte ? Il veut faire mon portrait et même, il a dit qu'il m'apprendrait le dessin si je le voulais. »

Mado s'était signée et, tournée vers le foyer de la cheminée, elle grommela plus qu'elle ne dit :

« Sainte Vierge, la voilà folle aujourd'hui ! »

Et à Quiterie :

« Mais tu as donc le diable dans la peau ? Ne t'approche pas tant de lui, tu te ferais prendre au piège. Veux-tu donc perdre ta place ici ?

— Oh non, Mado, mais sais-tu qu'il ne m'a seulement pas touchée, il n'a même pas essayé. Crois-tu que ce garçon puisse me vouloir du tort ? Depuis tous ces mois qu'il est avec nous, il ne m'a pour ainsi dire jamais vraiment regardé et aujourd'hui il viendrait brusquement à changer ? »

Quiterie, sans vraiment savoir pourquoi, se sentait légère, heureuse.

Mado qui en avait vu d'autres, fixa calmement la jeune servante.

« Toi ma petite, tu es bien aussi sotte que ces demoiselles en dentelles. Du moment qu'un garçon t'approche, te parle, tu deviens toute folle. Prends garde au loup petite, prends garde au loup ! »

Et sur ces paroles sentencieuses, Mado, traînant toujours la savate, sortit de la pièce pour monter au petit salon où Madame venait de sonner la clochette de cuivre. Quiterie avait tourné en rond dans la cuisine. Elle s'ingéniait à y trouver une occupation qui l'y retiendrait. Quand elle entendit sonner deux heures au grand salon , elle comprit que le jeune homme ne viendrait plus. Sans un mot, elle reprit son napperon, le plia, le rangea dans le bas du grand meuble et remit la bouteille et le verre en place. Puis, toujours sans rien dire, elle sortit pour se rendre au potager. Le soleil faisait fumer par endroits la terre encore humide et fraîche des neiges de l'hiver. La lumière était un peu blanche, mais le reflet des fleurs de Pâques et l'herbe tendre donnaient à cette journée le charme d'un matin d'été. Mado était désormais trop vieille pour s'occuper seule du potager. Aussi la jeune fille ne manquait pas de s'y rendre dès qu'elle en avait le temps. Elle y travaillait depuis un long moment quand elle eut le sentiment d'être observée.

Lentement, elle se releva, déplia son dos et appuyée sur sa binette, fit du regard le tour du potager sans voir personne. Elle se tourna alors vers la cour.

Thibault était là qui la regardait, assis contre le muret de pierres sèches, un brin d'herbe à la bouche.

Quiterie, sans rien dire, se tourna et se remit au travail comme s'il n'avait pas été là. Il sembla pourtant au jeune homme que son coup de binette était soudain plus vaillant et plus ferme.

Il resta ainsi un long moment à contempler cette toute jeune fille qui travaillait déjà avec des gestes d'adulte, avec la cassure du dos des vieilles femmes qui ont trop peiné aux champs, avec cette fatigue de ceux qui savent que, quoi qu'il arrive, leur labeur n'aura jamais de fin.

Quand Quiterie se releva, Thibault avait disparu. Le soleil baissait à l'horizon et la fraîcheur commençait à se lever. Les sabots tout crottés, elle rentra à la cuisine. Il lui fallait maintenant préparer le feu, chercher un ou deux fagots, s'occuper du repas avec Mado et, quand tous auraient dîné, aller filer un peu de laine jusqu'à ce que ses yeux soient si fatigués qu'ils ne puissent plus se fixer sur son ouvrage.

Ce soir-là Thibault ne parut pas au dîner. Il se fit porter par Mado un bol de bouillon dans sa chambre. Et quand Quiterie, bien après la tombée de la nuit, s'en fut se coucher, elle vit sous la porte de la chambre filtrer un rai de lumière. Pourquoi ne dormait-il pas ? Il lisait peut-être ? Ou bien rêvait-il, le crayon à la main et l'air absent, devant une feuille blanche ?

Elle s'endormit la tête pleine de questions et se promit d'y apporter une réponse dès le lendemain.

En se couchant près de la vieille servante, elle demanda d'une voix soucieuse :

« Dis, Mado, pourquoi il n'est pas descendu ce tantôt Monsieur Thibault ?

— Tu en as de ces questions, petite ! Sache donc que ces sortes de gens n'en font qu'à leur guise et qu'une petite servante n'a pas à se poser tant de questions. Dors maintenant ! »

VI

Mado

LA PLUIE AVAIT COMMENCÉ vers le lever du jour, à cinq heures. Une pluie régulière et fine. Une de ces pluies qui ravissent les paysans parce qu'elle mouille bien le sol, qu'elle y pénètre et qu'elle y reste.

Avec la pluie, l'humidité s'était installée dans la chambre de Mado et Quiterie. La jeune fille, comme à son habitude, s'était levée la première. Le grenier voisin dégageait une odeur de poussière et de moisi qui fit tousser la vieille Mado. Elle avait, depuis quelque temps, du mal à se lever le matin. Son dos la faisait affreusement souffrir, surtout depuis le retour du printemps. Quiterie avait déniché de vieux chiffons qu'elle chauffait longuement auprès du feu et qu'elle montait lui serrer autour de la taille pour tâcher de la soulager. Mais Mado avait toujours mal et il lui fallait un long moment pour parvenir à descendre le grand escalier de bois. Ce matin-là, Quiterie comprit que la vieille servante aurait encore de la peine à se lever.

« Reste donc là, Mado, je te monte quelques chiffons chauds. »

Et d'un geste sûr, elle remonta la vieille couverture sur sa poitrine. La vieille femme regarda Quiterie sans rien dire, puis tourna la tête vers le mur d'un blanc sale, en portant la main à son front.

« Tu te sens bien, Mado ? Dis-moi, tu te sens bien ?

— Je vais bien, petite, mais je souffre le martyre, tu sais. Un jour, je ne pourrai plus me lever et alors ce jour-là, où j'irai, moi, avec ma vieille carcasse qui ne pourra plus bouger ?

— Mado, tu sais, je serai là, moi, tu pourras rester si tu le veux. Je te garderai, tu sais.

— Je le sais bien. Mais Monsieur et Madame ne l'entendront pas de cette oreille, eux. »

Quiterie fit mine de ne pas entendre la dernière phrase et sortit en prenant soin de bien soulever la porte pour ne pas la faire racler contre le plancher disjoint.

Du fond de son lit, Mado l'écouta descendre les marches. Quand, enfin, elle entendit sonner les galoches sur la pierre du rez-de-chaussée, alors elle laissa couler deux larmes sur son visage ridé.

Ce jeudi était jour de confesse pour Léa et Lucien Trémont ne tarderait pas à pousser la porte de la grange pour préparer le cheval et la calèche. Madame, comme d'habitude, partirait tôt et rentrerait avec le père Clément. Ce midi, la table serait dressée dans le grand salon et Quiterie n'aurait pas à monter et descendre l'escalier sans cesse pour porter les plats. En entrant dans la cuisine, elle tendit machinalement l'oreille vers le plafond. De la chambre de Thibault aucun bruit ne parvenait. Elle resta un petit moment, immobile, l'oreille aux aguets. Par la petite fenêtre de la cuisine entrait un jour triste et gris. La pluie continuait de tomber, fine et droite. La grande table de bois semblait poisseuse. Une humidité, venue d'on ne sait où, semblait sourdre des grandes dalles de granit du sol. Les cendres froides de la cheminée dégageaient une odeur douce et écœurante. Tout ce matin appelait à la tristesse et à la mollesse des gestes comme des pensées. Quiterie, les cheveux défaits, la jupe mal attachée et le tablier à la main, avait ce matin-là le visage d'une enfant fatiguée que l'on a réveillée trop vite et trop tôt.

Elle jeta machinalement un coup d'œil vers le coin de la cheminée où elle rangeait les fagots d'avance et sembla soudain revenir à la réalité. D'un geste sûr, elle rajusta sa jupe, noua son tablier et, dans un mouvement de la tête, rejeta ses longs cheveux bruns derrière son dos.

La petite porte de la cuisine grinça, Quiterie arrêta brusquement son geste, leva le visage vers la chambre de Thibault puis, n'entendant rien, elle finit très lentement d'ouvrir la vieille porte de bois. Dehors, la pluie commença très vite de mouiller ses cheveux défaits, mais elle s'en moquait. Elle était seule au monde tant que ses maîtres n'étaient pas levés. Elle se sentait légère et détendue, même si la fatigue et les travaux, de l'aube au crépuscule, avaient commencé d'user son corps d'adolescente avant même qu'elle ne soit devenue femme. Elle traversa la cour d'un pas rapide. La porte de la grange était ouverte. Quiterie, la main sur le battant, glissa un regard vers l'intérieur et, dans la pénombre, aperçut la silhouette massive de la Pomme occupé à préparer le cheval. Un bouchon de paille à la main, il étrillait, d'un geste large, les flancs de l'animal qui se laissait faire. Quiterie n'aimait guère Lucien. Aussi fit-elle le moins de bruit possible pour prendre son fagot dans le fond de la grange. Au bruit des sabots, l'homme releva le bras et tourna la tête vers la porte. Puis il reprit son mouvement et dit sans regarder la jeune fille :

« Tu es bien matinale aujourd'hui, fillette. C'est pour me voir que tu t'es levée de si bon matin ? »

Quiterie, sans le regarder, son fagot sur le dos, marqua une pause et, sans même tourner la tête, lança :

« Toi le Lucien, si je t'avais su ici je serais restée dans ma cuisine en attendant que tu partes ! Aujourd'hui il y a la pluie, mais comme calamité ça n'était pas assez, il fallait aussi que tu sois là. »

L'homme piqué au vif avait jeté la paille qu'il tenait à la main et s'était rapproché de la petite.

« Toi petite garce, prends bien garde à tes paroles !

— Et que crois-tu, vieux bouc ? Que j'ai peur de toi ? Va, reste auprès de la carriole, c'est encore là que tu es le mieux. »

Rouge de colère Lucien avait saisi la petite aux épaules. Quiterie, pour se défendre, avait lâché son fagot. Lucien, dans un grand mouvement de tout son corps, avait tenté de la renverser sur le sol.

La jeune fille, pour se dégager, frappa de la pointe du sabot la jambe de Lucien qui poussa un hurlement de douleur. Dans sa rage il saisit la jeune fille par les cheveux et lui tira la tête en arrière.

« Ah tu veux savoir qui est le plus fort ! Je vais te montrer qui est le maître ici, garce ! »

Son visage, rouge et ruisselant de sueur, était presque contre celui de la jeune fille qui secouait la tête en tous sens pour tenter d'échapper à l'homme rendu fou. Quiterie, submergée par la force de la Pomme et incapable de se dégager, commença alors à crier de toutes ses forces. Ses cris semblèrent décupler la rage de Lucien.

« Crie donc petite garce, qui crois-tu qui t'entendra ce matin ? Crie donc. »

Quiterie n'avait pas peur. La colère l'emportait sur le reste. Elle continuait de se débattre avec une énergie qui surprenait la Pomme. Son esprit fruste n'imaginait pas qu'une enfant de quatorze ans puisse lui résister. Peu à peu, il perdait pied. Quiterie se dégageait, il la rattrapait deux pas plus loin. Elle le frappait du poing, du pied, griffait son visage qui saignait désormais du nez et de la pommette.

Elle commençait à s'essouffler, quand elle sentit son adversaire lâcher brusquement prise et s'affaler sur elle comme l'aurait fait un homme ivre. Lucien, dans sa chute, l'avait entraînée au sol. Après un moment de silence absolu qui lui sembla durer une éternité, elle posa ses deux mains à terre, se releva lentement, le visage en avant et les cheveux en désordre devant les yeux. Elle eut alors un moment de surprise. Devant elle se tenait la silhouette massive de Thibault. Le jeune homme était là, penaud devant Quiterie, les bras ballants, un bâton dans la main droite.

Les deux jeunes gens se regardèrent un long moment sans rien dire. Quiterie reprenait son souffle, Thibault restait immobile, le bâton toujours à la main. Puis, pour briser le silence, il demanda d'une voix blanche :

« Il est mort ? »

Et, de la main, il désignait Lucien par terre qui ne bougeait toujours pas. Quiterie, le visage rouge, la chevelure défaite, regardait alternativement Lucien et Thibault sans répondre.

« Il est mort ? insista Thibault.

— Non, je ne crois pas. »

Elle avait la voix hachée par l'émotion.

« Il n'est pas mort, au moins ?... Je l'ai vu là... et je ne savais pas quoi faire... alors j'ai pris ce bout de bois et je l'ai frappé... Et je l'ai tué !

— Mais non, voyons, il va se réveiller ! »

Mais Thibault répétait comme une litanie :

« Je l'ai tué, je l'ai tué… »

Lucien commençait à s'agiter et à grogner. Il se mit péniblement à genoux, posa un pied à plat et s'appuya sur sa cuisse pour se relever lentement. Il tourna son visage vers Quiterie, sembla ne pas la voir, puis vers Thibault. Le sang coulait de son visage. Il porta la main à sa tête, poussa un grognement de douleur et se dirigea vers la porte en titubant.

Le silence était pesant. Lucien s'agrippa un instant au chambranle avant de reprendre sa marche hésitante vers l'autre côté de la cour, vers l'abreuvoir. Des deux mains en conque, il s'aspergea le visage, le frotta, mouilla vigoureusement ses cheveux, resta un moment immobile à regarder vers le sol, puis revint sur ses pas vers la grange.

Thibault et Quiterie ne l'avaient pas quitté des yeux. En arrivant devant le jeune homme, les yeux à terre, il grommela :

« Je suis désolé… je vous demande… de… de me pardonner Monsieur… j'ai perdu la raison… »

Il semblait penaud, comme un enfant pris en faute. Et Thibault, devant cet homme qui aurait pu être son père et qui s'humiliait devant lui était mal à l'aise. Son visage rond était plus blanc que jamais.

« Vous verrez cela avec Monsieur. En attendant, finissez votre tâche et préparez la carriole. »

Pendant tout ce temps, Quiterie s'était reprise. Elle avait remis de l'ordre dans ses vêtements et sa chevelure. Elle avait également ramassé son fagot. Thibault la rattrapa dans la cour. Elle entendit son pas se rapprocher, ralentit l'allure et se tourna vers lui. Il prit alors d'autorité le fagot de bois qui faillit lui échapper des mains.

« Dieu que c'est lourd ! »

Et d'un geste maladroit il le posa sur son épaule.

Quiterie l'avait précédé dans la cuisine. Il alla poser le bois devant le foyer et, tourné vers la jeune fille, la vit tituber, se retenir à la table comme pour ne pas tomber, porter la main à son visage et enfin se mettre à pleurer dans un mouvement lent des épaules.

Thibault s'approcha d'elle, la prit doucement contre lui, mit sa tête contre son épaule et resta là de longues minutes sans bouger. Quiterie pleurait toujours, silencieusement, reniflant de temps à autre. Thibault, lentement, lui prit la main et la fit asseoir sur le banc usé. Il s'assit à son côté et, dans le même geste tendre qu'un instant auparavant, il lui prit la tête et la posa de nouveau sur son épaule. Comme sans s'en rendre compte, il se mit à lui caresser doucement les cheveux, ainsi que l'on fait pour calmer un enfant triste. Combien de temps restèrent-il ainsi l'un contre l'autre ?

Ils n'auraient pu le dire, ni lui, ni elle. C'est Quiterie la première qui se leva.

Du plat de la main elle lissa sa jupe, puis son tablier qu'elle finit d'accrocher correctement. Sans un regard pour le jeune homme, elle se dirigea vers la cheminée.

Thibault, qui ne l'avait pas quittée du regard, se leva à demi.

«Quiterie, vous êtes fatiguée. Laissez-moi vous aider pour allumer le feu.

—Non, Monsieur, ça n'est pas votre affaire, laissez-moi.»

Puis, après un temps:

«Mado doit se demander ce que je fais!»

Quiterie avait saisi une braise et soufflait dessus pour enflammer quelques brindilles. À genoux devant le foyer, penchée en avant, elle semblait ne pas sentir le froid et l'humidité des pierres. Thibault debout au milieu de la pièce se sentait gauche. Il regardait la jeune servante aller et venir dans la cuisine. Il admirait chacun de ses gestes sûrs et simples, cent fois répétés chaque matin. Quand le feu fut parti, elle remplit deux bols de soupe avec la grande louche d'étain pendue au-dessus de la table, puis saisit la tourte de pain pour en tailler une tranche. Tout en travaillant, elle buvait à petites gorgées sa soupe froide et grignotait son pain.

De la main, elle avait ramassé les miettes sur la table et les avait jetées dehors devant la porte de la cuisine. Et tout cela était comme un ballet bien réglé que le jeune homme regardait sans rien dire, heureux d'être là et de ne pas gêner la jeune servante dans sa tâche.

Quand la soupe de Mado fut chaude, Quiterie mit devant le feu les quelques chiffons qui réchaufferaient le dos de la vieille domestique. Elle était debout devant le foyer depuis un instant, quand elle se tourna vers le jeune homme en le regardant de côté.

« Dites, Monsieur Thibault, vous m'avez entendue crier ce matin dans la grange ?

— Mais non, tu sais bien que de ma chambre on entend à peine la carriole sur les cailloux de la cour.

— Vous avez tout vu, alors ?

— Non, Quiterie. Simplement je n'ai pas pu dormir et à l'aube j'étais sous le grand chêne, dans le pré devant la grange, à regarder tomber la pluie. »

Quiterie semblait incrédule. Ses yeux rougis par les larmes allaient du feu à Thibault.

« Monsieur, vous ne direz rien à Madame n'est-ce pas ? »

Thibault sourit légèrement et fixa la jeune servante dans les yeux.

« Quiterie, c'est pour nous, c'est entre nous. Quant à Lucien je verrai ma mère pour le faire chasser, sois tranquille ! »

Thibault s'était assis devant la grande table et avait posé ses deux mains autour du bol de soupe brûlante comme pour les réchauffer.

« Monsieur, il ne faut pas rester là, si votre mère venait !

— Laisse donc ma mère où elle est, va !

— Je monte lever Mado, elle souffre encore aujourd'hui. Je lui porte quelques chiffons chauds pour son dos.

— Quiterie…

— Oui, Monsieur ?

—Non, rien et… surtout… Non, rien, va… Mado t'attend ! »

Elle avait rougi d'un coup et, pour masquer sa gêne, s'était hâtée vers l'escalier. Un instant après, il remontait dans sa chambre et fermait soigneusement la porte.

Dehors Lucien avait fini de préparer la carriole et de brosser le cheval. Il attendait que Léa fût prête, pour atteler et sortir l'équipage. Assis sur une grosse pierre devant la porte de la grange, il ressassait les images de la matinée. Une bouteille de vin à côté de lui était à demi pleine. Son pantalon de grosse toile noire était détrempé, son gilet, serré à la taille, luisant de crasse au revers là où, familièrement, il le tenait de la main tout en parlant, comme pour se donner un air. Son chapeau noir n'avait plus de forme et un liseré blanc d'humidité et de sueur avait fini par traverser le feutre. Il passait et repassait le plat de sa main sur la bosse qu'il avait au crâne. Et à chaque fois son visage rougeaud et buriné se froissait dans une mimique de douleur.

Thibault, qui était ressorti, l'observait, abrité sous l'arbre devant la cuisine. Lucien l'avait-il vu ? Peut-être, mais il ne le montrait pas.

Une heure s'était écoulée depuis l'incident et Quiterie devait être occupée à servir le petit déjeuner de Léa. Dans sa tête, Thibault essayait de suivre les gestes de Quiterie. Un à un, il reconstituait ses mouvements, il l'imaginait, la voyait bouger, l'entendait parler, croyait percevoir le claquement de ses galoches sur les marches de bois.

Il n'avait pas osé l'avouer à la jeune fille, mais il avait passé la nuit à faire son portrait de mémoire et, dès qu'il croyait posséder son visage, le crayon le trahissait. Cent fois, il avait jeté son ébauche et cent fois il avait recommencé. Au matin, épuisé, il était sorti pour prendre l'air. La pluie l'avait presque surpris. Tout à sa tâche de la nuit, il ne l'avait pas entendue battre le toit de lauzes, pas plus qu'il ne l'avait vue par-delà sa fenêtre.

Il avait de plus en plus de mal à détacher ses pensées de la jeune fille. Non qu'il la trouvât belle ou séduisante, mais plutôt pour le mystère qui émanait d'elle. Cette presque enfant, cette jeune fille de quinze ans travaillait, parlait, vivait comme une femme. Le travail ne l'effrayait pas et, du matin au soir, elle savait toujours trouver à s'occuper.

Elle ne s'arrêtait jamais pour rêver, jouer, s'évader de ce monde éreintant. Toujours habillée de sa jupe brune, de son tablier blanc et de la coiffe que sa mère lui avait donnée, rien ne semblait devoir l'arrêter que, parfois, les larmes. Et Thibault ne parvenait pas à percer ce mystère. Il ne parvenait pas à entrer réellement en contact avec elle. Dès qu'un pas était franchi, la jeune fille reculait d'autant et prenait bien soin de toujours garder ses distances.

Le jour était tout à fait levé à présent et Thibault se résolut à rentrer, la pluie, le froid et la fatigue ayant eu raison de lui. Il se réveilla quand sonnèrent les douze coups de midi. Un crayon sous ses doigts et le visage sur la feuille où sa main avait maladroitement tracé, enfin, les contours du visage de Quiterie.

La pluie avait cessé. Par endroits, le soleil perçait la couche épaisse des nuages, sans parvenir à s'imposer. Thibault était resté un long moment à regarder au-dehors. Assis à son petit bureau devant la fenêtre, il semblait se désintéresser du dessin. Et pourtant sa main allait et venait tout doucement sur la feuille. À quoi pensait-il à cet instant ? Le savait-il lui-même ?

Le bruit de la carriole qui rentrait le tira de sa rêverie. Il descendit accueillir le curé et sa mère sur le petit perron de pierre. Lucien, le visage rouge, le pas hésitant, ramenait à la grange le cheval dont les flancs fumaient.

Léa s'était habillée de clair et son fils, qui la regardait avancer au bras du prêtre en prenant garde à ne pas glisser sur les pierres boueuses de la cour, eut le sentiment que ce jour était un des plus beaux de sa vie.

Le temps avait passé depuis ce jeudi pluvieux. Quiterie travaillait toujours aussi dur et Mado ne sortait presque plus. Son dos la faisait toujours plus souffrir. Léa était montée plusieurs fois la voir dans sa chambre pour la réconforter. Il fallait souvent la réchauffer longuement le matin avec des tissus chauds pour l'aider à se lever. Elle passait de plus en plus de temps assise dans la cheminée de la cuisine à filer ou à préparer quelques légumes. Sa vue avait considérablement baissé. Quiterie faisait de son mieux pour la remplacer là où elle ne pouvait plus travailler. Elle servait désormais les repas, préparait seule la chambre de Monsieur, Madame et de Thibault. Elle s'occupait seule du potager, de la basse-cour et de la grande maison.

Bien souvent elle fut sur le point de pleurer de fatigue et d'épuisement. Mais elle pensait à la vieille Mado et à sa mère, qui ne pourrait plus, aujourd'hui, la reprendre chez elle. Elle repartait alors à l'ouvrage sans une plainte. Thibault lui, avait repris ses habitudes d'après repas. Mais désormais son verre était posé à côté de la bouteille, sur le napperon à carreaux rouges et blancs. C'était l'unique moment de la journée où les deux jeunes gens se retrouvaient seuls. Quiterie, debout, un peu en retrait de Thibault, attendait qu'il ait fini son verre, les deux mains à plat sur son tablier. Puis elle se penchait par-dessus son épaule et le ramassait sitôt qu'il était vide. Thibault fermait souvent les yeux à ce moment-là pour mieux écouter la jeune femme le frôler, le bruit du tissu, le pas sur le sol de pierre. Quiterie était heureuse, elle aussi, de ces quelques instants d'intimité. Elle n'avait jamais oublié qu'elle avait pleuré sur l'épaule du jeune homme. Elle en ressentait un trouble profond chaque fois qu'elle y pensait. Thibault, parfois, après s'être assis, prenait la parole et, sans attendre de réponse, se mettait à parler, à raconter sa vie de Parisien. Les soirées, les lumières, la musique, mais aussi et surtout la misère, le monde ouvrier, les usines qui tuent à la tâche même les enfants. Il racontait la faune des fortifications, les Limousins qui, venus à pied le plus souvent, venaient s'embaucher pour faire le maçon dans la capitale.

Il racontait les gargotes, l'eau-de-vie qui coulait à flot, les hommes qui, sitôt payés, se saoulaient au mauvais vin et finissaient plus souvent qu'à leur tour dans le ruisseau.

Il disait aussi sa passion pour ces personnages qu'il aimait à croquer au fusain, ce peuple des petites gens de Paris.

L'été avait remplacé le printemps, la chaleur avait tout envahi.

La vie continuait sans heurts. Thibault avait passé le mois de juin à Paris pour ses examens. Puis, dès le mois de juillet, il était revenu sans perdre de temps. Il avait semblé à la jeune fille que juin durait plus d'une année. Il n'était pas de jour qu'elle ne guettât le bruit de la carriole. Elle espérait toujours en voir dépasser la lourde silhouette de Thibault, comme ce jour d'hiver où elle l'avait entraperçu pour la première fois.

Mais elle dut attendre tout le mois avant de pouvoir courir au-devant de l'attelage. Ce jour-là, c'est René qui tenait les rênes du vieux cheval. En entendant le fer des roues claquer sur les pierres du chemin, elle était sortie par l'arrière de la maison et s'était précipitée à la hauteur de l'équipage. Elle avait posé sa main sur le bois de la banquette et souriait en regardant Thibault qui, lui, ne quittait pas la jeune servante des yeux. Il leur sembla que ce moment ne finissait plus. Seul le passage du portail aux montants de pierre, à l'entrée de la cour, les sépara. Quiterie s'était précipitée pour prendre les bagages mais Léa, qui était sortie sur le seuil, cria du perron :

« Eh bien, ma fille, laisse donc. René s'en chargera bien ! Va plutôt à la cuisine et sers-lui un bon verre de vin. »

Quiterie, comme à regret, repartit vers la maison, le buste à demi tourné vers Thibault qui, maladroitement, descendait du marchepied.

Léa s'était précipitée dans les bras de son fils. René dessellait le cheval. Par la porte ouverte de la cuisine, Thibault reconnut le bruit du placard qu'on ouvre, puis les verres que l'on entrechoque. Instantanément, une foule de souvenirs se précipita en lui. Souvenirs de moments passés là, à regarder vivre Mado et Quiterie. Souvenirs de silences, de moments où rien ne se dit mais où tout vous parle. Les malles n'étaient pas rentrées que Thibault s'était déjà précipité dans la cuisine. Léa, dans l'escalier, encourageait de la voix René qui peinait sous le poids des bagages.

Quiterie était debout au centre de la pièce, immobile, les bras le long du corps. Thibault s'approcha d'elle et d'un geste que rien n'aurait pu retenir, la prit dans ses bras et la serra contre lui tant qu'il le pouvait. Quiterie avait pris le visage du jeune homme entre ses mains et avait posé son front contre le sien. Sans un mot, sans rien se dire, ils restèrent ainsi, l'un contre l'autre, un long moment sans bouger. Quiterie était heureuse. Elle ne songeait plus à tout ce que lui avait dit Mado sur les maîtres qui séduisent et abandonnent les jeunes servantes. Elle était bien. Et tant pis pour Mado, et tant pis pour les convenances. Il était là et cela suffisait à la rendre heureuse. Rien d'autre ne comptait plus vraiment.

C'est Quiterie la première qui se dégagea. Elle venait d'apercevoir la silhouette de René dans l'embrasure de la porte qui les regardait en silence. Devant le trouble des deux jeunes il leva la main en souriant.

« Va, n'ayez crainte, je n'ai rien vu. »

Puis, comme pour changer de sujet :

« Et ce verre, Quiterie, c'est pour aujourd'hui ou pour la Saint-Martin ? »

Dans un grand éclat de rire, il prit à son tour la jeune fille dans ses bras pour l'embrasser sur le front. Penché vers son oreille il chuchota :

« Prends bien garde, petite… mais surtout sois heureuse ! »

Et Quiterie partit d'un rire frais, tournoya sur elle-même et remplit les deux verres qu'elle avait préparés.

« Thibault, enfin, où es-tu donc ? »

Léa descendait l'escalier, suivie du pas lourd de son mari qui prenait bien garde à ne pas passer devant elle.

Quiterie, pour se donner une contenance, ramassa les deux petits verres. Dans son trouble, elle en fit tomber un à terre qui se brisa sur les dalles de granit dans un bruit sec. Rouge de confusion, elle se baissa pour en ramasser les morceaux. René s'était précipité pour l'aider. Thibault quant à lui semblait ne savoir que faire de ses dix doigts et regardait la scène sans bouger.

« Alors, ma fille, voilà que tu casses les verres à présent ? Mais enfin, où as-tu la tête ?

— Pardonnez-moi, Madame, je ne le ferai plus. »

Léa était rouge de colère. Elle avait saisi la jeune fille aux épaules et la secouait en criant :

« Attention mon enfant, si tu n'y prends pas garde tu pourrais bien refaire tes bagages, prends bien garde ! »

Sa réaction semblait disproportionnée à l'incident. Thibault, de plus en plus mal à l'aise, s'était approché de sa mère et, la main sur son épaule, il s'entendit dire, comme surpris lui-même de son audace :

« Laisse, maman, ce n'est pas elle qui a cassé le verre, c'est moi. Ne l'accable pas ! »

Quiterie avait relevé le visage et regardait Thibault qui souriait en la fixant droit dans les yeux.

Léa semblait s'être calmée d'un coup.

« C'est toi, mon petit ? C'est le voyage, sans doute, la fatigue ? Veux-tu monter un instant te reposer ? »

René, qui ne disait plus rien, regardait la jeune servante finir de ramasser les morceaux de verre.

Léa entraîna son fils dans le grand salon et, de la cuisine, Quiterie put l'entendre dire sur un ton de reproche à peine voilé :

« Mais enfin, mon petit, que faisais-tu à la cuisine ? Ça n'est pas ta place ! »

Pour toute réponse Thibault bredouilla une excuse que Quiterie ne comprit pas.

« Dis-moi, petite, on dirait bien que Monsieur Thibault te trouve à son goût ? »

Quiterie avait levé les yeux vers René et d'une petite voix anxieuse avait demandé :

« René… croyez-vous qu'il m'aime vraiment ?

— Va-t'en savoir avec ces gens-là ? Tu sais, ils ne pensent pas comme nous, ils ne vivent pas comme nous. Va-t'en savoir ce qu'ils ont en tête ? »

Mado, qui rentrait au même moment, s'arrêta sur le seuil de la cuisine en grommelant.

« Ces gens-là, ils n'aiment pas, ils ne savent pas aimer. Ce n'est pas de leur faute, on ne leur a jamais appris. Quiterie, ma petite, ne te laisse jamais séduire, tu le regretterais bien longtemps, crois-moi !

— Tais-toi donc, vieille sorcière, laisse-la donc un peu faire ce que bon lui semble. »

Mado pour toute réponse avait haussé les épaules en souriant puis s'était assise un instant, pour soulager son dos qui la faisait toujours souffrir.

La journée se passa sans que le jeune homme ne redescende à la cuisine. Quiterie, l'oreille aux aguets, guettait chaque bruit venant du premier étage. Allait-il descendre ? Allait-il venir prendre son verre d'eau-de-vie à la cuisine, comme autrefois ? Allait-il trouver un moment pour la tenir à nouveau dans ses bras ?

Seul le murmure des voix lui parvenait, mêlé au bruit des pas sur le plancher de bois. Elle tentait de reconnaître le timbre traînant et doux de Thibault, celui plus aigu et autoritaire de Léa et la voix onctueuse de

Louis-Adrien. Quand la vieille Mado, après le repas du soir, monta se coucher, elle se contenta de la suivre du regard sans se lever pour l'accompagner, comme à son habitude.

« Eh bien, petite, tu ne viens donc pas ?

— Non, Mado, je monterai tout à l'heure. Va, je te rejoindrai bien !

— Dis-moi, ce ne serait pas que tu attendes Monsieur Thibault ici des fois ? »

Quiterie avait rougi. Seul un sourire discret disait que la vieille avait deviné.

« Je t'aurai pourtant bien prévenue : ces gens-là n'aiment pas. Garde-toi bien de les aimer toi-même. Ce sont nos maîtres, c'est tout. »

Puis, après un temps :

« Quiterie, veux-tu m'aider à monter ? Tu sais, j'ai toujours si mal ! »

Sans un mot elle s'était levée, avait lissé son tablier du plat de la main et passé son bras sous celui de Mado pour la soutenir dans l'escalier.

Sur le premier palier de la lumière filtrait sous la porte de droite, celle du petit salon. En revanche, la chambre de Thibault semblait plongée dans l'obscurité. Ainsi il n'était pas couché ! Si elle redescendait sans tarder, peut-être le croiserait-elle, peut-être pourrait-elle échanger quelques mots avec lui, lui souhaiter le bonsoir et, pourquoi pas, se laisser prendre dans ses bras, comme tout à l'heure. Elle était perdue dans ses pensées quand Mado, qui avait repris son souffle, grogna :

« Tu rêves, ma fille ?

— Je… non, je… je suis là, oui, je… Allez, qu'est-ce que tu attends donc là ?

—Mais c'est à toi que je pose la question ma petite ! »

Quiterie, sans répondre, reprit sa marche, soutenant toujours la vieille. Quand elle fut couchée et que la jeune fille lui eut frotté le dos pour tenter de le détendre un peu, elle se cala pour la nuit à demi assise dans le lit et le visage tourné vers la jeune fille, elle murmura :

« File vite maintenant, ne le fais pas attendre… »

Dans un mouvement que rien ne laissait prévoir, Quiterie avait posé un baiser sur la joue de la vieille servante et, dans un tourbillon, avait quitté la petite pièce que le jour n'éclairait plus. Du fond du grenier sombre et surchauffé par la journée d'été, elle avait lancé :

« Merci, Mado, à demain… »

Elle avait descendu l'escalier sans bruit. La lumière ne brillait toujours pas chez Thibault. La cuisine était vide. Dans la cheminée quelques braises brûlaient toujours. Elle les recouvrit de cendre pour les garder jusqu'au lendemain. Sans se l'avouer, elle avait espéré qu'il serait là, à l'attendre, un verre à la main, la bouteille posée devant lui, dans cette attitude qui lui était familière. Mais il n'était pas là. Elle sentit son regard se mouiller, puis la colère monter en elle. Elle se sentait trahie, trompée. Pourquoi après les retrouvailles de ce matin n'avait-il pas reparu ? Pourquoi l'avait-il embrassée, pourquoi n'était-il pas là ce soir ? La vieille Mado avait peut-être bien raison. Ces gens-là étaient-ils faits comme les autres ? Pouvaient-ils aimer comme les autres, pouvaient-ils avoir de la tendresse ? Pouvaient-ils faire le mal, sans même le savoir ? Toutes ces questions tournaient dans sa tête en mêlant à sa colère naissante le chagrin d'un amour d'adolescente déçue. Avant de remonter pour se coucher, elle se campa sur le seuil de la porte pour respirer l'air fruité du soir et regarder le ciel étoilé comme pour y chercher une réponse à ses angoisses de petite fille. Un bruit lui fit tourner la tête.

Il était là, dans l'ombre, assis sous l'arbre au milieu de la cour, à la regarder. Il souriait sans la quitter des yeux. Deux grosses larmes brouillèrent ses yeux. Elle fit un pas, puis deux, comme hésitante, et lentement se dirigea vers Thibault sans le quitter du regard. Elle tentait, dans la pénombre, d'apercevoir son visage, la forme de son corps contre le tronc.

« Bonsoir… Vous allez prendre froid. »

Elle avait dit la première phrase qui lui passait par la tête, sans trop réfléchir.

« Quiterie.

— Oui ?

— Je t'attendais.

— Il ne fallait pas, vous allez être fatigué demain.

— Veux-tu aller dormir, toi ?

— Non, je n'ai pas sommeil… »

Elle était là, devant lui, qui ne savait que faire. Devait-il se lever, lui prendre la main, la prendre dans ses bras, la serrer contre lui ?

Il n'osait plus faire un mouvement, de peur de la voir s'enfuir. Elle, dans le même temps, mourait d'envie de se jeter contre lui, de poser son visage contre son épaule, de sentir son odeur, sa chaleur, ses mains dans ses cheveux. Mais ni l'un ni l'autre ne bougeait, n'osait même parler.

Ce fut lui qui, finalement, brisa le silence.

« Veux-tu marcher un peu ?

— Oui. »

Elle avait répondu dans un souffle, la gorge sèche.

Il s'était levé l'avait regardée puis, comme le matin, l'avait prise contre lui dans un élan brusque. Combien de temps restèrent-ils enlacés ainsi ? Quelques secondes, quelques minutes ? Ils n'auraient pu le dire avec précision. Ils étaient bien. Le vent du soir caressait leurs visages. Mille bruits de la nuit les entouraient comme pour une sérénade.

« Vous vouliez-vous promener ? »

Elle avait relevé le visage vers lui.

« Pourquoi ne me tutoies-tu pas ?

— Votre mère, qu'en dirait-elle ?

— Ce soir elle n'est pas là, tu peux bien faire comme tu l'entends ! »

Il avait pris sa main dans la sienne et, dans un pas de côté, l'entraînait en chuchotant pour n'être pas entendu du petit salon où brillait encore une chandelle :

« Viens ! »

Et, main dans la main, ils s'étaient mis en marche au hasard, sans vraiment savoir où ils allaient. De quoi avaient-ils parlé ? Ni lui ni elle n'auraient pu le dire. De tout et de rien, de ces mots d'amoureux qui papillonnent d'une idée à l'autre, assoiffés de se raconter et de se découvrir mutuellement. Quand les premiers reflets roses marbrèrent le ciel vers l'est, Thibault sembla prendre conscience du temps qui passait.

« Es-tu fatiguée ?

— Je voudrais rentrer, oui. »

Puis dans un souffle :

« Embrasse-moi ! »

VII

La montre

MADO ÉTAIT ASSISE au coin de la cheminée, quelques légumes étalés sur son tablier tendu entre ses jambes écartées. D'un geste sûr, elle les coupait en tranches qu'elle jetait dans une marmite de fonte suspendue au-dessus du feu. Quiterie, les yeux pleins de sommeil, la regardait, comme hébétée.

« Te voilà enfin ! Sais-tu seulement l'heure qu'il est ?

— Non.

— Dix heures ont sonné, il y a déjà un moment.

— Excuse-moi, Mado, je ne t'ai pas entendue te lever.

— Je comprends bien ! En rentrant à l'aube tu ne pouvais pas te lever à l'aurore, à moins de ne pas te coucher.

— Madame n'est pas encore levée ?

— Non, mais tu ne tarderas pas à lui porter son plateau. »

Quiterie s'était servie un bol de soupe dans lequel elle avait mis à tremper quelques morceaux de pain. Assise au coin de la longue table de bois, elle déjeunait, l'air absente, un sourire aux lèvres.

« Tu as couru cette nuit ? »

C'était à la fois une question et une affirmation.

« Oui, Mado. »

Puis l'air songeur elle ajouta :

« C'était bien !

— Ne va pas faire de bêtises que tu regretterais, hein ? »

Pour toute réponse la jeune fille sourit.

« Et Monsieur Thibault, toujours pas levé ?

— Comme à son habitude, pas avant midi, une heure.

— Mado…

— Oui ?

— Je suis heureuse !

— Petite sotte ! »

Mais la vieille souriait et Quiterie ne put s'empêcher de venir poser un baiser sur sa joue ridée.

De tout le jour, Thibault ne se montra pas. Vers une heure de l'après-midi, Léa avait frappé à sa porte pour le déjeuner. Quiterie, qui servait désormais les repas, n'osait pas le regarder devant Léa et Louis-Adrien. Le jeune homme, lui, avait posé sur elle son regard doux et lui avait souri. Le manège n'avait pas échappé à sa mère qui allait de l'un à l'autre, en guettant un instant de complicité, un regard, un sourire. Son instinct de femme était en alerte.

« Thibault, mon petit, qu'est-ce qui se passe ?

— Rien mère, rien… »

Mais ses yeux ne quittaient toujours pas Quiterie qui, le visage toujours penché vers l'avant, le regardait discrètement en souriant.

« Eh bien, ma fille, pourquoi souriez-vous ainsi ? »

Quiterie rougit sans répondre et jeta un dernier coup d'œil à Thibault. Il avait plongé le nez dans son assiette, silencieux, comme pris en faute.

« Quiterie, mon enfant…

— Mais laisse-la donc, enfin, tu ne vois pas que tu la gênes, non ? »

Il était rare que Louis-Adrien intervint de la sorte, mais devant l'embarras de la jeune fille, il n'avait pu retenir sa remarque.

Il aimait l'enfant. Elle était le rire et la fraîcheur de cette maison où les seules présences féminines étaient la vieille Mado et sa femme. Pour rien au monde il n'aurait toléré que l'on s'en prit à Quiterie.

Léa restait la fourchette en l'air, le visage figé dans une expression de surprise. Elle bredouilla :

« Mon ami… enfin… mon ami !

— Quiterie, vous penserez à nous monter une bonne bouteille, s'il vous plaît. La journée est belle, le vent est doux, cela se fête. N'est ce pas, Thibault ?

— Oui, père… »

Quiterie n'était pas dupe et Louis-Adrien, qui n'avait rien perdu du manège entre son fils et la jeune fille, se sentait bien. Il était heureux, détendu. La vie lui apparaissait à présent sous un jour agréable.

« Eh bien, vous avez entendu Monsieur, qu'attendez-vous donc ? Allez… pressez-vous un peu ! »

Quiterie évita soigneusement de regarder à nouveau Thibault pendant tout le repas. Les conversations cessaient dès qu'elle s'approchait et, de tout l'après-midi, le jeune homme ne reparut pas. C'est seulement à la nuit qu'il se montra, assis sous l'arbre, comme la veille. Et comme la veille au soir, ils refirent le monde, main dans la main, au rythme de leurs pas, sans vraiment savoir où ils les menaient.

Les soirs qui suivirent, les rendez-vous nocturnes devinrent un rituel et Quiterie qui travaillait dur la journée, prenait bien garde à être de retour avant minuit. Thibault possédait une grosse montre à gousset qu'il tenait au bout d'une petite chaînette d'or.

Les premiers temps c'est lui qui y lisait l'heure, mais bien vite Quiterie avait voulu, elle aussi, apprendre à déchiffrer ce cadran blanc, couvert de chiffres romains et qui l'impressionnait tant. À la lumière de la pleine lune, assis côte à côte dans l'herbe d'un talus, épaule contre épaule, elle avait découvert, jour après jour, les mystères insondables de ce temps que rien ne retient et qui pourtant tient dans un si petit boîtier de métal. Et plus elle en savait et plus la lune rétrécissait. Enfin, un soir que le croissant brillant ne dessinait plus qu'un trait de lumière grise, elle parvint elle-même à lire l'heure sans l'aide de Thibault. Alors dans un geste simple, le jeune homme avait détaché la chaînette en or de son gilet et l'avait tendue à Quiterie.

« Tiens, c'est pour toi à présent. Ne la perds pas, je te la donne. »

Elle n'osait pas la prendre. Elle restait les bras ballants, à regarder son compagnon qui souriait.

« Allez tiens, prends, c'est pour toi ! »

Alors, dans un geste lent, la main tremblante, elle avait saisi la montre et refermé sa main dessus. Puis, après avoir lentement déplié les doigts, elle l'avait ouverte, pour y lire à nouveau l'heure.

« Il… il est bientôt onze heures passées. »

Deux larmes coulaient sur ses joues que Thibault essuya du bout des doigts en murmurant :

« Ne pleure donc pas… Viens, il est temps de rentrer ! Tu dois dormir à présent ! »

Cette nuit-là, elle ne s'endormit que très longtemps après s'être couchée, la montre à chaînette d'or serrée contre elle. Au matin, quand elle se réveilla, elle tenait toujours la montre dans sa main et son premier geste fut pour y lire l'heure.

VIII

La chambre dans la tourelle

Ce mois de juillet fut pour Quiterie un des plus beaux moments de sa vie.

L'automne vint sans qu'aucun événement marquant ne troublât la vie de la maison. Tous les jeudis le père Cheyrousse revenait avec Léa dans la carriole menée par la Pomme. René passait régulièrement après le repas de midi pour boire un verre à la cuisine. Thibault avait retrouvé ses habitudes et venait invariablement passer un moment devant un verre d'eau-de-vie après avoir mangé. La douceur des jours succédait à la douceur des jours. Louis-Adrien avait un jour passé sa main dans les cheveux de la jeune fille alors qu'elle le croisait sur le palier du premier étage. Elle avait alors pris délicatement sa main et, la repoussant de sa chevelure, elle avait bredouillé :

« S'il vous plaît, Monsieur... »

Alors, dans un gros rire sonore, il avait reposé sa main sur la tête de Quiterie et l'avait décoiffée dans un geste amical.

« Ne t'inquiète donc pas, ma petite, je ne te veux pas de mal ! »

Puis il avait tourné les talons, toujours en riant.

Ce fut le seul incident notoire de cet été de bonheur, où tout semblait avoir été agencé à la perfection.

La pluie avait précédé le froid de quelques jours. L'été avait pris fin brutalement. À la mi-septembre, l'automne avait déjà presque pris ses quartiers. On avait dû rallumer le feu au petit salon que Léa ne quittait presque plus.

Mado avait pris le lit et ne l'avait plus quitté depuis plusieurs jours. Son dos la faisait tant souffrir qu'elle ne pouvait plus se tenir debout. C'est Léa elle-même qui montait tous les matins lui porter à manger, l'aider à faire sa toilette et lui masser longuement les épaules et le dos. Quiterie portait des chiffons chauds, mais le mal avait tant empiré qu'ils ne la soulageaient guère. Elle ne mangeait presque plus. Son visage s'était creusé, ses yeux cernés et ses mains figées. De jour en jour elle déclinait et rien ne semblait pouvoir l'aider. Léa passait ses journées dans la petite chambre et tenait le lit chaud avec une bouillotte de métal blanc remplie d'eau bouillante que

Quiterie changeait plusieurs fois par jour. Puis, un soir, la vieille servante murmura dans un souffle :

« Je veux voir le prêtre, par Dieu, allez me chercher le père Clément. »

Quiterie, le regard noyé de larmes, avait couru prévenir René qu'il devait partir chercher le curé avec la carriole, au plus vite.

« C'est pour Mado ? »

Alors, sans que rien n'eût pu le laisser prévoir, la jeune fille s'était jetée sur sa poitrine en sanglotant.

« Je ne veux pas, je ne veux pas !

— Calme-toi, petite ! Et puis tu sais, elle souffre tant que c'est mieux ainsi. Et puis son paradis, elle l'a bien gagné. De là-haut, elle ne t'oubliera pas et je suis sûr qu'elle y sera plus heureuse qu'ici-bas. »

Et, tout en la berçant de mots, il lui caressait le front, ramenant ses cheveux vers l'arrière.

« Aide-moi plutôt à atteler au lieu de pleurer, va ! »

Mado avait vécu jusqu'au matin. Le père lui avait tenu la main jusqu'au bout. Léa pleurait en silence. Louis-Adrien, pâle, les traits tirés, lui avait fermé les yeux quand, dans un dernier souffle, sa maigre poitrine s'était affaissée et que le bruit de sa respiration eût cessé.

Quiterie, debout dans l'embrasure de la porte, pleurait en silence sans même chercher à essuyer ses larmes.

C'est le prêtre qui le premier avait parlé.

« Elle repose en paix, maintenant. Prions pour elle. »

Et, dans un même élan, ils dirent ensemble la prière des morts.

« Quiterie, ma fille, vous dormirez dans la petite resserre de la grange, jusqu'à l'enterrement. La Pomme vous y portera de quoi dormir. »

Léa, les yeux rougis, s'était levée pour sortir de la pièce.

« Il ne faudra pas tarder à l'enterrer. Mon père, quand pouvons-nous le faire ?

— Préparez-la pour demain si vous le pouvez et pour onze heures je pourrai dire la messe. »

La journée avait passé sans un mot. Mado reposait seule, là-haut, dans la petite chambre. La Pomme avait disposé une paillasse dans le réduit de la grange là où, autrefois, on élevait le cochon.

Le soir venu, Quiterie était montée saluer, une dernière fois pour la nuit, sa vieille compagne. Elle ne réalisait pas encore bien que son sourire était parti pour toujours, que sa petite voix raisonnable ne serait plus là pour la guider dans ses premiers pas de jeune femme et que plus jamais elle ne pourrait déposer un baiser sur sa joue ridée et partir en riant. Elle se sentait seule. Elle avait froid. Elle éprouvait surtout un chagrin qui lui mangeait toute sa vie, toute sa force. Perdue dans ses pensées, elle n'entendit pas venir Thibault.

« Viens t'en dormir maintenant. »

Elle s'était levée lentement, avait pris le jeune homme par la main et, après s'être retournée une dernière fois, avait traversé le grenier sombre et froid sans dire un mot.

« Veux-tu que je t'accompagne ?

— Oui… je veux bien. J'ai un peu peur d'aller dormir là-bas toute seule ! »

Ils avaient traversé la cour en silence. Dans la chambre de Léa la chandelle brillait toujours. La nuit fraîche redonna un peu d'énergie à Quiterie qui s'arrêta un instant pour respirer à pleins poumons, le nez vers les étoiles.

« Tu es sûr que ça va ? »

Comme elle gardait toujours le silence, il ajouta :

« Tu dois dormir maintenant, demain sera une dure journée. Tu dois te reposer. »

Thibault avait poussé la vieille porte branlante. Le froid dans le réduit le saisit brutalement.

« Dieu que c'est froid ici ! Tu ne peux pas dormir là, voyons. Tu vas attraper la mort. »

Il avait attrapé la main de la jeune fille pour, d'un pas vif, la contraindre à retraverser la cour. Sans lui laisser le temps de protester il lui avait fait gravir les marches de l'escalier, s'était arrêté devant la porte de sa chambre, l'avait ouverte et passant devant elle, avait murmuré :

« Tu dormiras ici, tu y seras bien mieux. Je ne veux pas que tu ailles là-bas ! »

Quiterie restait silencieuse, les bras ballants, sans oser avancer.

« Eh bien, tu rentres, oui ?

— Je… Ce n'est pas bien… je ne dois pas…

— Allons, ne dis donc pas de sottises, je dormirai dans le fauteuil, mais toi tu dormiras dans un bon lit cette nuit et pas sur cette paillasse juste bonne pour les journaliers.

— Je… Je n'ai pas vraiment sommeil… »

Mais le jeune homme avait pris à nouveau sa main et la faisait entrer dans la pièce dont il refermait la porte. La chandelle allumée, il ouvrit le grand lit en disant à la jeune fille :

« Tu seras mieux là. Veux-tu que je mette le paravent ?

— Oui, je veux bien. Et toi tu ne vas pas avoir froid ?

— Ne sois pas si inquiète. Avec une couverture sur les jambes, cela devrait suffire. »

Tout en parlant, il avait ôté le couvre-lit, l'avait posé sur le fauteuil Voltaire face à la cheminée. Puis, le paravent déplié, il avait posé un baiser sur le front de Quiterie en disant à voix basse :

« Dors bien et ne prends pas froid. »

Enfin il s'était assis dans le fauteuil, enveloppé dans le couvre-lit.

Alors, sans un mot, Quiterie s'était assise à ses pieds, avait posé sa tête contre ses jambes et tiré le tissu sur ses épaules en murmurant :

« Et maintenant, tais-toi et dors.

— Mais…

— Chuuut ! Dors je te dis ! »

Et la main tendue, elle mêla ses doigts à ceux de Thibault qui n'osa plus bouger.

Ils se réveillèrent au matin, figés dans la position qui les avait vus s'endormir. Quiterie fut la première à ouvrir un œil. Sa main semblait soudée à celle du jeune homme, qui dormait profondément.

Elle resta un long moment à le regarder respirer lentement, régulièrement et quand, déliant ses doigts des siens, elle se releva, il grogna un mot indistinct, ouvrit les yeux, la regarda, sourit, tira à lui le couvre-lit, se recala dans le fauteuil, et ferma à nouveau les yeux. Il dormait. Sans un bruit, elle sortit de la pièce les sabots à la main et descendit à la cuisine, dans la nuit finissante, rallumer le feu et préparer la journée.

Antonine, les bras chargés d'un fagot, sortait de la petite grange de pierres noires. Le froid sec figeait tout. L'herbe se couvrait d'une fine couche blanche, le givre brillait sur les branches les plus fines des arbres. La fontaine avait gelé dans la nuit et seul un mince filet d'eau coulait encore. Le vent glacé portait par instants le roulement lourd d'une charrette. Antonine s'était immobilisée devant la maison. Elle prêta l'oreille. Julien, sur le pas de la porte, quelques bûches dans les bras, avait lui aussi entendu.

« Il est bien tôt pour sortir déjà la carriole ?

— Peut-être quelqu'un de chez Léa ? Thibault qui repart ?

— Peut-être bien. »

Julien soulevait un nuage de poussières en laissant tomber le bois devant la cheminée.

Le pas régulier d'un cheval se mêlait à présent au claquement de la roue sur les cailloux du chemin.

Antonine, debout devant la porte, guettait le tournant pour voir apparaître l'équipage.

« Qui est ce ?

— C'est la Pomme qui arrive de chez Léa. »

Julien était ressorti pour se porter au-devant de Lucien. Le froid marquait ses joues rougies. La paille de ses sabots n'était pas tressée et sa barbe de plusieurs jours lui donnait un air bougon et négligé.

« Adieu la Pomme !

— Fous-moi la paix Julien !

— Eh bien, tu m'as l'air de bonne humeur encore, toi ! »

Lucien Trémont n'avait jamais été réputé pour son caractère joyeux, mais ce matin-là semblait pire que tous les autres.

« Au lieu de grogner, tu pourrais t'arrêter boire un coup.

— Pas le temps !

— Et tu vas où comme ça ?

— Chercher le croque-mort ! »

Antonine qui écoutait depuis l'intérieur de la maison accourait à la porte.

« Mon Dieu, Lucien, c'est chez Léa ?

— Eh oui !

— Et qui est mort ?

— C'est la vieille qui est passée hier. Et bien sûr c'est à moi à partir chercher Gustave.

— Léa est morte ? »

Julien semblait plus surpris que peiné.

« Mais non, pas la patronne. Mado, elle est partie, ça y est ! »

Antonine se signait, pendant que son mari, les yeux dans le vague, murmurait :

« Pauvre vieille, j'espère qu'elle a eu le temps de voir le père Clément ?

— Ça, tu le demanderas à ta fille, elle était là, elle aussi.

— Tu l'as vue ? Comment va-t-elle ?

— Elle ? Ne te fais donc pas de soucis ! Elle a fait sa place. »

Puis, dans le claquement du fouet, il lança sans se retourner :

« Si tu vois le René, demande-lui donc des nouvelles de ta fille. Il la voit bien assez. »

Julien s'était précipité sur la Pomme qu'il avait saisi à l'épaule pour l'arrêter.

« Qu'est ce que tu dis là ? Si tu venais à raconter des saletés sur ma petite je ne te le pardonnerais jamais.

— Ta petite ?… »

Il n'osa pas aller plus loin, la main de Julien sur son épaule se faisait plus pressante et son regard plus violent.

« Lâche-moi maintenant, il faut que j'aille. »

Julien avait desserré sa main sans quitter du regard la Pomme qui, sans un mot, s'était retourné pour reprendre sa route.

Le pas du cheval fit à nouveau écho au bruit sourd de la charrette et, quand elle disparut au coin du chemin,

Antonine, qui n'avait pas bougé de la porte, fit d'une voix tremblante :

« La méchanceté le fera crever celui-là ! »

La vieille Mado eut droit à un office complet. Léa avait dû céder aux exigences de Louis-Adrien qui pendant deux jours pleins n'avait pas ouvert la bouche. À plusieurs reprises, Quiterie l'avait entendu monter jusqu'au grenier pour aller se recueillir devant celle qui l'avait élevé et à qui il s'était attaché comme à une mère.

Le deuxième soir, Quiterie avait pu reprendre la petite chambre.

La chandelle à la main, elle avait poussé la petite porte de bois sans entendre en écho la respiration de Mado. La pièce était froide, noire et triste. Les images se bousculaient dans son esprit et, sans même y prendre garde, elle laissa couler sur ses joues de grosses larmes non pas de tristesse, mais bien plutôt de nostalgie. Nostalgie des moments de bonheur, de tendresse, de ces instants riches qui font les bons souvenirs.

Épuisée par les deux jours d'agitation dans la maison et par le travail qu'elle était désormais seule à faire, elle se laissa tomber sur le lit toute habillée, les yeux au plafond, sans penser même à souffler la bougie qui brûlait plus que de raison.

Un bruit de pas la fit se redresser. Une lueur courait sous la porte de sa chambre et sembla s'immobiliser derrière.

« Quiterie ? »

Thibault appelait à voix basse, tant il redoutait d'être entendu par sa mère.

« Quiterie ?

— Oui ?

— Tu n'as besoin de rien ? »

Pour toute réponse, il n'eut droit qu'aux sanglots trop longtemps retenus et qu'elle laissa échapper brutalement.

Avec beaucoup de délicatesse, il poussa la porte pour découvrir Quiterie allongée sur le côté, la tête dans les mains qui pleurait à chaudes larmes.

Il vint alors s'asseoir tout doucement sur le rebord du lit et, la main sur l'épaule de la jeune fille, dit à voix basse :

« Quiterie, tu sais, moi aussi j'ai de la peine ! Mon père l'aimait tant ! »

Elle ne répondit pas, toujours tourné vers le mur blanc.

Thibault avait descendu sa main sur le bras de Quiterie et d'un geste lent il le frottait, comme pour le réchauffer.

« Veux-tu que je te laisse ? Veux-tu dormir ?

— Non, reste ! Je ne veux pas être seule ici, je ne peux pas. »

Thibault avait alors soufflé les deux bougies et s'était allongé à son côté. Elle s'endormit la tête contre son épaule, pleurant en silence, la main dans la sienne.

IX

Léa

L'ÉTÉ AVAIT PASSÉ avec le deuil. Quiterie faisait tout, voyait tout, s'occupait de tout. La solitude, dans la journée, était souvent difficile à vivre. Plus personne à qui parler, auprès de qui se réconforter quand la fatigue des travaux quotidiens se fait trop grande. Thibault n'avait pas perdu ses habitudes d'après-repas et venait chaque jour boire son verre d'eau-de-vie à la cuisine. Souvent, il restait là des heures entières, à regarder travailler la jeune fille.

Il prenait plaisir à la voir aller et venir de son pas nerveux et souple à la fois. Il aimait cette silhouette bien charpentée, ces gestes précis et ce visage qui ne laissait jamais paraître quelque émotion que ce soit.

Bien souvent, il descendait, avec une feuille et un crayon pour tenter de fixer ces moments d'intimité où chacun côte à côte vivait sa vie, simplement heureux de la présence de l'autre.

Thibault avait pris l'habitude de monter tous les soirs dans la petite chambre au bout du grenier après leurs promenades du soir. Il n'y restait jamais trop longtemps, conscient que Quiterie avait aussi besoin de repos. Il n'osait pas s'asseoir et restait debout au centre de la pièce pendant que Quiterie, épuisée, se laissait tomber sur le lit. Ils restaient là un moment à parler encore de tout et de rien, puis il prenait congé en l'embrassant, comme un ami qui sait qu'il reviendra. Quiterie aimait ces instants où le temps n'existait plus, où le monde leur appartenait, à eux seuls, et à personne d'autre.

À l'automne Thibault et Quiterie, qui jusqu'à présent étaient restés discrets, n'hésitaient plus à se montrer ensemble, même dans la journée. Lui avait pris l'habitude de se lever plus tôt pour la rejoindre et pouvoir travailler dans l'après-midi. Louis-Adrien commençait à lui déléguer progressivement les affaires du domaine.

Thibault passait de plus en plus de temps sur les chemins à visiter les métairies et à tenir les comptes qu'à sa table de dessins. Mais la passion avait vite repris le dessus et il n'était pas rare qu'il parte avec sa boîte de crayons et quelques feuilles. Il rapportait de ces visites des croquis de visages usés, de masures délabrées, d'intérieurs misérables. Ces hommes et ces femmes qu'à

Paris il avait appris, sinon à aimer, du moins à voir, il les retrouvait ici dans un tout autre contexte, mais tout aussi miséreux. Le soir, il n'était pas rare qu'il montre ses dessins de la journée à Quiterie qui restait de longues minutes à les regarder à la lueur de la bougie.

Un soir, Thibault lui avait tendu une feuille au dessin fini. Une feuille crayonnée le jour même, un dessin représentant la fontaine devant la maison de Julien et d'Antonine. Une femme de dos était occupée à tirer l'eau. En quelques coups de crayon, Thibault avait su rendre l'arrondi des épaules, la masse des hanches, l'attitude caractéristiques d'Antonine.

« Veux-tu que je le colorie ? »

Quiterie, sans quitter le dessin des yeux, avait répondu dans un souffle :

« Oh non ! Il est si beau… Dis-moi, je peux le garder celui-ci ?

— Bien sûr, il est pour toi. »

Puis, après un silence :

« Veux-tu que je le fasse encadrer ? Tu pourras l'accrocher dans ta chambre ?

— Oui, je le veux bien ! »

Et, dans un geste brusque, elle se jeta contre lui en murmurant :

« Merci… je suis heureuse… »

Thibault, après un silence que seul le vent du nord dans le tilleul troublait, avait répondu :

« Moi aussi ! »

Et comme pour s'en convaincre lui-même, il répéta comme une prière :

« Moi aussi ! »

« Léa, je ne vois plus beaucoup notre jeune Quiterie le dimanche, ni même à confesse… »

Comme tous les jeudis la mère de Thibault s'était rendue au bourg pour y chercher le père Cheyrousse et se confesser. L'église en cette fin d'automne était plus froide et humide que jamais. Depuis deux jours, il avait cessé de pleuvoir, mais la température restait basse.

Léa, en frissonnant, les mains nues, répondait à voix basse.

« Mon père, depuis la disparition de cette pauvre Mado, elle a bien de l'ouvrage et elle n'a guère le temps de venir à la messe.

— Vous devriez tout de même veiller à ce qu'elle puisse se libérer de temps à autre ! Je sais qu'elle doit remercier le Seigneur de sa condition et travailler pour ses maîtres, puisque telle est son destin ici-bas, mais elle ne doit pas négliger pour autant ses devoirs religieux !

— J'y veillerai, mon père ! »

La Pomme qui battait la semelle devant le porche, entendit grincer la petite porte du confessionnal, puis le pas traînant du prêtre qui couvrait celui, plus léger, de Léa. Un murmure lui parvenait qu'il ne distinguait pas clairement. Le vent froid rabattait les bords de son chapeau et collait sa pèlerine à ses épaules. Le curé refermait lentement la lourde porte de bois après avoir laissé passer Léa. Et tout en faisant claquer le loquet, il demanda:

«Et Thibault, toujours au Peuch?

—Toujours oui, d'ailleurs vous le verrez tout à l'heure. Il mangera avec nous.»

Le cheval avait repris son allure lente. Les grandes roues cerclées de fer butaient contre les pierres, plongeaient dans les flaques de boue, grinçaient sans cesse. Sous la capote de drap noir, Léa et le père Cheyrousse s'étaient blottis au fond de la banquette. Ils restèrent silencieux jusqu'à la sortie du village.

C'est le prêtre qui le premier rompit le silence. Il semblait naturellement continuer une conversation entamée quelques minutes auparavant.

«Vous savez, ces choses-là sont souvent à craindre lorsqu'une jeune servante arrive dans une maison. Qu'est-ce qui vous fait penser qu'une aventure pourrait avoir eu lieu?

—Des petits riens, des regards, des attitudes. Et puis…

—Et puis?

—Et puis l'autre jour, dans sa chambre, dans ses affaires, j'ai trouvé une montre. Une montre qu'il avait donnée à Thibault autrefois.

—Et cette montre il l'aurait reprise à son fils pour l'offrir à cette enfant?

—Je ne sais pas, je ne comprends pas! Je ne sais plus quoi faire! Depuis ce jour je ne dors plus et chaque nuit je guette les bruits en provenance de sa chambre, de l'escalier, du grenier. Mais jamais encore je n'ai pu le surprendre. Je ne sais pas comment ils se retrouvent, ni où, ni quand. Que croyez-vous que je doive faire ?

—Chère Léa, ces choses-là ne durent jamais bien longtemps et votre époux, s'il a eu une quelconque aventure avec cette petite, se lassera certainement bien vite. Soyez donc patiente et priez pour lui !

—Mon père, ce qui m'effraye le plus c'est l'idée que cette petite puisse attendre un enfant. Vous savez comme ces situations peuvent attirer de complications. Les procès en paternité ne sont pas rares de nos jours et ils peuvent coûter fort cher !

—Rassurez-vous, vous pouvez compter sur moi. Nous aurions vite fait de la marier. Quant à moi je parlerai à Louis-Adrien. Et si la moindre liaison existait entre lui et cette petite, je tenterais de lui faire entendre raison. »

Léa avait sorti un mouchoir dont elle se tamponnait les yeux rougis.

« Merci mon père, merci ! »

La Pomme, emmitouflé jusqu'aux oreilles, recroquevillé sur son siège, n'avait rien perdu de la conversation. Il gardait le souvenir cuisant d'un coup de bâton de Thibault, un matin de pluie.

La table était dressée dans le petit salon du premier étage, à peine réchauffée par un maigre feu. Thibault avait été réveillé par le bruit de la carriole qui entrait dans la cour. Tout en repoussant sa lourde couette, il entendait le murmure des voix mêlées du curé et de sa mère. Le pas léger de Quiterie, dans l'escalier, le fit sourire. Il l'imagina tenant sa jupe brune un peu relevée pour ne pas l'accrocher en montant les marches, ses longs cheveux soigneusement tirés et coiffés en arrière, réunis en un chignon impeccable. Le jeudi, jour du prêtre, elle mettait le même soin que le dimanche ou les autres jours saints à se coiffer et à s'habiller.

Louis-Adrien, dans son bureau du rez-de-chaussée, mettait à jour un grand cahier couvert de tissu noir. Les récoltes du printemps et de l'été avaient été bonnes. Celles de l'automne s'annonçaient médiocres et seules les noix semblaient devoir êtres abondantes. Le froid et l'eau avaient pourri les vergers de pommes. Louis-Adrien releva la tête en souriant. Il venait de penser à Lucien Trémont, « la Pomme », qui aurait bien du mal à mettre sur sa table, toute l'année, un panier de pommes. Il avait vu passer l'équipage au travers de la fenêtre aux carreaux de verre simple qui déformaient les images, arrondissant ou affinant les formes un peu au hasard.

Sans se donner la peine de se lever pour aller accueillir le prêtre et sa femme, il avait à nouveau baissé le nez sur son grand livre ouvert. Quiterie redescendait du premier étage où elle avait fini de dresser le couvert. Il entendit son pas traverser le grand salon et s'arrêter derrière la porte de son petit bureau aux murs couverts d'étagères de bois peint en gris. Il releva à nouveau le visage, un sourire aux lèvres.

« Monsieur, Monsieur. »

Elle avait toqué légèrement à la porte.

« Entre, ma petite.

— Monsieur, Madame est arrivée…

— J'ai entendu. Tu es gentille, je viens dans un instant. »

Léa finissait de monter les trois marches du perron et passait la porte, quand elle vit la jeune fille sortir du grand salon. Le sang se retira de son visage et seules les marques rouges du froid sur ses joues mettaient une tâche de couleur sur sa figure.

« Monsieur est dans son bureau ?

— Oui, Madame.

— Et que faisiez-vous là ?

— Je prévenais Monsieur que vous arriviez et que le repas serait bientôt servi.

— Et vous pensez vraiment qu'il avait besoin d'être prévenu ? »

Quiterie restait figée sans savoir quoi répondre, saisie par la violence du ton.

« Je… Je vous demande pardon… »

Elle avait bredouillé la première phrase venue, sans vraiment savoir pourquoi.

Léa ajoutait en montant l'escalier :

« Et tâchez que les plats arrivent chauds cette fois-ci ma fille. »

Une larme coulait sur la joue de Quiterie. Elle rejoignit la cuisine en sanglotant.

Le père Cheyrousse, gêné, gardait le silence, sans savoir vraiment quelle attitude adopter. Léa, de la mi-escalier, le regardait hésiter.

« Eh bien, mon père ?

— Je… voilà, j'arrive. »

Ce fut un repas presque sans paroles. Thibault ne se lassait pas de voir aller et venir Quiterie. Le prêtre faisait tout ce qu'il pouvait pour entretenir une conversation qui n'accrochait sur rien et Léa surveillait son mari. Si Quiterie s'approchait par trop de Louis-Adrien pour le servir, elle restait la fourchette en l'air à la regarder faire, le regard noir. Si, en la servant, elle commettait la moindre maladresse, elle se retournait d'un coup en sifflant :

« Tout de même, ma fille, faites attention ! »

À tout propos, elle tentait d'intéresser son mari à la conversation. Invariablement il levait la tête pour acquiescer dans un grognement, dont on se contentait faute de mieux. Léa souffrait et faisait tout pour ne pas le montrer. Le prêtre était mal à l'aise. L'ambiance poissait, les silences résonnaient comme des cris qu'il fallait faire taire à tout prix. Thibault avait tenté, à une ou deux reprises, de se mêler au dialogue, mais sa mère, tout à sa souffrance, ne l'entendait pas plus qu'elle ne le voyait.

Quiterie ressentait ce malaise ambiant et se faisait la plus discrète possible. Seul le bruit de ses galoches sur le plancher semblait se moquer de l'épreuve qui se jouait.

L'après-midi sembla une éternité au père Cheyrousse et c'est avec soulagement qu'il poussa la porte de son presbytère à la nuit tombante. Léa, qui avait tenu à le raccompagner, se tenait comme à son habitude au fond de la banquette. La Pomme, sur son siège, s'était tourné à demi à plusieurs reprises, comme pour dire quelque chose. Mais à chaque fois il semblait hésiter, puis se raviser. Enfin, debout devant le marchepied, la main tendue pour aider Léa à descendre, il avait dit d'un ton monocorde.

« Madame se fait du souci, mais je crois qu'elle ne devrait pas. »

Interloquée, elle avait fini de descendre la petite marche de fer de la carriole qui se balança sous son poids, puis s'était tournée vers la Pomme.

« Et qu'est-ce que tu en sais, toi ?

— Je vous ai entendus tout à l'heure, avec le curé. Votre bonne, elle à rien à voir avec Monsieur.

— Et avec qui donc s'il te plaît ?

— Ça me gêne un peu de dire ça…

— Tu en as trop dit ou pas assez. Mais en tout cas tu dois continuer. Si tu es au courant de quelque chose, dis-le-moi ! Et maintenant. »

La Pomme regrettait, à cet instant, d'avoir engagé cette conversation, mais il ne pouvait plus reculer. Et puis il entendait bien faire payer les coups reçus. Il tenait enfin sa vengeance.

« Eh bien Madame, je crois bien que votre bonne, elle court après votre fils.

— Mon fils ? Mais tu es fou ! Et pourquoi dis-tu ça ? »

Thibault et la petite ? L'idée ne lui paraissait pas sérieuse ! Longtemps elle avait eu peur d'une telle liaison, mais jamais, au grand jamais, elle n'avait surpris le moindre geste équivoque, la moindre attitude qui eût pu y faire penser, en sorte qu'elle avait fini par se persuader que Thibault avait certainement une ou plusieurs bonnes aventures dans le secteur.

La Pomme hésitait toujours à répondre.

« Alors vas-tu te décider ? »

Alors, le regard au sol, les bras ballants, la voix basse, le cocher conta comment il avait surpris les deux jeunes dans les bras l'un de l'autre, à la cuisine, le jour du retour de Thibault au début de l'été. Comment aussi, un matin, le jeune homme l'avait surpris dans la grange avec Quiterie, en oubliant de dire les coups de bâton et le reste. Comment aussi il avait trouvé, au matin de la disparition de Mado, le réduit de la grange vide, où la jeune bonne aurait dû passer la nuit. Le silence qui suivit sembla peser comme du plomb. Il n'osait plus relever la tête pour regarder Léa dans les yeux, honteux de ce qu'il venait de faire. Il craignait surtout les conséquences de ses paroles dans les jours à venir.

Quand enfin il releva le visage, il vit Léa devant lui, immobile, blanche comme un linge qui le regardait sans paraître le voir. Puis, dans un geste que rien n'aurait pu laisser prévoir, elle le gifla de toute sa rage et de sa honte, avant de fuir, les yeux rougis par les larmes et la colère. La porte claqua si fort que Louis-Adrien sortit de son cabinet de travail. Léa montait l'escalier d'un pas rageur sans même prendre garde à lui. Il l'entendit claquer la porte du petit salon, puis celle de sa chambre. Le silence qui suivit était total. Quiterie était sortie de sa cuisine et regardait Louis-Adrien d'un air étonné.

« Madame est souffrante ?

— Non, ma petite, je crois bien qu'elle est en colère. Je ne sais pas ce qui se passe aujourd'hui, quelque chose la chagrine, mais du diable si je sais de quoi il s'agit. »

Il avait parlé d'un ton détaché, un demi-sourire aux lèvres. Son regard allait de l'escalier à Quiterie. Le chiffon qu'elle tenait à la main pendait devant elle, jusqu'au sol.

« Attention à ne pas marcher sur ton torchon. »

Quiterie avait souri et d'un geste sûr elle l'avait lancé sur son épaule, sans plus y penser.

« Heureusement que tu es là, toi, pour mettre un peu de vie dans cette maison. Madame n'est pas trop dure avec toi ?

— Parfois…

— Et tu ne voudrais pas nous quitter pour autant ?

— Oh non, Monsieur ! »

C'était presque un cri du cœur, et Louis-Adrien en éprouva une joie simple, un de ces petits bonheurs au quotidien qui rendent une journée plus belle qu'une autre.

Ce soir-là, Léa ne parut pas à table. Pas un mot ne fut échangé entre Thibault et son père. Louis-Adrien toujours perdu dans ses comptes et Thibault dans la contemplation béate de Quiterie. Elle en éprouvait un sentiment de gêne et de joie mélangées. Ce soir-là les deux jeunes gens restèrent un long moment ensemble à la cuisine. Léa, de son lit, ne risquait pas de les découvrir là, serrés l'un contre l'autre sur le petit banc de la cheminée, à regarder mourir le feu que Thibault essayait de dessiner. De temps à autre la jeune fille lui prenait le papier des mains, rajoutait un trait ici, une ombre là et lui rendait la feuille qu'il regardait en tendant les bras, un œil à demi fermé, avant de reprendre lui-même le dessin. Ils aimaient cette complicité tranquille, ces instants où ils étaient eux-mêmes libérés de ces regards qui les contraignaient à la prudence. Elle avait gardé le dessin fini qu'il avait signé d'un cœur entrelacé de leurs deux initiales. Il avait rejoint, dans la petite chambre de la tourelle, les portraits de la jeune fille et autres essais qu'elle gardait comme un trésor.

Le lendemain, ainsi qu'elle le faisait tous les matins, Quiterie frappait délicatement à la porte de la chambre de Madame, un plateau dans les mains, pour le petit déjeuner. Elle fut surprise de trouver la chambre inondée de lumière, Léa assise devant sa coiffeuse, habillée de pied en cape, sa toilette apparemment terminée quand à cette heure-ci, habituellement, elle se réveillait à peine.

« Madame sort ? »

Léa, sans répondre, sans même regarder la jeune fille, continuait de coiffer ses longs cheveux bruns et longuement ondulés.

« Pose tout sur la petite table, Quiterie.

— Bien, Madame.

— Dis-moi, quelle heure est-il donc ?

— Dix heures, bientôt vingt minutes, Madame. »

Elle avait lu l'heure à la petite pendulette dorée posée sur la cheminée de brique, décorée d'un parement de bois noirci par les ans.

« Quiterie ?

— Oui, Madame ?

— Depuis quand lis-tu l'heure ? »

Quiterie ne savait pas quoi dire. Devait-elle avouer la vérité ou inventer une histoire quelconque ?

Mais elle ne savait pas mentir et elle aurait aimé que Thibault fût à ses côtés à ce moment précis pour l'aider. Mais il dormait, comme tous les matins. Et elle était seule face à Léa qui semblait étrangement calme.

« Madame, c'est… Je…

— Tu ?

— C'est Monsieur Thibault qui m'a appris.

— Monsieur Thibault ?

— Oui. »

Léa continuait de se coiffer d'un geste régulier.

« Tiens, aide-moi donc au lieu de rester là à ne rien faire. »

Quiterie, d'un geste sûr, réunissait dans sa main les cheveux qu'elle enroulait en un chignon serré.

« Ma fille, crois-tu donc que je te paye pour apprendre à lire l'heure ?

— Non, Madame…

— Et d'abord, pourquoi mon fils t'a-t-il appris à lire l'heure ?

— Parce que… Parce que… il m'a offert sa montre…

— Et pourquoi t'a-t-il offert son gousset ? »

La jeune bonne ne pouvait pas répondre. Elle garda le silence sans cesser de fixer le chignon.

« Alors ? Tu as perdu ta langue ? Pourquoi t'a-t-il offert cette montre ?

— Je ne sais pas, Madame. »

Le chignon était terminé. Léa tournait la tête à droite et à gauche, le regard fixé sur son petit miroir.

« Vraiment, ma fille, tu ne sauras donc jamais me coiffer correctement ! »

Tout en parlant, elle tapotait sa coiffure par-dessous, comme pour la remonter délicatement.

« Tu peux t'en aller maintenant, va. Je te sonnerai si j'ai besoin de toi. »

Quiterie qui n'était encore qu'une enfant d'à peine seize ans ne comprenait pas pourquoi cette femme mûre la traitait comme elle l'aurait fait d'une rivale, avec la volonté de faire mal. Elle redescendit à la cuisine, plus énervée qu'attristée, sans comprendre pourquoi Léa avait fait un tel cas de la montre. Elle sentait toutefois confusément, que tout cela n'augurait rien de bon.

L'incident clos, la journée se passa comme toutes les autres. Depuis la disparition de Mado, Quiterie devait s'occuper de tout. Le bois, le potager, la cuisine, l'entretien de la maison, le service. Léa venait souvent inspecter les différentes réserves, ouvrant placards, toupines et pots, tout en donnant ses ordres.

Manquait-on de beurre ?

« Quiterie, vous direz à René de faire monter deux livres de beurre de la foire à Saint-Privat. »

Le pain venait-il à manquer ?

« Quiterie, vous penserez à demander à Monsieur Trémont de s'occuper d'en faire cuire pour le mois, au four de la grange. »

Et Quiterie retenait tout, s'occupait de tout, veillait à tout. Léa ne s'inquiétait pas de savoir si la jeune fille suffisait à la tâche ou non. Le travail semblait bien fait et elle se félicitait de n'avoir plus qu'une bouche à nourrir au lieu de deux.

Pourtant, ce soir-là, au moment où la jeune fille, après avoir servi le repas et rangé sa cuisine de fond en comble, s'octroyait quelques instants pour boire un bol de soupe accompagné d'un morceau de pain et d'un demi-oignon, ce soir-là, Léa vint se poster devant la grande cheminée de granit, les mains au dos.

Quiterie assise devant la table avait suspendu son geste.

Pendant un instant qui parut une éternité, les deux femmes s'étaient regardées sans un mot. Quiterie qui ne savait quelle contenance adopter, avait saisi une serviette dont elle s'essuya la bouche doucement. Au premier étage Thibault tirait une chaise devant sa table de travail. Quiterie l'imaginait, une chandelle à côté de lui, le crayon à la main, occupé à retoucher un croquis fait peut-être le jour même dans quelque ferme des environs.

Léa avait levé la tête vers le plafond.

Ce fut elle qui finalement rompit le silence.

« Tu es bien ici ? »

C'était bien la première fois qu'elle s'en inquiétait.

« Oui, Madame. »

Elle la tutoyait de nouveau, alors que depuis deux jours le vouvoiement avait été de rigueur.

« Tu n'as pas trop de travail ? Je veux dire, depuis que Mado n'est plus là ? »

Quiterie ne savait pas quoi répondre. Dire oui, c'était avouer sa faiblesse et risquer de se voir congédier. Dire non, c'était s'exposer à devoir en faire encore plus. Pour rien au monde elle n'aurait voulu partir de cette maison, s'éloigner de ce bonheur tranquille qu'elle se construisait au jour le jour avec Thibault.

« Moi, je crois qu'il va te falloir quelqu'un pour t'aider.

— Madame je n'ai besoin de personne. Ça va bien comme ça.

— Dès demain je me mettrai en quête de quelqu'un. »

Elle n'avait pas changé de pose, les mains toujours derrière le dos. Le regard droit et dur scrutait toujours la jeune fille.

« Quant à toi, ma fille, il te faudra bien songer un jour à trouver une meilleure place ?

— Madame, je suis bien chez vous. »

Et, avec cet illogisme que donne le pouvoir, Léa poursuivait comme si elle n'avait pas entendu :

« Je suis sûre que tu trouveras à te placer au mieux. J'en parlerai au père Cheyrousse dès la semaine prochaine. »

Quiterie n'avait pas vu Léa ressortir de la cuisine, effondrée par ce qu'elle venait d'entendre. Elle pleurait en silence, sans chercher à retenir, ni même à sécher, les larmes qui coulaient sur son visage.

Ce soir-là, Thibault ne vint pas la retrouver, ni à la cuisine, ni dans sa chambre. Quiterie ne dormait pas, la montre serrée dans sa main, les yeux ouverts dans le noir. Elle croyait voir dans les ombres de la nuit le visage du jeune homme. C'est alors que tout semblait dormir, que seuls les bruits familiers de la maison se faisaient entendre par intermittence, qu'un bruit de pas dans le grenier la fit sursauter. La lueur d'une bougie se glissa sous la porte, la poignée grinça et Thibault, pieds nus, s'encadra dans le chambranle, immobile, sans un mot.

Elle s'était redressée doucement.

« Thibault ! Je t'ai attendu !

— Pardonne-moi, je ne pouvais pas monter te voir. Léa m'a interdit de te parler et de te voir seule.

— Mais pourquoi ?

— Elle a sans doute compris, pour nous deux. »

Tout en parlant il s'était approché du lit et s'asseyait tout doucement pour ne pas le faire grincer. La bougie brûlait à présent sur la petite table de bois blanc, devant le broc de faïence ébréché.

Quiterie, les cheveux défaits, souriait doucement, les yeux fixés sur Thibault.

« Tu m'en veux pour ce soir ?

— Mais non.

— Je ne pouvais pas dormir, alors je suis monté quand même.

— Moi non plus je ne pouvais pas dormir, mais maintenant que tu es là, tu restes avec moi. Tu ne bouges plus. »

Et, comme si d'un coup toute la fatigue, toutes les émotions de la journée lui tombaient dessus, elle enlaça son compagnon, le força à s'allonger contre elle, et s'endormit d'un sommeil profond. Thibault resta éveillé. Il écoutait la respiration régulière de Quiterie, sa main sur ses cheveux, à l'affût du moindre mouvement, de la moindre expression sur le visage que la bougie éclairait de côté.

C'est lui qui la réveilla quand le jour commença d'éclairer d'une lumière blanche et froide les murs grossièrement blanchis de la chambre. Elle le regarda, lui sourit, s'étira, se leva lentement et, pour la première fois, s'habilla devant lui, en toute impudeur, sans la moindre gêne.

« Veux-tu que je sorte ?

— Non, maintenant tu peux rester. Et tu pourras dormir là tant que tu voudras. Si ta mère veut nous séparer, alors nous n'avons plus besoin de nous cacher. »

Thibault, surpris, la regardait bouger, l'admirait dans ses petits gestes quotidiens, sans importance, sans savoir s'il devait se réjouir ou s'inquiéter de la tournure des événements. La seule chose dont il était certain, c'est qu'il aimait cette fille, sans retenue et qu'il était heureux d'être là, simplement, à la voir, à l'entendre, à la toucher.

Les jours qui suivirent furent calmes. Léa ne parlait plus de trouver quelqu'un d'autre. Quiterie et Thibault ne manquaient pas une occasion d'être ensemble, pour un moment ou pour une nuit. Le jeune homme rejoignait son amie tous les soirs. Il devait attendre que la maison fût calme, pour monter sans bruit la retrouver. Ils parlaient à mi-voix de leur journée, lui montrant ses dessins, elle, l'écoutant ou bien babillant sur les sujets les plus anodins. Quiterie progressait en dessin et ses croquis prenaient une patine qui laissait penser qu'elle avait peut-être plus de talent qu'elle ne le laissait paraître. En était-elle seulement consciente elle-même ?

Thibault se levait avec elle et partait finir la nuit dans sa chambre. Léa était-elle dupe ? Il l'ignorait ou feignait de le croire.

Un après midi qu'il buvait, en silence, son verre d'alcool à la cuisine, il avait relevé la tête, et lâché comme un aveu :

« Si tu savais comme j'aimerais t'épouser ! »

Quiterie avait souri en se tournant à demi et, sur un ton enjoué, avait répondu :

« Et qui t'en empêche ? »

Le pot de grès qu'elle tenait dans les bras semblait lourd, mais Thibault, tout à ses pensées, n'eut pas l'idée de l'aider.

« Tu sais bien que c'est impossible ! »

Elle le savait si bien qu'elle ne songea pas à protester. Elle alla poser la cruche devant la cheminée, sans ajouter un mot.

Il la suivait toujours du regard. Ses mouvements avaient quelque chose de gracieux, d'aérien. Sa robe brune virevoltait autour d'elle à chacun de ses gestes vifs.

« Tu te marieras bien, toi, un jour, non ? »

La réponse fusa sans retenue :

« Non ! Oh non ! Je ne te quitterai jamais. Je ne pourrais pas… Je ne pourrais pas. »

Il avait dit ces derniers mots à voix basse. Mais elle les avait devinés et s'était précipitée pour l'embrasser sur le front, puis, toujours aussi vive, était repartie vers la souillarde chercher un autre pot de grès.

Elle se sentait bien. Il lui semblait que rien ne pourrait être assez fort pour les empêcher de s'aimer, pas plus l'hostilité de Léa que les conventions qui leur interdisaient de vivre leur passion commune.

« Ne reste pas là maintenant, si ta mère venait cela ferait un scandale, tu le sais.

— Elle sait bien que je suis là. Que veux-tu qu'elle dise maintenant ? »

« Ta mère est là ?

— Non, Madame ?

— Et où est-elle donc ? »

La gamine, intimidée, baissait la tête sans répondre.

« Eh bien ! Tu as mangé ta langue ? »

La Pomme était descendu de son banc, à l'avant de la carriole, d'un bond.

« Alors, vas-tu répondre ? »

Il avait attrapé la petite par le bras et la secouait d'avant en arrière.

« Lucien, assez ! Lâchez-la ! »

Comme à regret, il libéra la fillette. Elle avait à peine huit ou neuf ans. Les cheveux en bataille, un gilet de laine blanche en haillon, les pieds nus et sales. Derrière elle, dans le pré d'un vert clair, quelques moutons affolés regardaient de loin la scène, prêts à fuir à la moindre alerte. Un petit chien roux, à la queue touffue comme celle d'un renard, aboyait, sur ses gardes lui aussi.

« Petite… »

Elle ne répondit pas, le visage toujours penché vers le sol.

Léa pour ne pas effrayer plus l'enfant, parlait à présent sur un ton plus doux, plus affectueux.

« Petite, écoute-moi, tu diras à ta mère de venir me voir. Tu as bien compris ? »

La Pomme répétait dans son patois plus dur, plus rocailleux, pour être bien sûr que la petite avait compris. Léa parlait un occitan malhabile qui lui suffisait pour se faire comprendre en général. Mais il n'était pas du tout certain que la petite le comprît parfaitement.

« Tu as retenu ? »

La Pomme insistait. Sans un mot, la petite avait rappelé son chien et repartait vers le troupeau qui s'éloignait encore un peu plus.

« Quelle sauvageonne ! Et tu dis que sa sœur est comme elle ?

— La Louise ? Un laideron dur à la tâche, et qui ne lâche pas trois mots de suite. »

Léa avait pris sa décision quelques jours auparavant. Les deux jeunes gens ne pouvaient pas rester ensemble au Peuch. Quiterie représentait maintenant un danger pour la famille. Si la petite venait à attendre un enfant de Thibault, il n'était pas du tout certain que ce dernier accepte d'y renoncer et qu'un mariage puisse être arrangé. D'autre part, si l'aventure venait à être connue, le scandale risquait d'éclabousser toute la famille. Léa aimait Quiterie plus qu'elle ne voulait bien se l'avouer. Elle travaillait bien, toujours avec le sourire. Elle donnait à la maison un entrain que la vieille Mado, en son temps, ne donnait plus depuis longtemps. Elle travaillait de l'aube au crépuscule, et même au-delà, sans jamais se plaindre. Elle était toujours d'humeur égale et savait ne pas gaspiller à la cuisine, ce qui pour Léa était sans doute le plus important.

Mais Thibault devait penser à se marier et avec cette petite dans la tête, il lui serait bien difficile d'accepter d'en parler ou d'aller faire sa cour. Léa souffrait à l'idée du départ de Quiterie. Elle redoutait de devoir l'annoncer à son fils et seul Louis-Adrien était au courant de ses projets. Il avait bien essayé de l'en dissuader, mais sans succès.

« Pourquoi as-tu donc si peur, Léa ?

— Te rends-tu bien compte de la situation ? Tous les soirs, ils se retrouvent dans la petite chambre de la tourelle. J'ai entendu bien souvent la porte de la chambre de Thibault qui s'ouvrait et l'escalier du grenier craquer. Je suis sûre qu'ils dorment ensemble.

— Et alors, quelle importance ?

— Quelle importance ? Imagine un peu qu'elle en attende un enfant. Que ferions-nous ? Tu imagines, une servante avec un enfant dans la maison ? Que dirait-on ? Et qui voudrait la marier, dis-moi ? »

Louis-Adrien avait fermé les yeux. Il imaginait les cris d'un petit dans la maison, les rires, les pleurs, le bruit des cavalcades dans les grandes pièces sombres et depuis trop longtemps silencieuses. Sans se l'avouer, l'idée le séduisait. Son fils était aujourd'hui un homme et sa femme, occupée à tenir sa maison ou à se confesser à longueur de temps, l'ennuyait profondément. Un enfant au Peuch aurait été comme un soleil dans la maison. Il n'y avait aujourd'hui personne pour l'interrompre dans ses comptes, personne pour le tirer par la manche, le tirer de ses rêveries, personne pour l'accompagner au-dehors, lors de ses visites aux fermes, aucune petite main à tenir lors de ses longues promenades dans les bois, personne à qui raconter, le soir, de belles histoires de prince et de princesse qui s'aimeront à la fin et auront beaucoup d'enfants.

Alors, que cet enfant vienne d'une petite servante, pourquoi pas après tout ? Et quelle importance que le père reste inconnu ! Il serait toujours l'enfant de son propre fils.

Mais Léa pouvait-elle comprendre ? Pouvait-elle envisager de l'expliquer au père Cheyrrousse, à ses relations, à sa propre famille ? Certainement pas. Et Louis-Adrien, le regard dans le vague, avait été contraint d'acquiescer mollement.

« Eh bien, si tu trouves quelqu'un, que ferons-nous de la petite ?

— Quiterie ?

— Oui, Quiterie.

— Elle rentrera chez elle, voilà tout. »

Louis-Adrien s'était redressé, le regard plus dur et, sur un ton que sa femme ne lui connaissait pas, dit très fermement :

« Quiterie ne partira pas d'ici avant tu ne lui aies retrouvé une bonne place pas trop loin d'ici.

— Lui retrouver une place ? Mais tu... tu n'y penses pas ?

— Qu'elle parte d'ici, si ça peut te faire plaisir. Mais ne la renvoie pas chez elle. Tu imagines dans quelle situation tu la mettrais, elle et sa famille ? Non, c'est une bonne petite qui n'a d'autre crime à se reprocher que d'aimer notre fils. Eh bien, est-ce une raison pour la punir aussi durement ?

—Décidément Louis-Adrien, je ne sais pas où tu vas chercher toutes ces idées? As-tu bien pensé qu'elle pourrait recommencer ailleurs?»

Le silence qui s'ensuivit fut seulement troublé par le pas vif de la jeune fille qui traversait la cour pavée en fredonnant une complainte.

«Tu ne réponds pas?

—Et ton curé? Est-ce qu'il ne peut pas t'aider? Il doit bien connaître du monde, non? Et d'abord, as-tu trouvé à la remplacer au moins?

—Non, pas encore! mais je crois qu'Armande, de La Croisille-Basse, à une grande fille à placer.

—La fille d'Armande? Mais c'est une horrible souillon. Elle est si mal avenante que personne n'en veut pour se marier. Tu penses vraiment qu'elle fera une servante?

—Au moins, si elle est aussi disgracieuse, Thibault n'ira pas lui courir après. Pour le reste, je me charge de l'éduquer.

—À Dieu va, fais à ton idée. Mais je la regretterai cette enfant, je la regretterai.»

Thibault marchait, comme à son habitude, le regard au loin, la démarche lente et pataude, un brin d'herbe entre les dents et son petit carton à dessin sous le bras. La lumière de cette fin d'automne semblait venir de plus bas que l'horizon, comme pour mieux percer les sous-bois.

Les ombres, allongées à l'extrême, jouaient avec le soleil, au gré du relief du chemin. Les godillots du jeune homme, tout crottés, disaient qu'il revenait d'une longue marche.

Le matin même il avait demandé à Quiterie de lui préparer un en-cas. Elle avait plié dans un tissu un morceau de lard, du fromage et du pain, accompagné d'une bouteille de mauvais vin. Sa musette de toile brune trop petite, laissait dépasser le haut de la bouteille et la jeune fille, en regardant s'éloigner Thibault, n'avait pu retenir un sourire. Dans sa veste mal fermée, sous son chapeau sans forme et avec aux pieds des chaussures si usées qu'un mendiant n'en aurait pas voulu, il ressemblait à un de ces routiers que l'on croisait souvent sur les chemins de la région et qui allaient de ferme en ferme, louer leurs bras.

Thibault était fatigué. Il avait profité de cette belle journée et de la lumière exceptionnelle pour faire quelques croquis de maisons de paysans, pauvres maisons délabrées, ou maisons plus cossues, pour les métairies. Sous le grand arbre, dans la cour, une carriole qu'il ne connaissait pas était stationnée. Le cheval semblait nerveux et tapait le sol de sa patte arrière en piaffant.

Un jeune curé tenait les reines de l'attelage. Le visage efféminé, le regard clair, les cheveux noirs, il semblait frigorifié, engoncé dans sa soutane. Assise sur la banquette, Quiterie, le visage inondé de larmes, regardait arriver Thibault. Elle sauta brusquement de la voiture et courut vers lui pour se jeter dans ses bras. Elle ne songeait même pas à tenir le bas de sa robe. Les cailloux de la cour claquaient sous ses sabots. Thibault, surpris, lâcha son carton à dessin et referma ses bras sur la jeune fille qui sanglotait convulsivement, les bras serrés autour de son cou.

Sur le perron, Léa ne bougeait pas. Devant elle, le jeune prêtre semblait vouloir être à mille lieues d'ici tant sa gêne était perceptible.

Le ciel d'un bleu clair était strié de grands nuages fins et longs.

« Thibault… Thibault, je suis… je suis chassée. »

Elle avait du mal à parler, noyée dans ses larmes, la respiration désordonnée et tremblante de tous ses membres.

« Aide-moi, Thibault, aide-moi. Je ne veux pas partir, je ne veux pas partir. »

Elle le serrait toujours plus fort.

Alors, dans un geste inattendu de la part de ce garçon timide et réservé, il prit la jeune fille par la main, la détacha de lui, la plaça à son côté et regarda sa mère sans un mot. Puis ramassant son carton à dessin, il avança, d'un pas ferme vers Léa qui n'avait toujours pas bougé. Elle était pâle et sa mâchoire, serrée par la colère, faisait saillir ses muscles au bas du visage. Quand il fut au bas du perron, il s'arrêta, les yeux toujours fixés sur sa mère.

« Où va-t-elle ?

— Elle part. »

La réponse avait sifflé entre ses dents, comme un défi.

« Non ! elle ne part pas ! Ou alors je pars aussi.

—Elle part, je la chasse.

—Et pourquoi donc ?

—Tu ne le sais donc pas ? Je la chasse parce que je ne veux pas d'une servante pour bru, voilà tout. Je la chasse parce qu'elle passe plus de temps dans tes bras qu'à la cuisine. Je la chasse parce que je ne veux pas d'un petit bâtard dans la famille ou d'un procès en paternité. Quant à toi, rentre tout de suite ! »

Elle lui avait parlé comme à un petit garçon que l'on punit d'avoir fait une grosse bêtise et qui s'en va la tête basse. Mais Thibault répondit d'une voix ferme, sans baisser les yeux :

« Écoute bien ce que je te dis : j'aime Quiterie, elle m'aime et tu n'y peux rien. »

Et il répéta comme pour s'en convaincre :

« Tu n'y peux rien, tu entends ? Rien !

— Thibault, je te répète qu'elle part, je la chasse. »

En parlant, elle avait descendu les trois marches de pierre et posé un maigre ballot de tissus dans la carriole.

« Qu'est-ce que c'est ?

—Ce sont ses affaires, et qu'elle s'en aille, je ne veux plus la voir. »

Le jeune prêtre s'était avancé. Il avait posé sa main sur le bras de Thibault.

« Mon fils, je vous en prie. Soyez raisonnable. »

Thibault, comme s'il prenait soudain conscience de l'incongruité de la situation, se tourna vers l'homme en soutane.

Il avait peut-être le même âge que lui. Leurs regards se croisèrent.

Il y avait de la colère dans celui de Thibault, de l'embarras dans celui du jeune curé.

« Elle part à Cros-de-Montvert, chez le père Mathieu qui vient d'arriver là et qui cherche une bonne. Tu vois, je ne la renvoie pas chez elle. Je lui ai trouvé une place. »

Thibault ne répondait pas. Le silence parut ne pas devoir finir.

C'est Léa qui le brisa.

« Tu peux remercier ton père. Sans lui elle repartait chez sa mère. »

Thibault semblait à présent abattu. Toute sa colère avait fondu, laissant la place à un sentiment d'infinie tristesse.

Le jeune prêtre qui l'avait senti prit délicatement la main de Quiterie qui se laissa conduire jusqu'à la carriole. Thibault ne bougeait plus. Il ne pouvait pas détacher son regard de la jeune fille qui montait dans la voiture. Elle avait le pied sur le marchepied, les deux mains en avant, accrochée à la banquette, prête à se hisser sur son siège, quand elle se retourna et murmura en pleurant :

« Thibault, la montre…

— Quoi la montre ? »

Il s'était approché d'elle.

« La montre, elle l'a reprise.

— C'est vrai maman ? »

Il s'était tourné très lentement vers sa mère qui regardait Quiterie avec une dureté que la jeune fille ne lui connaissait pas.

« Qu'elle s'estime heureuse d'avoir retrouvé une place !

— Où est-elle ?

— La montre ?

— Oui.

— Dans le petit salon, sur la cheminée, à côté de la pendulette. Tu pourras la reprendre dès que tu le voudras. »

Elle avait dit cela sur un ton de défi, un mauvais sourire aux lèvres.

Thibault s'était alors précipité sur le perron, avait bousculé sa mère en passant sans même s'excuser et son pas lourd résonna dans l'escalier de bois. La porte du petit salon claqua et, quelques instants plus tard, il réapparut, la montre à la main. Le cheval s'agita. La carriole recula de quelques centimètres. Le jeune prêtre tira sur les rênes en tentant de calmer le cheval de la voix. Thibault tendait la montre à Quiterie qui la prit et la serra dans sa main, sans le quitter des yeux. Alors dans un geste tendre, il posa le pied sur la petite marche de fer, se hissa à moitié vers la banquette et prit la jeune fille longuement dans ses bras. Léa ne bougeait plus, tétanisée par la colère.

L'étreinte prit fin très lentement. Quiterie ne quittait pas Thibault des yeux. Alors, très doucement, il lui prit la main et lui dit, suffisamment fort pour que tous l'entendent :

« Tu reviendras très vite, je t'en fais le serment Quiterie. Quant à moi, je te retrouverai bien vite. Personne ne nous séparera, tu entends ? Personne. »

Dans le silence qui suivit, il se tourna vers le prêtre et lui dit à voix presque basse :

« À présent, vous pouvez partir. »

Léa, du haut du perron, lançait :

« Merci encore mon père. Et mes amitiés au père Cheyrousse. Et n'oubliez pas de lui dire toute mon amitié pour ce qu'il a fait.

— C'est moi qui dois vous dire merci, je viens d'arriver à Montvert et j'avais bien besoin d'une bonne. »

Il avait tiré sur les rênes du cheval. La carriole pivota sur elle-même. L'attelage tangua légèrement. Sur son banc, Quiterie, à demi retournée, regardait Thibault sans pouvoir retenir ses larmes. Ils ne se quittèrent du regard que quand la carriole tourna dans le chemin au bout de la cour.

X

Le père Mathieu

LA LUMIÈRE BLANCHE de la fin d'automne colorait de pâle tout ce qu'elle caressait. Assise sur la banquette rude au côté du jeune prêtre, Quiterie regardait autour d'elle, comme quelqu'un qui se réveille après un long voyage et découvre un pays inconnu. Cette enfant presque femme avait toujours vécu loin de tout. Que ce soit dans la maison de ses parents, devant la fontaine, ou au Peuch, cette grande bâtisse perdue entre vents et vallées, elle n'était jamais sortie de chez elle que pour se rendre de temps en temps à la messe ou encore à confesse. Elle découvrait au loin un village de pierres aux couleurs claires. Le cerclage des roues claquait contre les cailloux du chemin. Quiterie, son balluchon serré contre elle, se balançait au rythme des chaos. À l'entrée du petit bourg, une masure longeait le chemin. Devant la porte, quelques poules fouaillaient le sol de leur bec à la recherche de vers ou de quelques insectes. Un vieux chien noir aboyait péniblement d'une voix rauque. Chaque cri se terminait par un gémissement à peine esquissé qui donnait le sentiment que l'animal allait s'étouffer. Mais à chaque fois, il reprenait son souffle, le museau tendu en avant.

Au bruit, une petite femme toute voûtée, un bâton à la main, les cheveux gris en bataille autour de son visage ridé, s'était encadrée dans la porte pour regarder passer l'équipage. Le curé, dans un grand sourire, lança dans un mauvais patois :

« Bonjour, la vieille ! »

Le visage impassible, elle répondit d'un hochement de tête, sans cesser de regarder la jeune fille qui ne savait quelle attitude adopter sous ce regard inquisiteur.

Le chien avait cessé de crier. La carriole arrivait dans le village. Le bruit d'un marteau sur l'enclume grandissait à mesure qu'ils avançaient. Quiterie, droite sur son siège, devinait derrière les fenêtres sombres ou derrière les portes entrouvertes des regards qui la scrutaient, la jaugeaient, la jugeaient. Et elle, du haut de la carriole, ne pouvait rien faire pour s'y soustraire. Sans vraiment comprendre pourquoi, elle se sentit honteuse. Honteuse d'être là, assise sur cette charrette, exposée aux yeux de tous. Honteuse d'avoir été chassée de chez elle. Sans doute le village était-il déjà au courant. Honteuse également de devoir servir chez ce tout jeune prêtre. Qu'allait-on dire d'elle ? Les commères ne manqueraient pas de laisser courir leur imagination et leurs langues. Quiterie était jeune, belle et célibataire. Trois bonnes raisons de lui en vouloir pour ces femmes à la vie pénible, au corps usé par les grossesses et les travaux, aux maris fatigués et à la vie misérable. Un petit chien de berger traversa la place en courant devant la voiture. Dans un recoin, une grande porte était ouverte sur la forge. Un colosse, le dos voûté, frappait avec régularité une pièce de métal qu'il tenait à l'aide d'une grande pince métallique, tournant et retournant l'objet à chaque coup frappé. Et à chaque fois le bruit clair de l'enclume sonnait en même temps qu'une volée d'étincelles se perdait dans l'air noir de la forge. Un grand soufflet de bois et de cuir pendait à côté du foyer rougeoyant. Quiterie se souvenait d'avoir vu une fois, alors qu'elle accompagnait son père, un tel atelier où la fumée âcre d'un cheval que l'on ferre avait tout envahi. Le forgeron avait levé la tête. Sa barbe rouge, son teint brique, la sueur qui ruisselait sur son visage, faisaient du personnage un être étrange, un être inquiétant, un être fascinant. Et dans le même temps un sourire d'enfant contredisait cette impression de violence et de force brutale.

« Bonjour, Monsieur le curé. »

Il avait parlé en français.

« Bonjour, forgeron. »

Le prêtre avait répondu en patois et le colosse avait éclaté de rire, sans quitter la jeune fille des yeux.

« Elle est bien mignonne votre servante Monsieur le curé, fit-il dans un grand sourire.

— Elle s'appelle Quiterie. C'est la fille de Julien Caze et de sa femme Antonine. Elle vient habiter ici avec moi. Recevez-la comme il convient, et soyez toujours aimable avec elle. Je compte sur vous, et le Seigneur aussi du reste.

— Il m'en doit déjà beaucoup, mais j'attends toujours !

— Tais-toi donc, forgeron, tu dis des sottises. »

Le sabotier, sur le pas de sa porte, riait de bon cœur en regardant la scène. Quiterie l'observait à la dérobée, la tête tournée sur le côté.

C'était un petit homme tout rond, au visage rose et à la tête nue. Ses vêtements couverts de sciure fine et ses cheveux blancs de poussière de bois montraient qu'il sortait juste de son atelier.

Un grand tablier de cuir raide pendait sur son ventre rebondi. La ruelle étroite s'ouvrait sur une place claire qui tombait vers le creux d'un vallon lumineux. Au centre de la place, une église de pierres blondes semblait dormir, engoncée dans sa candeur et sa beauté.

Face à elle, une grande maison dont l'arrière, de plain-pied, faisait face à la forge, ouvrait sur la place en pente. Un escalier de pierre y montait, en haut duquel une femme debout regardait arriver l'équipage. Ses yeux sombres ne quittaient pas la jeune fille, comme pour la défier. Quiterie préféra baisser le regard.

À gauche de l'église, une maison basse à un étage, aux fenêtres étroites et au toit de pierres, regardait la grande bâtisse à l'escalier de pierre. La voiture s'arrêta devant sa porte. Le jeune prêtre, la main en avant, se tourna vers Quiterie en souriant.

« Tu es ici chez toi, maintenant. Voici ta maison, j'espère qu'elle te plaira comme elle me plaît à moi. »

Quiterie la regardait et ses yeux semblaient pouvoir en faire le tour d'un coup d'œil, elle qui avait pris l'habitude de la grande bâtisse du Peuch. Sans savoir pourquoi, la question du chauffage lui vint à l'esprit. Peut-être, se dit-elle, peut-être qu'ici elle aurait un peu moins froid que dans la grande maison où seul le petit salon se chauffait un peu.

Une porte d'entrée, de chaque côté une fenêtre et, à l'étage, deux ouvertures un peu plus petites qui équilibraient la façade. Le toit de lauzes semblait devoir écraser la maison tant il paraissait lourd. Un peu en surplomb de la porte, une cloche était accrochée au mur d'où pendait une chaînette, terminée par une petite poignée de métal.

Quiterie enregistrait tous ces détails d'un coup d'œil. Elle ne comprenait pas pourquoi elle était là, pourquoi ce tout jeune prêtre prenait le risque de l'accueillir, il n'y avait pas dix ans d'écart entre eux. Il lui tendait la main pour l'aider à descendre, comme on le ferait pour une dame. Elle croisa son regard et rougit. Ses traits délicats, sa peau blanche, ses mains fines à la peau souple, tout en lui trahissait le fils de bonne famille. Cet homme-là n'avait certainement jamais travaillé la terre et ne connaissait sûrement pas la rigueur de l'hiver dans ce pays froid et rude. Il avait vraisemblablement toujours mangé à sa faim. Sa carriole et son cheval semblaient prouver qu'il avait un peu d'argent et que, dans cette maison à côté de l'église, on mangerait toujours à sa faim.

La porte ouvrait sur un petit corridor sombre, qui donnait sur deux portes face à face. Au fond partait un petit escalier de bois usé. Au mur de droite, était pendue une patère recouverte d'une grande pèlerine brune. Un chapeau de feutre noir était posé au-dessus. La porte de gauche, elle, était ouverte sur une pièce sombre et mal éclairée par la petite fenêtre qui donnait sur la place.

Le prêtre précédait Quiterie, sans cesser de parler.

« Voici la grande pièce, cuisine, mais aussi salle à manger et salon. La maison n'est pas très grande, mais vous y serez bien, j'en suis certain. »

Comme elle ne répondait pas, il se tourna vers elle en souriant.

« Eh bien, vous aimez ? »

La pièce sentait le feu éteint, l'humidité et le vin aigre. Une odeur étrange qui surprit la jeune fille. Au centre, une grande table ronde à un seul pied semblait perdue dans ce décor pauvre. Au-dessus de la grande cheminée sans feu, à l'âtre plein de cendres et de tisons éteints, était accroché un fusil recouvert de poussière qui n'avait sans doute plus servi depuis longtemps.

De l'autre côté de la pièce, sur un buffet noirci, des quantités de livres avaient été posés à la hâte, en désordre.

Et, partout dans la pièce, un fouillis indescriptible. Là une caisse de bois, ici une chaise sans paille posée sur un vieux fauteuil. Deux immenses candélabres sans cierges voisinaient avec quelques bouteilles vides posées à même le sol.

«C'est un peu en désordre, vous me pardonnerez. J'arrive à peine et mon prédécesseur n'avait pas d'héritier, en sorte que tout est resté en l'état.»

Quiterie contemplait, ébahie, ce capharnaüm incroyable. Elle murmura enfin:

«Et… Toute la maison est comme ça?

— Oui, vous comprenez pourquoi j'ai tant besoin de quelqu'un de jeune et vaillant et pas d'une servante âgée et impotente. Ça n'est pas le travail qui manquera. Voulez-vous voir le reste?»

Un lit occupait la majeure partie de la pièce de l'autre côté du corridor, elle aussi dans un désordre sans nom. Il était recouvert de tissus empilés sans logique d'où dépassait la hampe d'un drapeau avec sa flèche dorée. Une table de bois blanc, elle aussi recouverte de livres et de papiers épars, était disposée devant une petite cheminée au rideau de fer baissé et rouillé.

«Voici votre chambre. Vous pouvez poser votre balluchon ici, si vous le souhaitez.»

La pièce sentait le renfermé et l'humidité. Ses murs blancs renvoyaient la lumière de la place qui pénétrait par la fenêtre sans rideaux. Elle était deux fois plus vaste que la petite chambre dans la tourelle.

«Elle est grande! Et vous, où irez-vous si je prends la chambre?»

Elle avait parlé en patois. Il lui répondit en français.

« Rassurez-vous. J'ai, au premier étage, une petite pièce où je suis très bien. »

Puis il enchaîna dans son mauvais occitan :

« Vous la verrez bien assez tôt. Pour l'eau, le puits est sur la place et pour le lavoir, c'est plus bas. Vous descendrez le long du chemin et vous le trouverez bien. »

Depuis ce matin, tout était allé si vite ! Quiterie n'avait pas encore eu le temps d'avoir de la peine de sa séparation d'avec Thibault. Elle ne savait ni où ni sur quoi fixer son esprit. Ce jeune prêtre efféminé, cette maison sens dessus dessous, ce village non loin de chez elle, mais où elle n'était encore jamais venue, ces quelques habitants croisés et surtout le regard noir de cette femme sur le haut de ses marches, tous ces détails la laissaient étourdie et incertaine.

« Mon enfant, nous allons, si vous le voulez bien, arranger cette pièce qui sera la vôtre. »

Quiterie le regarda, étonnée. Elle n'avait pas compris.

« Pardonnez-moi, Quiterie, je vais faire un effort pour parler comme il faut. »

Et il répéta sa phrase en patois.

« Mais tout d'abord, mon enfant, nous allons voir notre belle église et vous vous confesserez, ainsi vous aurez l'esprit en paix. »

Sur la place, le sabotier et le forgeron, toujours ensemble, regardaient le jeune prêtre et sa servante se diriger vers l'église.

Un sourire flottait sur les lèvres du colosse barbu.

« Té, regarde donc, il va lui nettoyer le dedans, avant qu'elle lui range la maison. »

Le sabotier ajoutait en riant :

« En quelque sorte c'est comme qui dirait… un échange de services. Tu me fais les poussières et moi je te nettoie de l'âme.

— Tu imagines, si tu devais faire la même chose avec ta Raymonde ?

— Manquerait plus que ça ! Elle a les pieds bien assez crottés. Dieu m'en garde.

— Allez, tiens, viens goûter à mon eau-de-vie. Cette année, elle est encore meilleure.

— Menteur… »

Et avec des mines de conspirateurs, comme deux enfants qui s'apprêtent à voler des confitures, les deux hommes s'engouffrèrent dans la forge.

Quiterie, à genoux dans le confessionnal, écoutait le père Mathieu et lui répondait simplement, sans rien cacher. Elle se confessa d'avoir fait de la peine à Léa et de ses relations avec Thibault.

À l'évocation du jeune homme, elle fondit en larmes sans bruit, simplement, comme on pleure de bonheur. Ses sentiments étaient confus. Était-elle triste d'en être éloignée ou pleurait-elle du bonheur d'aimer ? Elle ne le savait pas elle-même. Le prêtre ne disait plus rien. Il la laissait verser ses larmes autant qu'elle en avait besoin. La confession dura un long moment. Quiterie avait fini par sécher son visage et, quand elle sortit du confessionnal, elle regarda le prêtre dans les yeux, respira profondément, et lança :

« Bien, maintenant Monsieur, au travail !

— Ne parlez pas comme cela voyons, appelez-moi Monsieur le curé, ce sera plus correct. Si on vous entendait ?

— Excusez-moi, Monsieur le curé. »

Elle souriait discrètement et tout dans son visage disait qu'elle n'était pas dupe.

« Allez, saluez l'autel avant de sortir et ne commettez plus d'impair à présent. »

Il avait à nouveau parlé en français et Quiterie, qui n'avait, encore une fois, pas compris la phrase, regardait le jeune curé s'agenouiller brièvement sans bouger. Devant son coup d'œil comminatoire, elle fit de même et sortit la première dans le froissement d'étoffe de sa jupe et le claquement de ses sabots sur les dalles de granit de la petite église.

Le froid s'était installé depuis quelques jours. Le ciel restait obstinément dégagé et les sources commençaient à couler un peu moins fort. Ce matin-là, Quiterie avait pris le grand panier d'osier aux anses cassées, y avait mis le linge du presbytère et, d'un pas léger, avait fini de descendre la place jusqu'au lavoir. Quelques mégères étaient déjà à l'ouvrage, les genoux dans une demi-caisse de bois pour se protéger de l'humidité. L'eau troublée par les lessives éclaboussait parfois une main ou un visage. Les discussions cessèrent au moment même où la jeune fille apparut avec son grand panier. Les femmes la regardaient descendre, le visage fermé.

Quiterie, sans se démonter, s'installa près de la plus jeune des trois et posa son linge par terre à côté d'elle. Elle s'apprêtait à mettre dans l'eau un long drap blanc, quand une giclée d'eau glacée la trempa de la tête aux pieds. Sa voisine, un sourire ingénu aux lèvres, la regardait tranquillement. De l'autre côté du bassin, une voix fit :

« Est-ce que ça sait au moins se salir les mains, une fille qui va avec les patrons ?

— Peut-être que ça n'en a plus besoin ? »

Sans un geste, Quiterie avait relevé la tête, puis très lentement, s'était mise debout, avait pris sa robe dans ses mains pour la relever un peu, et, tranquillement, avait enjambé la margelle. Les trois femmes médusées la regardaient pénétrer dans le bassin, l'eau jusqu'aux genoux, le battoir à la main. Elle alla droit à celle qui, la première, avait parlé. Elle la saisit par les cheveux et, d'un geste brusque dont la colère décuplait la puissance, la fit basculer dans l'eau tête en avant. Avant que la première ne fût revenue de sa surprise, elle asséna à la deuxième un magistral coup de battoir sur l'épaule qui lui arracha un cri. Les jupes relevées, le derrière dans l'eau glacée, la lavandière criait et se débattait dans de grandes gerbes d'eau, sans parvenir à se relever.

Quiterie, très calme, enjamba à nouveau la margelle et fit, à pied sec cette fois-ci, le tour du bassin pour venir retrouver sa place. En passant derrière celle qui l'avait arrosée, elle se baissa, saisit son paquet de linge à pleines mains et le jeta dans l'eau savonneuse. Puis, toujours tranquillement, elle reprit sa place, à genoux devant la margelle et entreprit de se mettre à l'ouvrage. Deux autres femmes étaient arrivées pendant la bataille, qui n'avaient rien perdu de la scène et riaient de bon cœur. Elles vinrent s'installer à côté de la jeune fille qui avait déjà les deux mains dans l'eau.

« Ainsi, c'est toi la nouvelle bonne du curé ?

— Comment tu t'appelles ?

— Quiterie.

— Tu es la fille de Julien Caze ?

— Et la Léa, c'est bien vrai qu'elle t'a chassée ? »

Sous le feu roulant des questions, elle ne savait plus où donner de la tête et regardait de droite et de gauche, sans avoir le temps de répondre.

« En tout cas, tu as bien fait de la mettre à l'eau cette peste. Elle est toujours à médire de tout. Et puis, une fois n'est pas coutume, ça lui aura fait prendre un bain.

— Oui, c'est vrai, renchérissait l'autre, elle a parfois les mains si sales qu'on se demande si c'est elle qui lave les draps ou bien les draps qui en profitent pour lui laver les mains du temps qu'ils sont là. »

Un grand rire les secoua, pendant que de l'autre côté du bassin, la femme, trempée jusqu'aux os, invectivait Quiterie, le doigt pointé vers elle, dans une pose menaçante.

Quiterie, elle, s'était relevée et regardait ses voisines, les mains sur les hanches, le visage rougi par l'effort qu'elle venait de fournir.

« Vous avez la langue bien pendue aussi, vous deux, non ? Vous n'êtes pas d'ici, d'où venez-vous ?

— Nous, on est de la maison Mercand, le marchand de bois.

— Quand nos hommes sont à tailler le merrain* et la carrasonne**, nous on travaille pour le patron.

— Mon frère Lucien a travaillé là-bas, lui aussi. Maintenant il est chez Combelonge. Et puis, l'automne, il part en bateau pour livrer le bois.

— Dieu merci nos hommes ne sont pas assez fous pour ça !

— Dieu les en garde. »

Quiterie s'était à nouveau agenouillée, le battoir à la main. Elle frappait si fort son linge que l'eau éclaboussait son visage à chaque coup.

« Dans ma famille on n'a pas peur de l'eau. Et puis, je crois que Lucien ne pourrait pas se passer de descendre. C'est si beau, paraît-il, la rivière. »

Elle avait fini sa phrase les yeux dans le vague, perdue dans des images portées par les récits de voyage de son frère. Dans la maison de ses parents, combien de fois avait-elle entendu raconter les descentes de ces grandes barques de bois, chargées de plus de vingt tonnes de bois à barriques, les merrains, ou de piquets de vignes, les carrassonnes, au travers des rapides, Malpas et autres

---

**Merrain : Pièce de bois servant à la fabrication des barriques.*

***Carassonne : Petit échalas en bois de châtaignier sur lequel sont attachées les jeunes vignes.*

rochers à fleur d'eau de la Dordogne en crue, quand les eaux étaient de voyage.

Peut-être même aurait-elle voyagé, elle aussi, si elle avait été un homme. Mais elle était bonne d'un curé aux gestes précieux, à la voix un peu traînante et qui ne pouvait pas la regarder dans les yeux sans rougir.

« Eh bien, Quiterie, bienvenue ici. Si tu as besoin de quelque chose tu pourras toujours nous le demander. »

Elle s'était à demi tournée et lâcha, comme à contrecœur, un merci à peine audible.

La femme, à l'autre bout du bassin, pleurait à présent, consolée par une plus jeune qui regardait Quiterie à la dérobée, en souriant discrètement.

« Elle n'a pas l'air d'inspirer la pitié, celle-là, par contre ?

— Tu as bien fait de la mettre à l'eau. Ça nous fera une belle histoire à raconter. Et puis quand son cocu saura ça, il rira bien. M'étonnerait pas qu'il te félicite ! Elle lui mène une telle vie. »

Quiterie vit, de loin, la soutane noire du jeune prêtre qui descendait le petit chemin, un livre ouvert dans les mains, qu'il lisait en avançant à pas mesurés.

« Il va finir dans l'eau s'il ne prend pas garde. »

La plus jeune des deux lavandières avait suivi le regard de la jeune fille. Un éclat de rire général répondit à la boutade et elle baissa la tête pour ne pas montrer son visage hilare. Puis, les yeux sur son linge mouillé, elle réalisa que depuis deux jours qu'elle était là, elle n'avait encore pas eu le temps de penser à Thibault.

Quiterie remontait lentement du lavoir. Ses mains, rougies par le froid, étaient gonflées. Le panier de linge mouillé était posé contre sa hanche, et semblait presque trop lourd pour elle. Il l'obligeait à marcher penchée sur le côté. Elle ne distinguait plus très bien le décor autour d'elle. Les larmes lui brouillaient la vue. Des larmes sans sanglots, silencieuses, des larmes d'un chagrin profond, d'un chagrin d'enfant perdu soudain dans un monde qu'il ne connaît pas et qui n'est pas le sien.

« Eh bien Quiterie, vous pleurez ? »

Elle avait posé le panier sur la table ronde, devant la cheminée.

Le prêtre, assis au coin du feu, regardait la jeune fille, incrédule.

« Vous ne répondez pas ? Qu'est ce qui nous vaut ces larmes ? Et puis votre jupe est à tordre ! Vous êtes tombée à l'eau ? »

Elle ouvrit la bouche, comme pour répondre, et tourna brusquement les talons pour disparaître dans sa chambre. Le prêtre entendit grincer le lit, puis de longs sanglots. La porte était restée ouverte. Quiterie assise sur le lit, le visage sur ses genoux repliés, les bras autour des jambes, laissait aller son chagrin sans retenue.

« Quiterie, pourquoi vous mettez-vous dans cet état ?

— Pardonnez-moi, Monsieur le curé, je... ça va aller, je crois que je suis un peu dépaysée ici.

— Voulez-vous prendre un peu de repos jusqu'au repas ?

— Non, je dois encore étendre le linge et préparer à manger. »

Elle tentait de retenir ses larmes et renifla discrètement. Le jeune prêtre lui tendit un mouchoir blanc, brodé à ses initiales. Le tissu en était doux comme de la peau. Quiterie n'en avait encore jamais vu de semblable.

Elle sécha ses yeux, releva le visage et dit d'un ton timide :

« Pardonnez-moi, cela n'arrivera plus, je vous le promets. »

Elle s'était relevée et, dans un geste naturel, tendit le mouchoir.

« Gardez-le ma fille, il est à vous maintenant, gardez-le. Et si vous aviez encore du chagrin, alors vous sécherez vos yeux à nouveau avec.

— Merci… Merci. »

C'était la deuxième fois qu'un homme lui offrait quelque chose, elle à qui, de sa vie, personne n'avait jamais rien donné d'autre qu'une paire de sabots usés ou une jupe rapiécée.

Elle plia le mouchoir machinalement et le glissa dans la poche de son tablier.

« Il faut préparer la soupe maintenant et mettre le linge à sécher, dit-elle d'un ton plus ferme.

— Vous n'avez pas eu trop froid ? Et puis il faut penser à vous changer, vous allez attraper mal ainsi, avec vos vêtements mouillés.

— Je n'ai rien d'autre, Monsieur le curé, que cette jupe. Elle séchera bien comme ça, et puis, cette nuit, je la mettrai au coin de la cheminée. Laissez donc.

— Mon enfant, il n'en est pas question. Laissez-moi aller demander…

— Non, Monsieur le curé, je ne veux rien devoir à personne ici, laissez, je vous en prie.

— Comme vous voudrez, mais faites-moi plaisir, ne restez pas avec ces vêtements et acceptez pour aujourd'hui que j'aille vous chercher, dans le village, quelque chose de sec. »

Sans attendre la réponse, il s'était empressé de sortir. Quiterie le regarda partir et plongea sa main dans la poche de sa jupe pour y attraper le mouchoir qu'elle déplia sur son lit. Sous les deux initiales du jeune homme, une croix rouge, surmontée d'un sacré cœur rouge avait été brodée. Les bords étaient ornés d'une dentelle fine.

Elle n'avait encore jamais rien connu de plus beau et, après l'avoir plié, elle le posa sur la petite cheminée de marbre, à côté du gousset de Thibault.

« Voilà, Quiterie, j'ai trouvé, chez notre voisine d'en face, cette jupe. Nous la rendrons demain, ou après. »

Puis, dans un sourire :

« Et maintenant au travail, je vous attends dans la grande pièce. Je vous aiderai, pour le linge. »

Cet homme semblait si diffèrent des autres qu'elle ne songea même pas à protester. Voilà quelqu'un qui n'hésitait pas à s'intéresser à elle, comme l'aurait fait un grand frère ou un ami, à la consoler, à lui parler, à l'écouter et, maintenant, à l'aider dans les tâches ménagères. « *À Dieu va*, pensa-t-elle, *peut-être celui ci est-il vraiment charitable.* »

Le reste de la journée fut consacré à la maison. Elle était dans un état étonnant de pagaille et de saleté. Elle avait décidé de s'attaquer en premier lieu à la pièce principale. Vaste chantier ! Et pourtant, sans se plaindre, seule, elle entreprit d'en venir à bout. C'était aussi pour elle un moyen de ne pas trop penser à Thibault, à leur éloignement. Jusqu'à présent, elle n'avait pas vraiment ressenti le contre-coup de leur séparation. Elle n'y croyait pas encore tout à fait. Thibault n'était, après tout, pas si loin. Elle n'était qu'en pénitence, et tout cela prendrait bien fin à un moment ou à un autre. La seule chose à faire, à présent, était de ne pas baisser les bras et de travailler dur pour tenter d'occuper son esprit.

Mais au fond de son âme, elle avait le sentiment que tout n'était pas si simple. De là où elle était, à quelques lieues de la grande maison du Peuch, elle avait la certitude de ne pas revoir de sitôt celui qu'elle aimait plus que tout. Elle ne pouvait s'empêcher de penser en permanence à lui, de l'imaginer dans la maison, là, à quelques mètres d'elle, occupé à dessiner. Et puis son pas lourd et lent, la porte qui s'ouvre, ses yeux clairs, dans son visage rond, sans expression, qui la regardent travailler, sans qu'un mot ne soit dit.

Mais il n'était pas là et seul le bruit d'une paire de bœufs attelés, ou d'un cheval qu'on mène au fer, troublait le silence de la place.

XI

La petite porte

Ce soir-là, le repas fut échangé sans un mot. Quiterie, debout derrière le père Mathieu, attendait qu'il ait terminé son repas pour manger à son tour, assise sur la petite chaise de paille, au coin de la cheminée, une assiette sur les genoux.

Le prêtre semblait perdu dans ses pensées et elle n'osait le distraire, de peur de rompre le charme étrange de ce moment.

Il mangeait comme sans y penser et si elle lui avait demandé, après le repas, de quoi il était fait, il n'était pas certain du tout qu'il eût pu répondre. La pièce semblait plus claire, plus grande aussi, depuis que Quiterie l'avait entièrement rangée et nettoyée. S'en était-il seulement aperçu ? Il mangeait le dos droit, les bras bien à plat sur la table, la serviette soigneusement pliée, posée à côté de lui. Quand il eut terminé la pomme qui lui servait de dessert, il prit la serviette, la passa sur ses lèvres, marmonna quelques mots, la tête baissée, puis se releva lentement.

« Merci, Quiterie, je… je sors. J'ai besoin de marcher, de réfléchir au calme. Vous penserez à laisser la porte bien ouverte.

— Oui, mon père.

— Père Mathieu, s'il vous plaît ! »

Il avait dit cela dans un sourire complice. Elle répondit sur le même ton :

« Bien, mon père. »

Et dans un soupir amusé, il prit son bréviaire, sa cape de drap noir puis sortit sans se retourner. Quiterie mangea rapidement. Le silence de la pièce la saisit, comme l'aurait fait le froid. Elle frissonna, fit des yeux le tour de la table, comme pour y chercher la trace de quelque chose qui pût retenir son attention, l'empêcher de penser. Penser à Thibault, penser à ces heures sans lui, penser au Peuch, à ce bonheur dont elle n'avait alors pas conscience et qu'elle comprenait seulement aujourd'hui, avec une nostalgie proche de la souffrance. Une larme coulait doucement sur sa joue, qu'elle essuya du bout des doigts. Elle n'avait, depuis son arrivée au presbytère, pas eu le temps de faire le point sur les événements de ces deux derniers jours. Et voilà que, ce soir, par la magie d'un silence, par la force d'une solitude imprévue, tout lui revenait en bloc. Seule, elle n'aurait jamais les moyens de revoir Thibault. Que pouvait-elle espérer, elle qui, de l'aube au crépuscule, devait travailler et encore travailler ? Et lui, aurait-il envie de la revoir ? Que faisait-il ? Avec qui était-il ? Pensait-il à elle ? Et s'ils se revoyaient maintenant, que se diraient-ils ? Quels mots seraient assez forts pour pallier ces heures d'absence ? Elle tentait de l'imaginer, assis à sa table de travail, un crayon à la main, une feuille blanche devant lui. À quoi pensait-il ? Quels traits traçait-il d'abord ? Un visage, un mouvement, un décor ? Une de ces pauvres masures qu'il aimait tant aller croquer, lors de ses longues promenades ? Ou, au contraire, pensait-il à elle, tentait-il de retrouver ses traits sur le papier ? Elle sentait grandir en elle un sentiment de calme étrange, comme si, de penser simplement à lui, suffisait à la rendre heureuse.

Un coup frappé à la petite porte du potager, à l'arrière de la maison, la fit sortir de sa rêverie. Elle écouta, sans bouger, les coups discrets qui retentissaient de nouveau.

L'esprit vide, le cœur battant, elle se leva, prit la chandelle sur la table et, lentement, précautionneusement, se glissa dans le petit corridor qui menait à l'arrière de la maison.

« Qui est là ?

— C'est moi !

— Thibault ! »

Elle avait ouvert la porte d'un coup, après avoir posé la bougie sur un arrosoir de fer blanc posé là, et s'était jetée sur lui. Elle avait posé sa tête contre son cou.

Il la tenait serrée contre lui, en lui caressant les cheveux du plat de la main. Ils ne bougeaient plus, trop émus, trop heureux, trop amoureux pour songer à se séparer. Quand, enfin, elle redressa la tête pour le regarder, ils firent, en même temps : « Tu m'as manqué », avant d'éclater de rire ensemble.

« D'où viens-tu enfin ? Il fait presque entièrement noir.

— Je viens du Peuch, René m'a préparé le cheval, ce soir, et me voilà.

— Tu montes à cheval ?

— Oui, j'ai appris comme tout le monde, mais je n'aime guère être perché là-haut. Mais qu'importe, ce soir j'ai pu venir, et c'est bien tout ce qui compte, non ?

— Oui. »

Elle lui avait pris la main et l'entraînait dans le petit couloir glacé, tout en fermant la porte.

« Et ton cheval, où l'as tu laissé ?

— Il est au lavoir, à cette heure-ci il y a peu de chance pour que quelqu'un le voie. »

Quiterie était heureuse et effrayée. Heureuse de pouvoir serrer Thibault contre elle, effrayée d'être découverte. Non pas qu'elle ait craint le père Mathieu, mais bien plutôt cette femme, de l'autre côté de la place et le qu'en-dira-t-on des lavandières, si elles venaient à savoir qu'ils s'étaient revus.

« Tu sais, tu n'aurais pas dû venir, c'est imprudent. Si on t'avait aperçu ?

— Et quelle importance ? Tu n'as pas honte de moi ?

— Oh non ! Mais j'ai peur. Léa pourrait bien me faire partir encore plus loin.

— Ne t'inquiète pas, elle ne le saura pas. Et puis, au diable Léa. Tiens, je t'ai apporté quelques dessins que j'ai fait depuis que tu es partie. »

Ils étaient toujours là, debout dans ce petit couloir mal éclairé par la bougie posée sur l'arrosoir. Thibault, pataud, ne savait quoi faire, dos à la porte, Quiterie devant lui. Il tenait à la main un rouleau de carton qu'il lui tendait.

« Est-ce qu'on peut les regarder ailleurs ?

— Viens. »

Elle avait repris le bougeoir et l'entraînait vers sa chambre.

Thibault se laissait conduire, comme un enfant qui s'apprête à commettre une bêtise. La lampe de la bougie vacillait, prête à s'éteindre à chaque pas. Quiterie marchait, la main devant la flamme, pour la protéger.

« Et pourquoi es-tu venu seulement ce soir ?

— J'étais là hier soir, aussi. Mais ton curé n'est pas sorti. Ce soir, dès que je l'ai vu partir, j'ai attendu un peu et j'ai fait le tour de la maison.

— Tu étais là hier ?

— Mais oui.

— Et tu m'as vue ? »

Elle avait ouvert la porte de sa chambre tout en parlant. Il s'était approché de la table de bois blanc, avait sorti les feuilles du rouleau de carton et les déroulait soigneusement.

« Tiens, regarde.

— Mais, c'est au lavoir ? »

Elle était là, debout au milieu de l'eau, le battoir à la main. Les gerbes d'eau envahissaient la page, et les silhouettes des lavandières étaient à peine esquissées en arrière-plan.

« Tu étais là ? »

Elle le regardait étonnée. Il tendait déjà un autre croquis.

Quiterie marchait, un panier d'osier plein de linge, calé contre sa hanche. Sa jupe détrempée laissait deviner ses mollets.

Le troisième dessin était un portrait de la jeune fille.

« Tu l'as fait de tête ?

— Oui, tu es là. »

Il désignait du doigt son front un peu rebondi, en souriant.

Quiterie, l'air faussement sévère, le regardait dans les yeux et lui demanda à nouveau :

« Tu étais là ? »

Alors dans un grand sourire, comme pour se faire pardonner, il murmura :

« Oui, tu vois.

— Je ne t'ai pas vu.

— J'ai fait attention ! Quand tu es partie, j'ai eu une explication avec Léa.

— Avec ta mère ?

— Avec Léa oui. Et je suis parti traîner un peu, pour me calmer. J'ai croisé René. Il m'a dit où tu allais. »

Quiterie s'était levée et marchait de long en large dans la chambre. Elle aurait tant aimé être dehors avec lui, à se promener sans autre but que d'être ensemble, la main dans la main. Thibault la regardait aller et venir, sans cesser de parler. Une mèche brune barrait son front. Un foulard était noué autour de son cou, dont les deux pointes retombaient sur sa poitrine. Un gilet de mauvaise laine lui couvrait les épaules et sa jupe de mauvais drap brun tombait droite sur ses chevilles.

Elle s'arrêta enfin au milieu de la pièce, mit une main sur sa hanche et se campa face à Thibault, le regard droit et l'air faussement sévère.

Il s'était tu et la regardait, comme on tombe sous le charme d'une œuvre d'art que l'on ne peut plus quitter des yeux, à demi tourné vers elle, une main sur la table, l'autre pendante le long de son corps, un demi-sourire aux lèvres.

« Et tu te caches pour m'observer, tu te caches pour me dessiner et tu ne me donnes pas de tes nouvelles ? »

Elle parlait en tendant l'oreille, guettant au-dehors le pas du prêtre. Mais le silence était total sur la place de l'église.

« Crois-tu seulement que j'aurais pu faire ça ? »

Thibault, penaud sur son siège, ne savait pas vraiment si la jeune fille lui en voulait ou plaisantait. Il tenta de répondre et bégaya :

« Je n'ai pas osé… Tu sais, tous ces gens… »

Alors, dans un geste complice, le regard adouci elle posa un doigt sur ses lèvres, pour le faire taire, s'approcha de lui, le prit par la main pour le relever et se jeta dans ses bras en murmurant :

« Je suis si heureuse que tu sois là. Ne t'en fais pas, je ne t'en veux pas. »

Elle s'était ensuite dégagée de lui pour le regarder dans les yeux, le visage presque collé au sien, en souriant.

« Nous nous reverrons souvent ?

— Bien sûr.

— Tu le veux ?

— Tu le sais bien. »

Il semblait hésitant dans ses réponses. Elle, au contraire, parlait avec conviction, comme pour le rassurer.

« Tu reviendras souvent me voir ?

— Tant que je le pourrai.

— Toque à mes volets, le soir, et s'il est là, alors je te rejoindrai dehors. Mais, je t'en prie, ne me laisse pas une journée sans nouvelles de toi, pas un jour. »

Il la serrait contre lui, tendrement, le visage relevé, le regard dans le vague.

Elle se dégagea, et sans cesser de le regarder, lui dit doucement, comme à regret :

« Maintenant, tu dois partir. Je ne voudrais pas qu'il te trouve ici. Va, et reviens demain. »

Dehors, le bruit des pas du curé approchait. Elle l'avait entendu, lui non.

« Le voilà, dépêche-toi. »

Il se penchait pour reprendre ses dessins. Du plat de la main sur son bras, elle arrêta son geste.

« Non, laisse-les-moi, s'il te plaît, laisse-les-moi… »

Il avait tourné légèrement la tête pour la regarder, comme à la dérobée.

« Ils te plaisent donc ? Tu ne m'en veux plus ?

— Mais non, mais maintenant file vite, il arrive. Je l'entends qui approche, tu es sourd ?

— À demain. »

Il était déjà dans le corridor, traversait la grande pièce commune d'un pas vif, et sortait par la petite porte sur le jardin que Quiterie tenait ouverte. En passant devant elle, il déposa furtivement un baiser sur ses lèvres et disparut dans le noir en murmurant :

« À demain, je t'aime.

— À demain. »

Elle resta un moment devant la porte ouverte à écouter les pas de Thibault décroître dans la nuit, pendant que, sur la place, ceux du père Mathieu se rapprochaient. Il ouvrait la porte, tapait ses pieds sur le perron et vit la lumière sous la porte de la jeune fille.

« Quiterie ? »

Sans un bruit, elle ferma la petite porte, traversa de nouveau la grande pièce et lui dit, faussement bougonne :

« Vous avez été bien long. Vous avez pensé à ce que vont dire les mégères si vous sortez ainsi tous les soirs ? »

Puis, sans cesser d'avancer, elle passa devant lui en lançant :

« Dormez bien, mon père, et à demain. »

Il fut tellement surpris qu'il resta là, planté au milieu du corridor, son bréviaire à la main, la bouche à demi ouverte sur une question qui ne sortait pas. Avant de refermer sa porte, Quiterie se tourna encore une fois vers lui en souriant.

« Dormez bien. »

La porte avait claqué avant qu'il ait eu le temps de répondre. Le couloir fut brusquement plongé dans l'obscurité. Alors, à tâtons, il frappa à la porte de la jeune fille.

« Oui ?

— Quiterie, vous seriez bien aimable de me donner de la chandelle, je suis dans le noir. »

Une Quiterie aux cheveux dénoués s'encadra dans la porte :

« Oh, pardon, mon père. »

Et, très naturellement, comme si la situation n'avait rien de surprenant, elle lui tendit sa bougie. Le rouge était monté aux joues du jeune prêtre. Il tournait la tête, pour ne pas la regarder, tout en allumant sa bougie qui était posée sur le petit meuble du corridor.

« À demain, Quiterie.

— Merci. »

Puis, après avoir fait mine de s'éloigner, il tourna enfin la tête vers elle et dit, dans un sourire :

« Et demain tâchez de vous coucher plus tôt et de ne pas traîner au potager trop tard le soir. »

Sur ces mots sibyllins, il fila droit vers l'escalier. Ce fut alors au tour de la jeune femme de rester bête, la main sur la poignée de la porte.

Elle s'était levée la première. La grande pièce était froide et, tout en rallumant le feu, elle buvait à petites gorgées sa soupe froide en grignotant un bout de pain. Elle se déplaçait avec précaution pour ne pas réveiller le prêtre qui dormait encore à l'étage. Dans la cheminée, le feu commençait à dégager une fumée blanche et âcre. Quiterie toussa et se recula, après avoir ajouté un peu de bois. Elle ouvrit les volets sur la place vide et calme. Le jour qui pointait la limbait d'une lumière blanche. Une poule passait en picorant le sol. Au loin, le chien du forgeron avançait le nez à terre, levant de-ci de-là la patte contre un bout de mur ou une pierre. Un volet grinça, le forgeron ouvrait son atelier. Dans quelques minutes, l'odeur de charbon du foyer de la forge serait portée par le vent, tandis qu'une fumée compacte s'élèverait au-dessus de l'atelier. Quiterie ne manquerait pas de regarder dans quelle direction elle partirait. Elle en déduirait ainsi le temps pour la journée. Son père lui avait appris à lire le vent, les nuages et la lumière. Ce jour-là, il s'annonçait maussade. La fumée montait toute droite. Elle grogna en patois quelque chose comme une imprécation, puis referma la fenêtre. Elle avait mis un peu d'eau à chauffer pour sa toilette. Avant qu'elle ne soit chaude, elle aurait le temps de descendre au potager, travailler un peu. Puis après s'être apprêtée pour la journée, elle préparerait le déjeuner du père Mathieu. Il avait de drôles d'habitudes. Le matin, il mangeait invariablement deux tranches de pain couvertes de confiture et un bol de café amer que la jeune servante devait préparer selon un cérémonial très strict. La quantité de poudre à moudre chaque jour devait être très précise, ainsi que la manière de passer l'eau frémissante dans le filtre de tissu tout noirci. C'était la première fois que Quiterie voyait du café. Pas plus chez elle qu'au Peuch, on n'en buvait et elle avait fait la grimace en y goûtant la première fois.

Pendant que le jeune curé prendrait son déjeuner dans sa chambre, elle lui ferait chauffer un peu d'eau pour sa toilette. La journée commencerait alors avec la première messe, dans l'église glacée. La matinée serait ensuite occupée : pour Quiterie, à briquer la maison, à préparer le repas, et à visiter quelques familles ou à lire de longues heures, seul dans sa chambre, pour le père Mathieu. Parfois il lui arrivait de rester en prières une bonne partie de la matinée et la jeune fille l'entendait marmonner, à l'étage. Il redescendait ensuite, l'air absent, pâle, comme épuisé. Il venait alors s'asseoir familièrement dans la cheminée et restait là de longues minutes, sans parler ni bouger.

Elle venait de poser le plateau du déjeuner sur un guéridon, devant la porte de sa chambre et, après avoir toqué légèrement, redescendait, en faisant bien claquer ses sabots dans l'escalier, pour mieux le réveiller.

La mère Suzanne ne savait pas parler bas. Quand elle croisait quelqu'un à un bout de la place, tout le monde le savait. Sa petite voix, pointue et traînante, était reconnaissable entre toutes. Son dos voûté ne la grandissait pas, et ses mains, aux doigts déformés, étaient calleuses des travaux de la terre, mais toujours propres. Elle menait ses moutons dans le creux du vallon, non loin du lavoir où l'herbe était toujours belle. Les terres ne lui appartenaient pas, mais elle n'en avait cure et personne n'aurait eu l'idée de l'en chasser. Un petit chien roux, au poil long, courait en tous sens autour du troupeau, pour le maintenir groupé, en poussant des petits jappements. Le forgeron, campé devant la porte de son atelier, la regardait arriver, une masse à la main.

« Tu viens pour en faire assommer une ou deux ? dit-il, en désignant les brebis.

— Pousse-toi donc, tu vas me les effrayer. »

Mais le forgeron ne bougeait pas. Sa grande barbe hirsute lui donnait, plus que jamais, l'air d'un géant. Seul son éternel sourire disait qu'il n'y avait rien à en redouter. C'était le plus doux des hommes et pour rien au monde il n'aurait voulu faire de mal à qui que ce soit. Mais il aimait taquiner la mère Suzanne, qui n'en demandait pas tant pour feindre la colère et tempêter de sa voix aiguë. Quiterie avait ouvert la porte du corridor et respirait à grands poumons l'air frais de ce matin d'automne. Le puits, sur la place, était un endroit de rencontres et la jeune fille prenait bien garde ne pas s'y rendre au même moment que sa voisine au regard si noir. Elle ignorait encore tout de cette femme et, malgré tout, elle s'en méfiait. Depuis qu'elle était là, elle n'avait encore jamais eu à la croiser. Elle avait porté une de ses jupes, le premier jour, et depuis, elle n'avait plus eu de contact avec elle.

D'un coup d'œil, elle s'assura que le puits était encore désert. Les quelques moutons de Suzanne finissaient de traverser la place. Le forgeron les suivait des yeux, l'air absent. Quand Quiterie apparut, il lui lança un bonjour qu'on dut entendre dans tout le bourg. Elle fit un signe de la main, pour répondre, et baissa tout de suite le regard vers le sol. Le seau de métal blanc sonna quand elle le jeta dans le vide. La corde en se dévidant du rouleau de bois le faisait tanguer et, parfois, cogner contre les parois étroites du puits. Elle avait toujours du mal à faire bien tomber le seau de côté, afin qu'il se remplisse correctement, plutôt que de le voir se poser sur son fond et flotter à la surface de l'eau. Il y avait un coup de main qu'elle n'était jamais vraiment parvenue à acquérir et, ce matin-là, elle dut s'y reprendre plusieurs fois pour parvenir à ses fins.

« Quiterie mon enfant, combien avez-vous de paires de souliers. »

Elle rentrait, avec le seau débordant d'eau qui éclaboussait un peu autour d'elle, à chaque pas.

« J'ai une paire de sabots.

— C'est tout ?

— Oui.

— Vous irez tout à l'heure chez le sabotier commander une seconde paire. Vous prendrez des sabots de cuir. »

Quiterie regardait le prêtre en souriant. Les galoches étaient, pour elle, un rêve inaccessible et sa vieille paire de sabots datait de l'an passé, payée par Léa, ainsi que la jupe de tissu brun.

Les galoches, plus confortables que les sabots, étaient aussi plus chères et, seule, elle n'aurait jamais pu les acheter. Le père Mathieu gardait l'air sévère, mais elle s'en moquait, tout à la joie d'avoir bientôt une nouvelle paire de souliers.

« Et puis vous demanderez aussi une paire de chaussons. Je ne veux plus entendre vos sabots le matin dans l'escalier, quel tintamarre ! Pour ça, vous avez l'art du réveil en fanfare, vous ! »

Il poursuivait, sans laisser le temps à la jeune fille de répondre :

« L'eau est chaude ?

— Pas encore, Monsieur le curé, elle est là, dans le seau. »

Sans cesser de parler, elle versait le contenu du seau dans la bassine accrochée au-dessus du feu. Une mèche rebelle pendait devant son visage.

« Vous n'avez pas encore préparé mon eau ?

— Remontez, je vous appellerai, allez… allez. »

Et, de la main, elle lui faisait signe de sortir de la pièce, le visage impassible.

« Je n'ai pas encore fini de tout remettre en ordre ici. Vous redescendrez quand tout sera prêt. Et vous serez à l'heure pour votre messe.

— Quiterie... Enfin... Vous... vous vous rendrez compte de ce que vous me dites ?

— Allez, ne me faites pas perdre mon temps, vous allez être en retard pour le premier office. »

Vaincu, le jeune curé sortit de la pièce en maugréant et Quiterie l'entendit monter les marches lourdement.

L'échoppe du sabotier était petite et basse de plafond. Sur les murs pendaient des sabots de toutes tailles et de toutes couleurs, certains sculptés, d'autres de simple bois blanc, sans fioritures. Entre les sabots et les galoches, un coin de mur était réservé aux épures qui servaient à donner la forme et la taille aux sabots. Sur le sol, un banc très bas était posé, une pièce de bois fichée dedans, sur un autre, un grand couteau terminé par une boucle enfilée dans un crochet. Une hachette traînait dans un coin et, partout, les copeaux envahissaient la pièce. Soigneusement rangés par taille, de longs forets de métal, aux poignées de bois, ressemblaient à de monstrueux tire-bouchons accrochés au mur. Enfin, assis sur un petit tabouret de bois à trois pieds, le sabotier, toujours aussi rond, fendait à l'aide d'un coin et d'une masse, une bille de bois dont il tirerait certainement quatre sabots. Il suspendit son geste en voyant entrer la jeune fille. La porte laissait passer la lumière par quatre minuscules carreaux couverts d'une sciure fine. Une clochette tintait quand on la poussait, et deux marches étroites descendaient dans l'atelier, un peu en contrebas du chemin.

La pièce recevait également la lumière par une petite fenêtre, sur le côté.

Le visage rond et rougeaud du sabotier semblait marquer la surprise. Il avait suspendu son geste.

« Eh bien, finis d'entrer petite et ferme donc la porte. Tu fais entrer tout le froid. »

Quiterie, à demi tournée, refermait gauchement la petite porte, sans oser la claquer.

« Alors, c'est ton patron qui t'envoie ?

— Oui, ce serait pour des galoches. »

Le sabotier partit alors d'un formidable éclat de rire en posant sa hache à côté de lui.

« Ton curé ? Il veut porter des galoches ? Mais as-tu seulement vus ses souliers ? Des comme ça, on n'en a encore jamais vu par ici. Qu'est-ce qui lui prend de vouloir s'abîmer les orteils dans nos sabots ? Il a bien de quoi se faire faire de belles chaussures, à Mauriac ou à Aurillac, si le cœur lui en dit.

— C'est pour moi que je viens, pas pour lui.

— Tu veux des galoches ? Attends donc que je voie… Tu n'as guère de grands pieds, toi, hein ? Et, tout en parlant, il décrochait du mur une paire de sabots noirs, au dessus de cuir.

— Tiens, essaye-moi ça. »

Quiterie regardait autour d'elle, indécise. Le sabotier s'était baissé pour lui donner le petit tabouret à trois pieds.

Le cuir de la galoche était raide et la jeune fille le tâtait du bout du doigt, pour en éprouver la souplesse.

« Ne t'en fais pas, il s'attendrira. À la longue il se fera à toi. »

Elle regardait son pied chaussé de noir, le tournait et le retournait, pour mieux l'admirer.

« Et puis il me faudrait aussi des petits chaussons.

— Pour qui, cette fois-ci ?

— Toujours pour moi.

— Dis donc, il te gâte, Monsieur le curé. Une jolie fille comme toi ! »

Le sang monta brutalement aux joues de Quiterie.

« Oh, vous n'avez pas honte ? Ne dites pas des choses comme ça, si on vous entendait ?

— Alors, pourquoi il te chausse comme une dame ?

— Il dit que je dois avoir de belles chaussures et pas une vieille paire de sabots de bois. Et puis aussi des chaussons dans la maison, pour ne pas faire tant de bruit dans les escaliers.

— Dis, tu en as bien de la chance d'avoir trouvé cette place. Sais-tu seulement que c'est la vieille Chavanon qui devait l'avoir, cette vieille pie ! Elle ne te pardonnera jamais de la lui avoir chipée.

— Et qui c'est, cette Chavanon ?

— Ta voisine ! »

Et il partit, à nouveau, d'un éclat de rire qui fit rebondir son ventre, sous le tablier de cuir.

« En face du presbytère ?

— Oui, en haut des marches. Avant que tu n'arrives, elle passait tous les jours lui faire le ménage et la soupe. Et depuis que tu es là, elle reste toute la journée à épier ce qui se passe sur la place, et ce que tu fais. C'est une langue de vipère, méfie-toi d'elle.

— Mais je ne lui ai rien fait moi !

— Petite, dis-toi bien que même avant que tu arrives, elle te haïssait déjà. Elle est comme ça ! à son âge, et sans homme ! Et puis toutes ses bondieuseries, ça lui aura tourné la tête, voilà tout. »

Le silence qui suivit fut seulement troublé par le bruit rauque du soufflet de la forge, en face.

« Et toi, tu te plais ici ?

— La place est bonne, oui. »

Elle avait répondu d'une voix ferme.

« Et le bonhomme, pas trop après toi ? »

Comme elle ne répondait pas, il ajouta en riant :

« C'est vrai qu'à le voir, on a pas l'impression que les femmes l'intéressent beaucoup. Celui-là au moins, il ira pas traîner comme l'autre. »

Puis, comme s'il réalisait qu'il en avait trop dit, il redevint sérieux pour demander :

« Il passera bien me payer, ton curé, petite ?

— Oui… et pour les chaussons ?

— Laisse-moi un petit moment pour les faire, tu les auras ce soir. Reviens avant souper, ils seront prêts. »

Quand elle ressortit de l'atelier, elle fut surprise par la clarté du jour. Penché en avant, le forgeron frappait son enclume du plat du marteau, à petits coups secs et précis.

Ce soir-là, Thibault ne vint pas ou, en tout cas il ne toqua ni à la porte ni aux volets. Le jeune prêtre n'était pas sorti et Quiterie guettait, assise au coin de la cheminée, un pas, un bruit, une présence. Ses chaussons lui tenaient chaud aux pieds. Les galoches étaient soigneusement rangées dans le corridor et les vieux sabots traînaient dans la grande pièce. Elle n'osait pas rentrer dans sa chambre, de peur de ne pouvoir en sortir sans éveiller la curiosité du père Mathieu, tandis que de la cuisine elle pouvait sortir au jardin, sans éveiller l'attention. Pourquoi Thibault n'était-il pas là ? Attendait-il quelque part de voir sortir le jeune prêtre pour approcher ?

Elle devrait bientôt aller se coucher. La chandelle coûtait cher et elle en avait peu pour faire la semaine. Elle ne pouvait pas attendre toute la nuit de la voir brûler pour rien. Son regard, perdu sur la petite flamme dansante et jaune, semblait y chercher une image, un rêve, un souvenir. Les yeux dans le vague, son visage d'adolescente reprenait un reflet d'enfance. Sa mèche, sur le front, lui donnait l'air d'une petite fille qui revient de jouer, les cheveux en désordre. Le feu dans la cheminée s'éteignait doucement. Elle rassembla les braises et les couvrit de cendres pour les garder jusqu'au matin. Puis, lentement, comme à regret, se leva pour quitter la grande pièce et se glisser au lit, après avoir soufflé la bougie. Elle s'endormit rapidement, la montre serrée au creux de la main.

XII

Suzanne

LA GRANDE MESSE allait commencer, les cloches sonnaient à la volée, Quiterie était levée depuis longtemps déjà et avait eu le droit d'assister à la première messe de sept heures. Elle devait ensuite préparer le repas de la mi-journée. En sortant de l'église, elle avait failli se heurter à la vieille Chavanon qui s'était tournée vers elle en maugréant. Quiterie, pour ne pas répondre, avait préféré tourner la tête. Les quelques vieilles qui sortaient, elles aussi, de l'office, avaient l'air frigorifiées. Leurs vêtements propres, bien mis, et leurs coiffes soigneusement ajustées, leur donnaient l'air de dames comme il faut, et seules leurs démarches lasses et heurtées, rappelaient qu'elles étaient usées et fatiguées par une vie rude et ingrate. Quiterie les observait. Elle figeait dans sa mémoire chaque détail, chaque mouvement, chaque couleur, comme lui avait appris à le faire Thibault, qui pouvait, de mémoire, reproduire une scène aperçue quelques heures auparavant. Elle surprit le regard de la mère Chavanon sur ses galoches neuves et brillantes. La vieille releva doucement son visage vers Quiterie, et lança, une vilaine moue aux lèvres :

« Après le jeune patron, celui-ci aussi. Toi petite, tu sais y faire. Profites-en bien. Mais tu ne l'emporteras pas en paradis. »

Et sur ces mots, elle avait tourné les talons. Quiterie la suivit des yeux un instant, l'air pensive. Ainsi, elle aussi savait ? Elle eut le sentiment d'une injustice. Pourquoi lui reprocher d'aimer ? Pourquoi devait-elle être punie pour cet amour d'adolescente ? Elle se sentit seule, comme si, d'un coup, un voile gris enveloppait tout autour d'elle. Une larme coulait sur sa joue, qu'elle ne chercha pas à retenir. Elle était toujours debout devant le porche de l'église. Derrière elle, le pas léger et régulier du prêtre s'amplifiait en se rapprochant. Elle ne bougeait toujours pas, le regard perdu dans le vague. Thibault n'était pas venu la veille au soir. Ce matin, il n'était pas là non plus, ni à la messe ni même à l'attendre discrètement au-dehors. Et puis cette vieille qui lui crachait son venin, sans raison. Tout en elle tournait, sans qu'elle ne puisse rien y faire. Elle était triste. Triste comme l'est un enfant, sans retenue, sans pudeur. Les pas s'étaient arrêtés à côté d'elle. Elle sentait la présence du jeune prêtre à ses côtés, mais ne tournait pas la tête pour mieux cacher ses larmes. Il posa alors très doucement la main sur son épaule.

« Vous êtes souffrante ? »

Dans un sanglot retenu, elle lâcha :

« Non, je vais bien… Je vais bien. »

Après un bref silence, il la saisit doucement par le bras pour l'entraîner vers le presbytère. Elle se dégagea en murmurant :

« Si on nous voyait ? »

Comme pris en défaut, il cacha sa gêne dans un sourire.

« Vous avez raison. Il y a ici de bien vilaines pies prêtes à colporter tout ce qu'elles voient, et même ce qu'elles ignorent. »

Quiterie sentit la chaleur revenir dans sa poitrine. Ces quelques mots suffisaient à la guérir de la plaie ouverte par la vieille Chavanon quelques instants auparavant.

« Je dois prendre garde à ne pas être en retard pour la grand-messe », dit-il sur un ton détaché.

Il poussait la porte de bois du presbytère, qui grinçait sur ses gonds.

« Vous avez bien le temps, il est à peine huit heures et demie passées. »

Le père Mathieu s'était arrêté. Il regardait la jeune fille, incrédule :

« Comment le savez-vous ?

— C'est la pendule qui le sait, pas moi.

— Vous savez lire l'heure sur la pendule ?

— Oui.

— Comment le savez-vous donc ? Vous êtes allée à l'école ?

— Oh non ! Jamais. »

Elle avait répondu avec un grand sourire.

« Et où donc avez-vous appris à lire l'heure ?

— On m'a appris. »

Elle n'osait pas en dire plus. Comment avouer que Thibault, son amoureux, celui par qui le scandale était arrivé, comment avouer que c'était par lui qu'elle savait ?

« Vous ne voulez pas me le dire ? C'est sans importance. Mais savez-vous lire également ?

— Les livres ?

— Oui, les livres, les mots, les phrases.

— Non, je n'ai pas appris. »

Alors, dans un grand geste du bras plein d'emphase, il dit, comme on lance un défi :

« Et vous aimeriez apprendre ? Je peux vous donner des leçons. Ça vous plairait ? »

Elle restait immobile au milieu de la pièce, les bras ballants. Puis, pour se donner une contenance, elle attrapa un chiffon pour aller soulever le couvercle de la marmite posée sur le feu.

« Vous avez peur de vous brûler, Quiterie ? Vous ne m'avez pas répondu. Voulez-vous apprendre à lire ?

— Je crois bien que je n'y arriverai pas. Et puis à quoi ça me servirait ?

— J'ai là de très beaux livres. La Bible, par exemple, que vous pourriez lire toute seule. C'est beau, la Bible. »

Quiterie faisait mine d'essuyer la table, en tournant le dos au prêtre.

Lui ne s'avouait pas vaincu et, tout en ôtant sa chasuble blanche avec délicatesse, il poursuivait :

« Et puis, il y a tous les livres de cuisine. Vous pourriez y trouver de nouvelles recettes, ça ne vous tente pas ? »

Comme elle restait silencieuse, il ajouta sur un ton sentencieux :

« Qui ne dit mot consent, c'est donc entendu. Nous commencerons ce soir, si vous le voulez bien, quand vous rentrerez de votre congé.

— Je n'y arriverai pas, vous le savez bien. »

Elle semblait gênée de devoir répondre aussi durement, et pour ne pas le mettre dans l'embarras, elle sortit précipitamment de la pièce pour aller dans le potager, derrière la maison.

Resté seul, le prêtre redevenu un homme ordinaire ne put s'empêcher de siffler entre ses dents en murmurant : « Sacré petit bout de femme. »

« Thibault, tu ne viens pas avec nous à la messe ?

— Non, papa, je reste ici.

— Tu sais bien que ta mère va faire une histoire terrible si tu ne nous suis pas.

— À Dieu va ! Elle a sans doute peur que j'aille encore courir ?

— Tu lui en veux donc tant ?

— Je crois, oui. »

En bas, dans la cour, la carriole était attelée. La Pomme, plus taciturne que jamais, se tenait sur la banquette du cocher. Léa, le visage vers les fenêtres du premier étage, piaffait en grommelant :

« Mais alors, mais qu'est-ce qu'ils font... mais alors... »

Louis-Adrien apparut enfin sur le petit perron, en haut des trois marches.

« Eh bien, mon ami ?

— Il ne vient pas.

— Mais êtes-vous son père, oui ou non ? Vous ne pouvez pas le contraindre à nous suivre ? Quel homme êtes-vous donc ?

— Léa, je vous en prie ! Cet enfant n'en est plus un depuis longtemps, et si l'envie lui prenait de se faire moine au Japon, nous n'y pourrions rien, ni vous ni moi. »

Et il se cala bien au fond de la calèche en faisant signe à la Pomme de démarrer.

« Et ne me parlez plus sur ce ton, je vous en serais reconnaissant.

— Oh ! de quel droit me parlez-vous si durement ?

— Du droit que me donne mon état de mari. Et maintenant soyez assez aimable de bien vouloir ne plus me parler de cette affaire. »

Léa, vexée, se tenait à l'autre bout de la banquette, le plus loin possible de son époux qui la regardait en coin en souriant, ravi de lui avoir, pour une fois, rivé son clou. Il leva les yeux au ciel pour suivre un rapace qui tournoyait lentement. Il le vit plier les ailes, plonger, puis il le perdit de vue.

Thibault, resté seul, avait décroché sa cape noire. Ses godillots de marche aux pieds, il sortit, fit le tour de la maison par le petit chemin qui longeait le potager et, au coin du chemin, siffla entre ses dents. René, qui attendait le signal, sortit d'on ne sait où pour le rejoindre.

« Ils sont partis ?

— Oui.

— Pour où ?

— Pleaux, comme toujours. Alors, à quelle messe est-elle allée ?

— La première, celle de sept heures.

— Elle sera seule alors à onze heures ?

— Suis-moi, tu la verras aujourd'hui, et même tout l'après-midi si tu le veux. Elle a congé le dimanche après-midi à présent.

— Elle ne m'en a pas parlé.

— Elle ne le savait peut-être pas encore. »

Les deux hommes marchaient côte à côte, d'un pas solide et vif. Deux chevaux attendaient non loin, sellés, qu'ils montèrent pour partir au galop. Thibault ne sentait pas le froid. René, droit sur sa selle, le visage impénétrable, fouetté par le vent frais, ouvrait la route.

Le chemin n'était pas bon et les chevaux peinaient entre les mottes de terre meubles et les rochers qui affleuraient et sur lesquels les fers glissaient.

Ils arrivèrent à Montvert alors que la grand-messe était déjà commencée depuis une trentaine de minutes. Quiterie, seule dans la grande pièce, préparait le repas dominical qu'elle prendrait assise face au prêtre, ce qui ne lui arrivait que le dimanche. Les autres jours, elle attendait, debout derrière lui, qu'il ait fini de manger pour se nourrir à son tour.

Elle entendit le pas d'un cheval qui se rapprochait de la place déserte, puis un coup à la porte. Elle essuya ses deux mains à son tablier et courut ouvrir, un peu surprise et apeurée.

« Quiterie, ouvre, c'est René.

— René ! »

Elle tira la lourde porte et, un grand sourire sur les lèvres, se jeta dans les bras de l'homme qui la serrait contre lui tendrement, comme on le fait d'un enfant que l'on retrouve après une longue absence.

« René, qu'est-ce que tu fais là ?

— Je t'amène un beau cadeau. »

Elle restait interdite, les bras ballants.

« Tu ne me feras pas entrer ?

— Si, si, entre, entre. Attache donc ton cheval à l'anneau. La vieille Chavanon est à nouveau à la messe, sa deuxième aujourd'hui. Personne ne dira rien. »

Quand la porte fut refermée, il dit très vite, comme on confie un secret :

« Thibault est ici. Retrouve-nous à l'entrée du bourg chez Suzanne.

— Et pourquoi chez elle ?

— C'est une vieille tante. Thibault t'y attendra tout l'après-midi. »

D'un geste, elle avait retiré son tablier, ôté ses chaussons et enfilé ses galoches.

« Et ton curé ?

— C'est prêt, viens, amène-moi, s'il te plaît. Nous reviendrons quand les cloches sonneront. »

René se sentait bien. Il aimait Quiterie comme son enfant, et sa joie, son empressement de petite fille le remplissaient de joie.

« Suis-moi alors. »

Ils passèrent entre la forge et l'atelier du sabotier. Tous deux étaient fermés, mais la jeune fille eut le sentiment qu'on les observait. Elle s'en moquait. Seule l'idée de revoir son ami comptait à présent. Elle marchait en avant, sans prendre garde à la boue qui salissait ses chaussures encore brillantes. La vieille Suzanne était là, assise devant sa porte, quelques poules autour d'elle, sa canne posée à ses côtés sur le petit banc de bois tout usé.

« Tiens, rentre, il t'attend. »

Quiterie, devant la vieille, ne savait quelle attitude adopter. Elle semblait ne pas la voir, indifférente à sa présence.

« Eh bien, tu rentres oui ? »

Il dut presque la pousser à l'intérieur. Thibault était là, assis sur une vieille chaise à la paille effilochée. En voyant la jeune fille, il s'était levé pour se jeter dans ses bras. René, doucement, était ressorti et, sans un mot, avait rejoint la vieille sur le petit banc. Lui si imposant, et elle si frêle, se tenaient l'un contre l'autre sans un mot. C'est elle qui au bout d'un moment rompit le silence.

« Eh bien, tu crois qu'ils en ont pour longtemps ?

— Non, Suzanne, mais cet après-midi elle reviendra plus longtemps.

— Cet après-midi ? »

Elle semblait flotter dans un monde qui lui était propre. On aurait pu croire que tout lui était indiffèrent, étranger, qu'elle ne comprenait pas tout ce qui se passait autour d'elle. Mais, derrière ses cheveux en bataille, brillaient deux petits yeux vifs qui ne perdaient rien du spectacle alentour.

« Cet après-midi, oui, et les autres jours. Parfois aussi le soir. »

Le regard toujours dans le vague, elle se contenta de grogner une réponse indistincte. Quiterie ressortait, sa main dans celle de Thibault.

« Va, je t'attendrai ici.

— La messe se terminera bientôt, je dois m'en aller. À tout à l'heure. »

Elle partit presque en courant, lançant au passage à l'adresse de René et de la vieille :

« Merci, mais vous allez manquer la messe. »

Pour toute réponse la vieille cracha par terre et René sourit.

L'après-midi se passa chez Suzanne. Quiterie ne voulait pas se montrer dans le village ou aux alentours avec Thibault. Elle craignait les « vilaines pies », comme disait le père Mathieu. Quand la nuit commença à tomber, les deux amoureux se séparèrent avec la promesse de se revoir très vite.

« Tu reviens demain ? »

Il tourna la tête, pour ne pas répondre.

« Tu ne dis rien ?

— Je reviendrai dès que je pourrai, demain, après-demain, mais je reviendrai.

— Embrasse-moi. »

Alors, très tendrement, sans un mot, il la prit à nouveau contre lui. Elle eut le sentiment à nouveau d'être épiée, surveillée, suivie du regard en repartant vers la place du village. Elle ne croisa pourtant que quelques poules et un chien. La chandelle brillait au presbytère et, sur la grande table ronde, une feuille et un crayon étaient posés devant une bougie. Au bruit de la porte, le jeune prêtre apparut, le visage fermé. Quiterie resta un instant figée devant lui, avec le sentiment qu'il lui adressait un reproche muet. Un reproche empli de tristesse, mêlée d'un peu de colère.

« Vous… vous l'avez vu ?

— Oui. »

Elle avait répondu sans hésiter les yeux dans les yeux.

« Vous vous rendez compte de ce qui se passera si Léa vient à l'apprendre ?

— Peu importe, elle fera bien ce qu'elle voudra, et à Dieu va.

— Ne jurez pas par Dieu, mon enfant, ne jurez pas par Dieu. »

Elle avait tourné la tête vers la table et la feuille blanche.

« C'est pour moi ?

— Oui.

— Alors vous n'avez pas renoncé ?

— Asseyez-vous plutôt et prenez la mine. Nous allons commencer par apprendre à tracer quelques lettres. Puis nous apprendrons à les reconnaître. »

Elle hésita un instant, mais n'osa pas protester, après la scène qui venait de se produire. Elle réalisait que, s'il était au courant, c'est que quelqu'un le lui avait répété.

Alors, tout en s'asseyant, elle dit d'un air renfrogné :

« C'est la vieille Chavanon hein ? »

Pour ne pas devoir répondre, il tira une chaise et s'assit délicatement, croisant les jambes sous sa soutane, un coude sur la table. Elle le regarda de profil, à la lumière de la chandelle, et le trouva beau avec ses cheveux en désordre sur son front, ses mains blanches et fines, son regard clair, et ses traits delicats.

Pourquoi se donnait-il la peine, lui, un homme instruit, d'apprendre à lire à une petite paysanne ? Même si la vie était dure, la maison froide, l'eau des lessives glacées, les travaux de la maison sans fin, même si elle était trop jeune pour assumer tout cela comme une adulte, elle était bien, là, malgré l'absence de Thibault. Elle n'avait rien demandé, et voilà qu'à présent elle allait apprendre à lire et à écrire. Alors, malgré les questions, malgré sa peur de faillir, malgré sa surprise, malgré tout cela, elle décida qu'elle y parviendrait et qu'elle ferait tout pour se montrer une élève digne de la confiance que le père Mathieu lui témoignait. Elle se coucha ce soir-là épuisée, et s'endormit d'une masse, sans même avoir le temps d'une pensée pour Thibault.

Les semaines qui suivirent furent, en dépit du froid qui s'était installé, des semaines d'une grande douceur. Invariablement, à la nuit tombée, la leçon commençait devant la chandelle toujours posée au centre de la table. Sa main, aguerrie au maniement du crayon pour le dessin, apprit vite à tracer de belles lettres, à les organiser pour en faire des mots et des phrases qu'elle relisait ensuite d'une voix monocorde, en butant sur certaines syllabes ou phonèmes inhabituels en patois, et que le français savait cacher au cœur des mots les plus anodins. Dès le début, les leçons se firent en français. Quiterie avait cette langue dans l'oreille pour l'avoir beaucoup entendue au Peuch et les progrès furent rapides.

Le soir, après le souper, et par n'importe quel temps, elle sortait marcher un peu. Ses pas la menaient invariablement chez la vieille Suzanne. Quand il le pouvait, Thibault ne perdait pas une occasion de faire le chemin. De loin, Quiterie regardait si le cheval était attaché devant la porte branlante. Quand il n'y était pas, elle repartait en frissonnant de froid, son châle bien serré sur ses épaules. En revanche, quand la bête, la patte arrière à demi repliée, attendait au bout de sa longe, alors elle pressait le pas. Elle toquait légèrement contre le bois disjoint et poussait la porte fermée pour l'occasion. La petite pièce sombre, au sol en terre et envahie par la fumée de la cheminée, lui paraissait alors le plus bel endroit du monde. Thibault était là, toujours assis au même endroit, dans le coin de l'âtre. La vieille, sur sa paillasse, au fond de la pièce, faisait mine de ne pas entendre ni voir et les deux amoureux s'installaient, l'un contre l'autre, devant le feu pour parler à voix basse. Puis, vers la minuit, le jeune homme se levait, posait une pièce sur la pierre de l'évier creusé dans le mur et sortait doucement, la main dans celle de Quiterie. Après un dernier baiser, ils repartaient chacun de leur côté. Elle ne lui avait pas encore avoué qu'elle apprenait à lire et à écrire. Comment le prendrait-il ? Serait-il jaloux du jeune prêtre ? Et puis une servante avait-elle besoin de savoir lire ou écrire ? Elle devait travailler et se contenter d'être heureuse de son sort. Pourtant, après deux mois de leçons quotidiennes, elle commençait à déchiffrer certains passages de la Bible. Elle pouvait même la lire en français et à haute voix. Elle se révélait douée et studieuse. Le père Mathieu était fier de son élève et ses leçons étaient leur part d'intimité, leur jardin secret. Si cela venait à se savoir, alors le scandale serait énorme. Peut-être même Quiterie devrait-elle partir à nouveau. Le jeune prêtre lui-même ne serait peut-être pas à l'abri de sanctions. Aussi reculait-elle sans cesse le moment d'avouer à Thibault qu'elle savait pratiquement lire et écrire.

Le père Mathieu avait-il deviné pourquoi elle ressortait chaque soir ? En tout cas, il n'en parlait jamais et n'y faisait aucune sorte d'allusions. Quiterie prenait bien soin de sortir par la petite porte de derrière, celle sur le potager. Avait-il vraiment le sommeil si lourd, que jamais encore il ne l'ait entendue ni partir ni rentrer ? Elle n'y croyait pas et profitait de cette incroyable liberté qui lui était laissée chaque jour. Elle était heureuse, mais n'osait pas se l'avouer. Le dimanche après-midi, elle s'en allait voir ses parents et prenait bien garde de repartir assez tôt pour ne pas être surprise trop vite par la nuit. À l'entrée du village, le cheval de Thibault était là, comme presque chaque jour désormais, devant chez Suzanne. Les deux jeunes gens, parfois sans un mot, passaient de longs moments, serrés l'un contre l'autre, devant ce petit feu qui leur brûlait le visage et leur laissait le dos glacé par le froid de la pièce.

Le mois de novembre ressemblait à un hiver qui aurait pris ses quartiers avec un peu d'avance. Le froid semblait figer la vie du village et chaque son prenait une ampleur inaccoutumée sur la place de l'église. Quiterie écoutait le bruit de ses pas devant le porche. La messe de sept heures venait de se terminer, et comme tous les dimanches, elle prenait soin de sortir dans les premières pour ne pas avoir à croiser la vieille Chavanon qui n'aurait pas manqué de lui envoyer une pique toujours désagréable. Elle faillit se cogner à René qui l'attendait depuis un petit moment, la bride du cheval à la main. Elle lui sourit, en l'embrassant comme une enfant, juchée sur la pointe des pieds, les bras autour de son cou.

« Bonjour, qu'est-ce que tu fais là ? »

Il lui avait pris délicatement les deux poignets et se dégageait lentement de son étreinte.

« Bonjour, petite. Je ne reste pas trop longtemps, je dois rentrer au Peuch. Je voulais seulement te dire que c'est la révolution là-bas.

— Qu'est-ce qui se passe ? »

Elle avait perdu son sourire et semblait plus curieuse qu'inquiète.

« Il se passe, figure-toi, que Léa a appris, je ne sais comment, que Thibault te voyait toujours. Elle pleure depuis deux jours. Elle s'est mise au lit hier soir. Le médecin est venu, mais elle ne veut pas se lever, ni même manger.

— Et Thibault ?

— Thibault, il m'envoie te dire qu'il ne viendra pas aujourd'hui et sans doute pas avant longtemps. Le temps que sa mère se calme un peu.

— Et moi, il y a pensé à moi ?

— Très fort, il avait les yeux pleins de larmes en me parlant. Il m'a chargé de te remettre ce rouleau. »

Deux larmes coulaient sur les joues de Quiterie qu'elle essuya maladroitement d'un revers de sa manche, en reniflant.

« Tiens, prends-le, c'est pour toi. »

Il lui tendait la feuille de papier, roulée soigneusement, et tenue par un ruban vert. Autour d'eux, les quelques participants à la messe matinale se dispersaient en leur jetant des regards surpris. Derrière elle, la jeune fille reconnut le pas pointu de sa voisine, la Chavanon, qui s'arrêta en face d'elle et, pour la première fois, la regarda en souriant d'un air mauvais. Souriait-elle de la voir pleurer, ou parce qu'elle savait ce qui se passait ? Quiterie eut le sentiment très fort qu'elle savait, qu'elle savait parce qu'elle n'était pas pour rien dans ce qui arrivait ce matin-là. À cet instant précis, elle la détesta violemment.

« Dis-lui bien que je suis malheureuse, dis-lui bien que j'ai de la peine, dis-lui bien que… que je l'aime.

— Va, ne sois pas inquiète, je le lui dirai. Et maintenant je dois partir, pardonne-moi. Mais je reviendrai te dire des nouvelles dès que je pourrai. »

Et tendrement, il posa un baiser sur le front de la jeune fille. Il avait déjà disparu depuis un moment, qu'elle n'avait toujours pas bougé, les yeux noyés de larmes, les doigts serrés sur le rouleau de papier. Elle avait froid, froid dans son corps, mais aussi froid à l'âme.

Elle sentit une main se poser sur son épaule.

« Eh bien, Quiterie, quelque chose ne va pas ? »

Elle avait tourné à demi la tête. Le père Mathieu se tenait à côté d'elle. Il était arrivé sans bruit, ses vêtements sacerdotaux sur ses épaules, un livre à la main. Il la regardait avec un léger sourire aux lèvres.

« Non… Je… rien… Ça va bien, merci.

— Allez, suivez-moi, ne restez pas là en plein vent, vous allez attraper mal. Et moi, je ne voudrais pas que ma bonne attrape mal. Qui me tiendrait la maison ? »

Tout en parlant, il s'était mis en marche et la regardait à la dérobée.

« Vous souriez ? Vous voyez bien que ça va déjà mieux. »

Elle reniflait en séchant ses larmes du revers de la manche, dans un geste automatique. Il refermait doucement la porte et la faisait entrer dans la grande pièce.

« Vous ne vous changez pas ?

— Et mes bigotes ? Qui va les confesser ce matin ? »

Elle eut un petit rire nerveux en l'entendant moquer les habituées du dimanche matin. Parmi elles, se trouvait cette lavandière à qui elle avait fait prendre un bain, le premier jour où elle était allée laver son linge. La vieille Chavanon aussi retraverserait la place dans un instant, pour aller à confesse.

« Vous allez vous mettre en retard.

— Je veux d'abord que vous me disiez ce qui vous fait pleurer ce matin. »

Comme elle ne répondait pas, il la fit asseoir, tira une chaise et se plaça face à elle. Il posa sa main très délicatement sur son bras et, penché en avant vers elle comme pour une confidence, il insista doucement.

« Vous ne voulez pas me le dire ?

— Non, je… je ne peux pas.

— C'est donc si grave ? Vous avez commis une bêtise ? »

Aimer Thibault, une bêtise ? Être amoureuse, une faute ? Être malheureuse, un péché ? Elle ne savait comment répondre.

« C'est chez vous, vous avez appris une mauvaise nouvelle ? Il n'est rien arrivé, j'espère ?

— Non, non.

— Alors quoi ? »

Elle restait toujours silencieuse.

« Je dois repartir maintenant, mais après le repas nous parlerons, voulez-vous ?

— Oui, je veux bien.

— Ah, et n'oubliez pas de sortir, comment dites-vous par ici… la toupie ? »

Elle le regarda en souriant, et le corrigea :

« Non, pas la toupie, *lo toupine*.

— Eh bien n'oubliez pas de la préparer pour une heure, j'ai déjà faim. »

Et il sortit en prenant bien soin de refermer la porte délicatement, comme à son habitude.

Quiterie avait posé le rouleau sur la table ronde. Dès qu'elle eut entendu les pas du prêtre s'éloigner sur la place, elle prit une chaise, s'assit, et dénoua lentement le ruban de soie. Deux feuilles roulèrent sur le bois usé de la table. Sur la première, elle était représentée, penchée sur le puits, dans un geste des deux bras, qui tiraient sur la chaîne pour remonter le seau. Sur l'autre, un simple portrait d'elle, exécuté de mémoire, était tracé au fusain accompagné de ces quelques mots: « Tu me manques tant que je pourrais en pleurer. » Elle déchiffra la phrase et resta un long moment immobile, la feuille dans sa main qui tremblait. Un bruit de voix sur la place la tira de sa torpeur. Alors, lentement, elle se leva, roula à nouveau les deux feuilles, refit le nœud avec le ruban de soie et les rangea avec les autres dessins. Pourquoi Thibault avait-il écrit ces mots ? Savait-il qu'elle lisait presque ? Et qui donc le lui avait dit ? Pas elle, qui n'osait le lui avouer. Alors qui ?

XIII

Louis-Adrien

LOUIS-ADRIEN, penché sur son bureau, frissonna, posa sa plume pour frotter ses deux mains et remonter le col de sa veste sur son cou. La petite pièce était humide et froide. Le petit feu ne réchauffait rien et les courants d'air de la fenêtre qui ne fermait plus très bien semblaient lui rentrer dans le cou, dans les manches et lui glacer les pieds. Depuis plusieurs heures, il tentait de rédiger une lettre qui lui brûlait les doigts. Tout en lui s'y refusait, mais Léa, intraitable, refusait d'écouter ce qu'il avait à dire et, en désespoir de cause, il s'était résolu à l'écrire, plus pour faire plaisir à sa femme et tenter de la calmer, que pour l'envoyer réellement à son destinataire. Il se leva pesamment, le papier à la main et traversa le grand salon contigu à son bureau. La pièce lui parut sinistre. Les meubles semblaient sortir d'une longue nuit, couverts d'une poussière terne.

Depuis le départ de Quiterie et la mort de Mado, la maison avait perdu un peu de vie elle aussi. Louise, la nouvelle bonne, ne suffisait pas à la tâche et dépensait plus d'énergie à ne pas se montrer et à tenter de se faire oublier qu'à réellement travailler et tenir la maison propre et fraîche.

Là où Quiterie débordait d'énergie et de vitalité, elle était molle et apathique. Son visage affichait du matin au soir le même masque d'indifférence, d'ennui et pour tout dire de bêtise incurable. Chaque jour, Louis-Adrien trouvait des raisons de regretter Quiterie. Il avait espéré, dans les premières semaines, que Léa reviendrait sur sa décision et la reprendrait à son service. Mais les semaines avaient passé et rien n'avait pu, jusqu'à présent, la faire changer d'avis. Et puis voilà que trois jours auparavant, la Pomme lui avait porté un billet. Elle l'avait lu, avait fondu en larmes, et s'était aussitôt alitée.

Thibault, qui se réveillait à peine en cette fin de matinée, était allé aux nouvelles. La scène avait été terrible. Du fond de son lit, elle agitait le billet sous ses yeux en criant, pleurant, mêlant colère, rage froide et chagrin. Elle y avait appris, en quelques lignes maladroitement griffonnées, que son fils continuait de voir Quiterie, malgré la distance et son nouveau statut de bonne du curé.

« Qu'est-ce que c'est que ce blanc-bec de curé maniéré qui n'est même pas capable de tenir sa bonne ? Et qui sait si elle ne l'a pas séduit aussi, celui-là ? Ah mais, elle ne perd rien pour attendre celle-là, je vais m'occuper d'elle, moi, elle ne l'emportera pas au paradis, non elle ne l'emportera pas en paradis ! »

Et Thibault, comme à son habitude, baissa la tête et attendit que l'orage passe.

« Et toi tu ne dis rien ? Mais parle donc, ahuri, parle donc ! Ah ! tu t'es bien moqué de nous ! Moi qui croyais que c'était oublié, et toi qui me mentais, qui me mentais… »

Louis-Adrien, toujours bonhomme, avait pris le parti, lui aussi, d'attendre qu'elle se soit calmée pour tenter de discuter avec elle. Mais, au deuxième jour, elle était toujours alitée. Louise avait bien tenté de lui porter à manger dans sa chambre, mais alors c'est elle qui était devenue la cible de son ire, et elle avait dû précipitamment battre en retraite. Louis-Adrien l'avait retrouvée quelques instants plus tard dans la cuisine en train de manger à la sauvette le contenu du plateau, comme on vole un fruit à l'étal du marchand.

Au matin du troisième jour, Léa avait fait monter son mari dans sa chambre.

« Mon ami, j'ai pris une décision, je vais informer Monseigneur l'évêque de Tulle.

— Pardon ?

— Oui, je vais lui faire porter un mot.

— Un mot ? À l'évêque ? Et pour lui raconter quoi ? Que notre fils est un adepte des amours ancillaires ?

— Oui, il doit savoir quel genre de bonnes ses curés choisissent.

— Mais, c'est vous qui avez insisté auprès de ce jeune prêtre pour qu'il vous débarrasse de Quiterie. Vous savez bien qu'il n'en voulait pas. Trop jeune ! Ils n'ont pas le droit d'avoir des bonnes aussi jeunes avec eux. Il a fait ça pour vous et vous voulez écrire à Tulle, à l'évêché ?

— Oui, elle doit payer.

— Vous avez bien songé aux conséquences d'une telle initiative ? Plus que Quiterie, c'est surtout ce jeune curé qui risque d'en pâtir. »

Mais elle était fermée à toute logique et n'en démordait pas.

« Mon ami, je ne me lèverai pas avant que vous n'ayez fait partir ce mot. Vous serez bien aimable de me le faire lire avant de l'envoyer.

— Enfin, croyez-vous vraiment que ce soit la solution ? Et puis pourquoi voulez-vous donc tant de mal à cette petite ? Après tout, elle est peut-être bien amoureuse de notre fils.

— C'est une coureuse de dot, voilà tout. Ce genre de fille ne vaut rien, elle n'en a qu'après notre argent. Mais je vous jure, moi, qu'elle ne se fera pas faire un enfant par ce grand nigaud. »

Elle avait tapé du poing sur son édredon. Son visage était pâle et ses lèvres serrées. Louis-Adrien sentait lui aussi monter la colère, non pas contre son fils, ou Quiterie, mais contre cette femme au cœur aussi sec qu'une pierre.

« Pourquoi voulez-vous donc que j'écrive un tel mot ? Et si je n'en avais pas envie ?

— Je m'en moque, vous l'écrirez, voilà tout. Et ne reparaissez pas avant de l'avoir terminé. Maintenant laissez-moi, partez. »

En sortant, il avait pris bien soin de faire claquer, aussi fort que possible, la porte de la chambre qui se rouvrit sous le choc.

Avant d'aller se mettre à sa table de travail, il fit un détour par la cuisine et se servit un verre de cette eau-de-vie que Thibault aimait tant à venir boire chaque jour, après le repas de la mi-journée.

À présent, transi, un peu honteux, il remontait l'escalier pour lire à sa femme les quelques lignes qu'elle avait voulues. Ce jour-là il aurait donné cher pour que ce mot fût destiné à faire revenir la jeune fille au Peuch, plutôt qu'à lui faire du mal. Mais Léa en avait décidé autrement, et il n'avait jamais su dire non à cette femme si dure, lui qui était si doux.

« Ainsi donc vous le voyez toujours ?

— Oui.

— Et vous ne m'en disiez rien ?

— Ce… ce n'était pas… convenable, et puis… j'avais peur de votre réaction.

— Vous l'aimez donc vraiment ?

— Oui. »

Elle avait lancé ce « oui » dans un soupir.

Le repas était prêt ; sur la table ronde, deux couverts étaient dressés, comme chaque dimanche. Debout face à face, Quiterie et le père Mathieu avaient récité le bénédicité, puis, après s'être assis, le prêtre avait plongé son regard dans celui de la jeune fille. Elle avait suspendu son geste en direction du plat, pour poser ses deux mains devant elle, de chaque côté de son assiette.

« Et maintenant, si vous me racontiez tout ?

— Tout quoi ? »

Elle semblait gênée, comme une enfant prise en faute et qui nie ce qu'on lui reproche, en dépit des évidences. Il eut peur un instant qu'elle ne se bute et refuse de répondre. Il marqua alors un temps qui parut à la jeune fille ne jamais devoir finir, puis, sur un ton calme et doucereux, il revint à la charge :

« Tout ce qui vous faisait pleurer ce matin, ou préférez-vous me dire tout cela à confesse ? »

Alors, prenant son courage à deux mains, elle décida de tout dire, de soulager sa conscience bien pure, mais alourdie par ce mensonge dont elle entendait à présent se purger. Elle avait alors raconté ses dimanches après-midi, elle avait raconté aussi comment le jeune homme était venu à deux reprises dans cette maison.

Le visage du prêtre restait de marbre. Il s'efforçait de ne pas trahir son émotion, mais quand il fut question des visites de Thibault au presbytère, Quiterie vit le sang se retirer de son visage.

« Vous avez été terriblement imprudente. Vous rendez-vous compte que, si l'on vous avait vus, j'aurai pu avoir les pires ennuis ? »

Elle avait baissé la tête, l'air contrit.

« Pardonnez-moi…

— Je vous pardonne, mais… »

Quiterie avait relevé la tête et le regardait, le visage dur et implorant à la fois.

« Mais il faudra me promettre de ne plus revoir votre ami. En tout cas pas ici, dans ce village, et surtout pas dans cette maison. »

C'était au tour de Quiterie de pâlir. Comment promettre une telle chose ? Renoncer à Thibault ? Impossible. Couper cette ronce, c'était la certitude de la voir repousser encore plus vigoureuse dès le lendemain et, tel le roi Marc, le père Mathieu risquait de se heurter à cet amour d'une Iseut dont le philtre d'amour avait été fait de tendresse et d'amour, là où il n'y aurait dû y avoir que travail, labeur et mépris. Pour ne pas répondre et devoir mentir, elle avait baissé à nouveau le visage, et pour se donner une contenance, avait saisi la grande cuillère de mauvais métal pour servir la poule qui baignait dans son jus. Mais, tenace et inquiet, le père Mathieu insistait :

« Quiterie, vous me le promettez ? »

Comme elle ne répondait toujours pas, il tendit son assiette qu'elle remplit avec modération.

« Promettez-moi au moins d'y réfléchir ?

— Je vous le promets.

— Merci, et maintenant, bon appétit. »

Le jeune homme avait le sentiment diffus d'avoir perdu la partie, sans vraiment comprendre pourquoi. Cette jeune fille n'était pas comme les autres. Il devait avouer qu'elle le troublait toujours. Il ne l'aimait pas, non, elle était simplement un mystère qu'il parvenait de moins en moins à percer. Comment une petite paysanne, pauvre et sans éducation, avait-elle pu séduire un jeune homme de bonne famille, instruit, comme Thibault ? Comment, en quelques semaines, avait-elle pu apprendre avec une telle aisance à lire, et maintenant à écrire ? Et, ce matin, comment avait-elle le cran de ne rien lui céder, lui qui était prêt à pardonner ses écarts de conduite ? Alors, malgré lui, il se surprit à penser, en la regardant porter sa fourchette à la bouche dans un geste vif, *« sacré petit bout de femme »*. Puis il resta un petit moment à la contempler, la fourchette en l'air. C'est elle qui, la première, rompit le silence.

« Eh bien, vous ne mangez pas ? Ça ne vous plaît pas ?

— Oh si… si, si, c'est… c'est très bon. »

Et le rouge aux joues, il attaqua d'une fourchette décidée cette poule au pot dominicale, seul jour de la semaine où il s'autorisait à manger de la viande.

La semaine avait passé sans que Thibault ne donne signe de vie. Pas un mot, pas une visite. Quiterie guettait, chaque soir, les bruits de pas sur la place, ou les coups discrets frappés à la porte du potager. Mais rien ne vint, pas même René pour donner des nouvelles. Le dimanche précédent elle s'était quand même rendue chez Suzanne, mais personne n'était venu. La vieille, sans un mot, avait passé l'après-midi sur son banc devant la porte, malgré le froid. Quiterie, à la nuit tombée, était rentrée, déçue et triste.

Le père Mathieu l'avait regardé ôter ses sabots pour les chaussons, sans rien dire. Elle s'était mise à la cuisine, l'air absent, et ils avaient mangé en silence, dans une atmosphère glaciale.

Depuis, elle attendait un signe, une parole. Elle attendait la fin de ce long couloir sombre et froid, dans lequel elle avait le sentiment d'être perdue.

Enfin, le samedi suivant, à la nuit tombée, elle s'assit à la table de la grande pièce, prit une feuille, un crayon et commença de griffonner un visage qui prit les traits de Thibault. Au même moment la porte s'ouvrit, et le père Mathieu entra, le visage fermé, comme préoccupé.

« Bonsoir, Monsieur le curé.

— Oui, bonsoir, bonsoir.

— Voulez-vous manger un peu ?

— Non, je te remercie. Un bout de pain, un peu de fromage et un verre de vin me suffiront. »

Un éclair illumina la place, suivit d'un coup de tonnerre violent.

Quiterie avait tourné la tête vers la fenêtre et, pour la première fois de la semaine, un sourire éclaira légèrement son visage. Elle aimait ce déchaînement de violence, ces moments où tout semblait suspendu à la démesure d'une nature qui reprenait ses droits, le temps d'un spectacle d'une grande beauté. Et puis, comment oublier cet instant avec Thibault, sous un orage qui les avait laissés trempés jusqu'à l'os, mais heureux de ce moment que les éléments leur avaient offert comme un cadeau, comme un baptême à leur amour naissant.

« Vous êtes souffrant ?

— Non, rassure-toi. »

Elle sortait une assiette, un verre et un couteau, qu'elle disposait machinalement, le dos à la cheminée. Le dessin était toujours sur la table. Le père Mathieu l'avait pris et le regardait d'un air absent.

« Quiterie, je vous dois la vérité.

— Oui, Monsieur le curé ?

— Voilà, j'ai passé l'après-midi avec le père Cheyrousse, celui-là même qui m'a recommandé de vous engager. »

Quiterie écoutait, sans cesser de dresser la table, dans une série de gestes précis, quotidiens, comme une chorégraphie bien réglée.

Le père Mathieu la suivait des yeux, déconcerté par ce mouvement incessant. Il aurait voulu qu'elle s'arrête un instant, mais n'osait pas le lui dire. Il avait le sentiment qu'elle ne l'écoutait pas, et il en ressentait une pointe d'agacement.

« Quiterie, vous m'entendez ?

— Mais oui, je vous écoute.

— Voilà, demain après la messe, je dois me rendre à Tulle. J'y coucherai à l'évêché. Monseigneur veut me voir dès demain matin. C'est ce qu'a été chargé de me dire le père Cheyrousse. »

Quiterie, qui semblait ne pas voir le trouble du prêtre, demanda simplement :

« Et vous resterez parti longtemps ?

— Je le crains, oui.

— Combien de temps ?

— Je ne reviendrai pas avant plusieurs mois, juste le temps de revenir rechercher mes effets personnels et… »

Il avait laissé sa phrase en l'air. Quiterie reprenait après lui :

« Et ?

— Et de vous conduire à… à votre nouvelle place. »

Dehors, l'orage se déchaînait. Le tonnerre faisait vibrer les vitres et les éclairs semblaient se succéder sans interruption. Quiterie avait suspendu son geste, le pain dans une main, le grand couteau dans l'autre. Elle regarda le prêtre, la bouche ouverte, sans penser à la refermer, les yeux dans les siens, comme pour une interrogation muette.

« Ma nouvelle… place ? Pourquoi ma nouvelle place ?

— Ma chère enfant, Monseigneur est fâché de notre cohabitation. Vous êtes trop jeune pour rester à mon service et je n'aurais jamais dû vous prendre à mes côtés pour tenir cette maison. Je le savais bien, mais vous étiez dans une situation délicate, et pour rendre service au père Cheyrousse, j'ai accepté de vous engager.

—Et pourquoi aujourd'hui je dois partir ?

—Monseigneur a reçu des protestations. Notre cohabitation ne semble pas plaire à tout le monde.

—Et alors je dois partir ?

—Malheureusement oui, dans quelques jours, le temps pour moi de régler votre départ… et le mien aussi vraisemblablement.

—Vous aussi vous allez devoir partir ?

—C'est ce que m'a fait comprendre le père Cheyrousse. Monseigneur me demandera certainement d'aller faire pénitence dans quelque paroisse éloignée d'ici, le temps que tout ce scandale passe.

—Et ensuite ?

—Ensuite, si Dieu le veut, je reviendrai ici prendre ma place parmi ces gens que j'ai appris à connaître et à aimer. »

Alors Quiterie, dans un mouvement de la tête en direction de la place noyée sous la pluie de l'orage, lança comme une gifle :

« Et avec cette vieille bique de Chavanon comme bonne ?

—Oh, ma fille, un peu de charité chrétienne, je vous en prie. »

Puis après un temps de silence, pendant lequel il tira à lui une chaise et s'assit devant la table :

« Mais dans le fond, oui, vous avez raison, avec cette vieille bique, comme vous dites. »

Quiterie pleurait à présent, sans bruit, le visage baissé, sans cesser de servir le prêtre. Deux larmes avaient coulé le long de ses joues pâles d'où le sang s'était retiré.

« Et moi, je rentre chez mes parents ? »

Elle avait parlé d'une voix enrouée par les pleurs. Le tonnerre semblait s'être éloigné et les éclairs n'illuminaient plus que faiblement le village. La pluie, en revanche, avait redoublé de violence et la place semblait traversée par un torrent éphémère qui partait de l'église pour se perdre derrière le presbytère en dévalant le petit chemin du lavoir. Au premier étage, un volet claqua violemment contre le mur. Le vent se levait et, demain matin, les paysans feraient l'inventaire des dégâts, des arbres arrachés, des toits abîmés, des chemins ravinés et des champs inondés pendant la nuit.

« Vous ? Ne vous faites pas de soucis. Vous aurez une nouvelle place. C'est Louis-Adrien qui s'en est occupé lui-même. »

La jeune fille avait repris des couleurs. Si Louis-Adrien se donnait cette peine, c'est que Thibault le lui avait demandé et qu'il ne l'oubliait pas, qu'il se souciait encore d'elle, malgré le scandale.

« Et quand est-ce que je pars ?

— Demain après-midi, votre ami René viendra vous prendre avec la carriole. Il vous mènera chez votre nouveau patron.

— René ? Pas la Pomme ? »

Elle avait retrouvé toute son énergie et séchait ses larmes d'un revers de manche.

« C'est encore une idée de Monsieur Pradine de Cosnac.

— En somme, vous voilà puni à cause de moi ?

— Ne vous en souciez pas, je ne regrette rien, rien du tout. Mais promettez-moi seulement une chose.

— Oui ?

— Lorsque vous serez là-bas, chez vos nouveaux patrons, continuez de lire et d'écrire. Ne perdez pas cela, et envoyez-moi de vos nouvelles de temps à autre. Et puis… »

Il semblait hésiter, comme s'il craignait un refus, une déception.

« Et puis j'aimerais beaucoup rester votre confesseur.

— Mon confesseur ? Mais je ne suis qu'une servante ! Et que diront mes maîtres s'ils savent que je perds mon temps à l'église ? Vous savez bien que nous sommes dispensées de messe, nous les servantes, si le travail l'exige !

— Je le sais bien mais je m'arrangerai pour que vous puissiez y assister au moins une fois par mois. Promettez-le-moi. »

Le rouge lui était monté aux joues et il la regardait dans les yeux, presque impudemment.

Elle n'osa pas le contredire et murmura :

« Oui, je vous le promets. »

Mais en son for intérieur elle était persuadée qu'ils ne se reverraient jamais et qu'elle était en train de faire ce qu'il aurait appelé « un pieux mensonge » s'il l'avait su.

Dehors, le tonnerre ne roulait plus que de très loin, et les éclairs avaient totalement disparu par-delà les vallées. Seuls la pluie et le vent ne baissaient pas d'intensité. À l'étage, le volet claquait toujours. Quiterie avait pris une bougie et lançait à l'adresse du prêtre :

« C'est dans votre chambre, mais je suppose qu'aujourd'hui je peux bien y rentrer, cela n'a plus guère d'importance à présent. »

Il s'était levé à demi en bredouillant une vague protestation, mais elle avait déjà disparu dans le couloir. Il se rassit alors lentement, les yeux perdus dans le vague en murmurant à nouveau :

« Sacré petit bout de bonne femme ! »

« Bonjour petite, alors le voyage continue ? »

René était descendu de la carriole du Peuch pour aider Quiterie à y prendre place. Pour ne pas montrer leur peine, ils se forçaient, l'un comme l'autre, à sourire. Mais, malgré le soleil de ce début d'hiver, aucun des deux n'avait au cœur l'envie de trouver cette journée belle.

« Achève donc d'entrer, tu boiras bien quelque chose ?

— Il n'est pas là ?

— Non, il a pris sa calèche pour aller à Tulle. Je dois juste tirer la porte en partant. Il a promis de venir me voir avant de repartir. Il doit revenir chercher ses affaires. »

Quiterie avait sorti un petit verre qu'elle avait posé sur la table ronde dont elle avait bien tiré le napperon de dentelle. Elle avait sorti du buffet une bouteille d'alcool légèrement ambré.

« Tiens, goûte ça.

— Qu'est ce que c'est ?

— Goûte donc, tu me le diras après. »

René, debout devant la table, avait bu cul sec le petit verre plein à ras bord. Il fit claquer sa langue, ferma les yeux un instant, et dit d'un ton pénétré :

« Ça petite, c'est pas pour les chaisières. C'est de la prune ?

— Oui, elle vient de Beaulieu.

— Ma foi, elle est bonne. Et c'est ton blondinet…

— Oh ! René, ne dis pas ça, s'il t'entendait !

— C'est ton curé, épais comme il est, qui boit ça ?

— Ça lui arrive, oui.

— Remarque, ça n'a pas l'air de trop mal lui réussir, il a toujours le teint aussi frais. Comme quoi, l'alcool de prune, ça ne conserve pas seulement les pruneaux, mais aussi les curés de campagne. »

Quiterie ne put s'empêcher de rire en rougissant et, pour cacher sa gêne, elle rangea la bouteille, rinça le verre. Puis elle posa bien en évidence sur la table une feuille couverte d'une petite écriture maladroite, qu'elle avait tracée le matin même en attendant René.

Ce petit mot, écrit dans un français hésitant, le remerciait pour la bonté qui avait été la sienne durant ces trois mois, et surtout pour ce cadeau sans prix qu'était le don de la lecture et de l'écriture à elle, petite servante de Xaintrie, perdue entre Pleaux et Argentat.

« Qu'est-ce que c'est ? »

René montrait la feuille.

« Je laisse un mot pour le père Mathieu. Pour dire merci. Si tu savais comme je regrette de partir ! Où m'emmènes-tu ?

— Tu sais donc écrire ? Mais d'où tiens-tu ça ? Ce n'est tout de même pas lui qui t'a appris ?

— Et si, je crois qu'il… enfin qu'il m'aime bien.

— Eh… attention, c'est un curé. »

Il avait dit cela en riant et, la main sur l'épaule de la jeune fille, il avait posé un baiser sur ses cheveux.

« Allez, viens donc, il est temps de partir. »

Elle se retourna pour faire une dernière fois, des yeux, le tour de la pièce, referma doucement la porte, respira profondément pour bien s'imprégner de l'odeur d'encaustique et de feu de bois de la maison puis, comme on plonge sous la pluie pour traverser une ruelle ou une place, elle était sortie de la maison sans plus regarder en arrière. Sur le pas de sa porte, la vieille Chavanon la regardait, toujours immobile, comme le premier jour, mais cette fois-ci, un léger sourire aux lèvres. Quiterie monta sur le banc au côté de René et le claquement des sabots du cheval fit écho au bruit des roues ferrées sur les cailloux de la place. Le forgeron, devant la porte ouverte de son atelier, leva la main au passage de l'équipage.

« Au revoir, petite, on te regrettera bien, tu sais ! Pense à nous. Nous, nous prierons pour toi. »

De l'autre côté de la ruelle, le sabotier était lui aussi sorti sur le pas de sa porte et, la main en l'air, il la saluait en criant :

« Que Dieu te protège, que Dieu te protège ! »

Elle était à demi tournée sur la banquette et continuait de saluer les deux hommes. Le cheval avançait lentement. Le sabotier et le forgeron s'étaient retrouvés au milieu de la ruelle, et après un dernier salut, le forgeron prit le bras de son ami pour l'entraîner vers sa forge. Quiterie sourit. Ces deux-là allaient fêter à leur manière ce départ, certainement au prix d'une bonne bouteille.

À l'orée du bourg, les quelques poules de la Suzanne picoraient la terre devant sa maison. La vieille était assise comme à son habitude sur le petit banc de bois tout bancal. Au passage de l'équipage, elle se leva, sans un regard, sans un mot, et rentra dans sa bicoque en fermant bien la porte. Quiterie, qui commençait à la connaître un peu, comprit qu'elle aussi était triste. Triste de ne plus voir ces deux jeunes gens se retrouver là, dans cette maison noire et sinistre. Triste de voir la vie s'éloigner un peu plus d'elle et de cet univers sans joies, sans paroles, sans rires. Elle n'osa pas se retourner pour voir si elle était ressortie après leur passage, mais en elle-même elle l'espérait du plus profond de son cœur.

Quand ils furent loin du village, elle se tourna vers son compagnon, et d'une voix mal assurée, lui demanda :

« Dis-moi des nouvelles de Thibault, maintenant.

— Des nouvelles, tu en auras bien assez tôt. Il va bien et il pense beaucoup à toi. Tu lui manques beaucoup, tu sais, mais pour lui les choses ne sont pas faciles, ces derniers temps. »

Elle était déçue. Elle avait espéré un mot, un dessin, un signe ; et rien. Rien d'autre que ces quelques mots de René. Elle se retint pour ne pas pleurer. Le froid était vif, malgré le soleil, et elle se pelotonna un peu plus dans son châle de laine.

« Prends donc ma capote, petite. Il y a encore un peu de route. Il ne faudrait pas que tu ailles prendre froid. »

Depuis combien de temps roulaient-ils ainsi, sans un mot ? Ils étaient aussi tristes l'un que l'autre, mais pour rien au monde ils n'auraient voulu le dire. La grande silhouette de René semblait écraser celle plus menue de Quiterie. Elle laissait traîner son regard sur ces paysages doucement vallonnés, essayant, au loin, de deviner le sillon plus sombre de la vallée de la Dordogne ou de la Marronne. Ils approchaient de Pleaux. En voyant le clocher de la petite église, elle eut un pincement au cœur. Ils étaient tout proches du Peuch à présent. Il s'en serait fallu de rien pour qu'ils prennent un autre chemin et se retrouvent dans la grande cour pavée. Le tilleul avait sans doute perdu toutes ses feuilles et la petite chambre, au fond du grenier, devait être glaciale. Un flot d'images la submergea. Mado, Louis-Adrien, la grange, le puits gelé l'hiver, Thibault appuyé au mur du potager, qui la regardait travailler en silence et cette cuisine immense où elle se sentait si bien.

« Tu ne veux pas me dire où tu me conduis ?

— Va ! nous serons bien assez vite rendus ! Mais je peux bien te l'avouer, tu as une place chez Combelonge.

— Chez Combelonge ? À Auriac ?

— Oui, chez le Fernand. Tu le connais ?

— Le marchand de bois ?

— Lui-même.

— Il fait déjà travailler mon frère.

— Ainsi vous serez deux chez lui. Toi qui lui tiendras la maison et Lucien, ton frère, qui lui fera le bûcheron et le gabarier aussi.

— Tu as des nouvelles de lui, de Lucien ? Depuis le début de l'automne je n'en ai pas eues. Est-ce que l'eau a été marchande ? Les bateaux ont pu descendre ?

— Non, pas encore, ils attendent la crue, et à Argentat les quais sont pleins de merrains et de carrassonnes. »

Alors, les yeux dans le vague, elle fit, comme pour elle-même :

« Je n'ai encore jamais vu les quais d'Argentat, jamais. »

Pleaux était loin derrière eux à présent. La carriole longeait un petit bois. Sur la droite, le chemin surplombait un paysage sans limites. Au loin, le massif du Sancy étalait ses premières neiges et, en tournant la tête un peu plus, c'est le puy Marie qui pointait au loin, légèrement voilé de brume. Quiterie regardait de tous ses yeux, un léger vertige au cœur devant ce spectacle unique. Elle eut le sentiment d'un vent froid qui l'entourait, comme venu des hauteurs enneigées. Pour la première fois depuis qu'ils avaient quitté Montvert, elle se sentit détendue. Elle respira un grand coup et, le visage tourné vers René, elle dit d'une voix gaie :

« Que c'est beau !

— C'est ton pays, petite, c'est chez toi. C'est peut-être pour ça que c'est si beau, non ? »

Et dans un geste fraternel il lui ébouriffa les cheveux du plat de la main.

XIV

Combelonge

« VOILÀ, C'EST ICI. »

René désignait du doigt une maison tout en longueur, posée en haut d'un pré qui descendait en pente douce. Un balcon de bois, un puits dans l'épaisseur du mur, un grand toit de lauzes, Quiterie avait noté tous ces détails d'un coup d'œil. La maison semblait bien tenue. Devant la porte de la cave à demi ouverte, quelques poules picoraient une terre mêlée de cailloux. Derrière la maison, le village était serré autour de son église, comme pour mieux se protéger du froid et du vent. La lumière ici semblait plus douce, plus blanche, plus puissante que sur le plateau. Les neiges du Sancy, au loin, mettaient une tache claire dans le paysage et Quiterie les fixa un long moment, en plissant les yeux. Elle eut, un instant, le sentiment d'être aussi légère qu'un oiseau. La calèche buta contre un caillou de la cour et ramena la jeune fille à la réalité. Un homme se tenait debout, sur le pas de la porte, en haut de l'escalier. Une large carrure, un visage rond, le bonhomme avait la réputation d'être ce que l'on appelle un ours. Sans un geste de bienvenue, il regarda s'arrêter l'équipage et, toujours sans un mot, suivit des yeux le couple qui montait lentement les marches.

« Bonjour, Combelonge. »

Il répondit par grognement indistinct. Quand ils furent devant lui, il regarda un instant la jeune fille, puis grommela.

« Achevez donc d'entrer. Vous boirez bien un coup ? »

Il les faisait pénétrer dans une pièce sombre. Dans un coin un poêle à bois chauffait la pièce. Une armoire deux-pièces moulurée lui faisait face. Au centre, une grande table rectangulaire en chêne, était entourée de chaises au paillage neuf. Le sol semblait ciré du matin tant il était propre. Quiterie regardait autour d'elle comme si elle voulait enregistrer chaque détail de la pièce. Une odeur de feu et d'encaustique envahissait tout. Un pas menu se fit entendre derrière la porte. René tourna la tête pour voir entrer une petite femme maigre, au visage gris et sans expression.

« Tu lui montreras où poser ses affaires. »

Le maître de maison avait grogné la phrase plus qu'il ne l'avait dite. Mais la femme paraissait avoir compris. Sans un mot, elle s'était approchée de Quiterie, avait saisi son baluchon et l'avait entraînée hors de la pièce. En passant la porte, la jeune fille eut juste le temps d'entendre tinter deux verres qu'on posait sur la table.

C'est dans une petite chambre, séparée de la remise à bois par une maigre cloison de pins, que Quiterie fut installée. L'endroit n'était éclairé que par un petit fenestron qui fermait mal et laissait passer en permanence un courant d'air glacé. Le lit, ou plutôt la paillasse, était sale et creusé en son centre par la forme d'un corps.

« C'est là que je dors ?

— Oui, petite. »

Quiterie avait repris son balluchon des mains de la petite femme et, fermement, avait répliqué :

« Non, je ne dormirai pas là.

— Mais… mais, c'est bien là que dorment les servantes habituellement.

— Avec les réserves ? Avec les courants d'air ? Et pourquoi pas avec les cochons aussi ? »

De gris, le visage de la petite femme était passé à une teinte jaunâtre. Elle semblait perdue devant une telle révolte. Elle n'était pas en colère, non. Elle craignait surtout la réaction de son mari devant cet imprévu. Quiterie était ressortie de la petite pièce et marchait d'un pas décidé vers la maison. Elle fit irruption devant les deux hommes au moment où ils allaient se resservir un second verre.

« Eh bé, qu'est-ce que c'est ? »

Combelonge avait parlé d'un ton rogue. Quiterie, sans se démonter, posa son baluchon sur la table.

« Ce que c'est ? C'est que je ne suis pas un fagot de bois et que votre paillasse est peut-être bonne pour un journalier, mais pas pour moi. Il y fait froid comme dehors, et la couche est si sale qu'un chien n'en voudrait pas. »

Elle était en colère et le rouge lui marquait les joues.

Combelonge restait pétrifié devant la jeune fille. Jamais, au grand jamais, personne n'avait osé lui parler ainsi. Lui qui avait l'habitude de diriger tout, de voir tout, de trancher de tout, lui, le négociant en bois le plus riche de la région, lui que l'on craignait à plusieurs dizaines de lieues alentour et devant qui même les plus gros propriétaires faisaient le dos rond, lui, Combelonge, se voyait apostrophé par une gamine d'à peine seize ans, une servante à qui il offrait de l'ouvrage. René, de son côté, avait pâli, mais regardait la scène d'un œil amusé. Dans l'embrasure de la porte, la femme de Combelonge se faisait toute petite et n'osait pas franchir le seuil. Quiterie ne baissait pas les yeux et fixait le négociant, en attendant une réponse. Le silence qui s'ensuivi parut durer une éternité, mais elle n'en avait cure. Elle était décidée à ne pas rester là, dans de telles conditions, quitte à retourner chez Antonine s'il le fallait. René fit racler son soulier sur le plancher, dehors une poule caqueta en battant des ailes. Combelonge parut sortir d'un rêve, toussota, tira une chaise à lui, s'assit et, en souriant légèrement, il dit d'un ton mi-amusé, mi-sévère :

« Tu n'as pas ta langue dans ta poche, petite. On va bien s'entendre tous les deux. Tu me plais bien, toi. »

Puis, le visage relevé vers celui de sa femme, il grogna à nouveau :

« Eh bien, toi, donne-lui donc une chambre d'en haut, celle du bout, au-dessus du four à pain, ainsi elle n'aura pas trop froid. »

Quiterie, sans un mot, avait repris son balluchon sur la table, et suivait à nouveau la petite femme qui trottinait de son pas menu et timide dans le couloir.

Les jours qui suivirent furent étranges pour Quiterie. Si Combelonge voyait passer beaucoup de monde et se déplaçait souvent pour aller sur les coupes de bois ou négocier quelques parcelles à bûcheronner ici ou là, en revanche, dans la grande maison en haut du pré, le calme régnait presque toujours, troublé seulement par le tic-tac obstiné d'une vieille pendule au balancier ouvré et polychrome. Très vite, la jeune fille avait pris la mesure de sa tâche et su trouver sa place. Du matin au soir, elle était là où il fallait, quand il le fallait. La précédente servante avait dû quitter la maison, son ventre rond avait trahi ses relations avec le maître de maison qui avait préféré la mettre dehors, plutôt que de risquer un procès en paternité. Quelques jours après son arrivée, il avait tenté de coincer Quiterie dans un recoin de la cuisine. Mais elle avait saisi un couteau à pain et l'avait pointé sur le ventre de Combelonge en riant. Il s'était dégagé sans rien dire, avait tiré dans un geste machinal une chaise à lui, et avait simplement bougonné :

« Au moins, sers-moi donc à boire. »

Et Quiterie s'était exécutée sans rien dire. Depuis, il n'avait jamais rien tenté et souriait discrètement quand il la voyait prendre un couteau pour couper du pain ou de la viande. Petit à petit, une complicité était née entre eux deux, faite de crainte mutuelle. Lui qui éprouvait des difficultés à bien cerner le personnage de sa servante, et elle qui redoutait toujours les colères du bonhomme.

Quant à Thibault, il ne cessait de hanter l'esprit de Quiterie. Ce n'est que deux semaines après son arrivée à Auriac qu'elle en eut des nouvelles par René qui était passé tout exprès pour lui porter un mot de son ami. Elle n'avait pas compris ce silence. Combien de fois, le soir, seule dans sa chambre, elle avait pleuré. Pleuré de peur, pleuré de rage. Elle se sentait oubliée et impuissante. Elle se sentait triste aussi. Triste de ne pouvoir serrer dans ces bras celui qu'elle aimait toujours, de plus en plus, sans jamais douter. Et puis voilà qu'en ce début d'après-midi, elle avait enfin dans la main une enveloppe cachetée à la cire. Debout à l'entrée de la cour, devant le portail ouvert, elle tenait le pli que venait de lui tendre René, sans oser le décacheter.

« Tu n'ouvres pas ?

— Si... si. Je l'ouvre. »

Et, dans un geste heurté par l'émotion, elle avait défait le pli.

« Alors ? Qu'est-ce qu'il dit ?

— Attends donc que je lise. C'est dur tu sais, je n'ai pas bien l'habitude.

— Veux-tu que je t'aide ?

— Oui, s'il te plaît, c'est écrit bien petit. »

Elle lui tendait la lettre et sa main tremblait sans qu'elle puisse rien y faire.

Mon cher amour, je dois tout d'abord te demander pardon pour ce long silence. Je rentre aujourd'hui de Souillac où Léa m'a envoyé, chez son frère, qui y tient un commerce de vins et de bois à barriques. Il se propose de me faire travailler avec lui à l'année. Je suis au Peuch pour quelques jours, le temps d'organiser mes affaires. René m'a appris où tu étais partie à nouveau. J'en suis triste pour toi et je te souhaite d'y être heureuse autant que tu le pourras. Avant de repartir pour Souillac, dans quelques jours, je voudrais que nous nous voyions, je pense tant à toi, et tu me manques tant, que je ne peux cesser de penser à toi toujours. Je te prie de dire à René si tu peux te libérer et je ferai mon possible pour venir te retrouver.

À toi pour nos vies,

Thibault

René avait relevé la tête lentement pour regarder la jeune fille. Elle ne pleurait pas, simplement son visage s'était durci et, dans ses yeux, il pouvait lire la rage qui montait.

« Quelle peste !

— Qui donc ?

— Cette Léa, elle l'envoie à Souillac à présent. Et lui, ce grand benêt, il y va !

— Pardonne-lui, Quiterie, tu sais que devant sa mère il est sans forces, tu le sais bien.

— Tu crois qu'il s'imagine que je ne vais rien dire ?

— Il n'a pas le choix, si Léa lui coupe les vivres, de quoi est-ce qu'il se nourrira ? Il doit bien partir, au moins pour un temps, mais il reviendra.

— Et moi, je fais comment, perdue ici, loin de tout ?

— Écoute, je vais le voir ce soir, alors dis-moi quelque chose pour lui, et je te promets qu'il viendra bien vite.

— Rentre alors un instant, je te servirai bien à boire.

— Le patron n'est pas là ?

— Non, il est en bas à Spontour pour voir les bateaux qu'il a commandés. Et puis il doit aussi monter à Nauzenac, à la scierie. »

Quiterie avait ouvert la cave sous l'escalier de pierre et, sur une barrique posée à droite de la porte, elle avait saisi un verre tant culotté de rouge qu'on n'y voyait plus au travers.

Après l'avoir rempli au petit robinet de bois du tonneau, elle le lui tendit.

« Alors, je lui dis quoi à Thibault ?

— Tu lui dis que c'est un idiot, mais qu'il peut venir ce soir si ça lui chante, et même tous les soirs du monde. Je l'attendrai. Il le sait bien. Dis-lui d'attacher son cheval à côté de l'église. Il n'aura qu'à m'attendre là.

—Je lui dirai, mais je ne sais pas s'il sera là ce soir.»

Il avait bu son verre d'un trait et claquait de la langue en grimaçant.

«Dis-moi, celui-là, il ne le paye pas cher?

—Celui-là vient de Brivezac, et il n'est pas bien fameux. Ils savent mieux faire le vin de paille.»

Elle l'avait regardé partir, debout devant le portail ouvert. Sa grande silhouette se découpait sur le ciel d'un bleu très pur, avec au loin les neiges précoces du Sancy. Elle se surprit alors à penser:

«Si j'avais pu tomber amoureuse de celui-là, au moins ce serait plus facile.»

Puis elle rougit, un peu honteuse, et comme pour se justifier elle-même, elle dit, à haute voix cette fois-ci:

«Mais quel ballot aussi, quel besoin d'aller là-bas, à Souillac?»

Ce soir-là Combelonge rentra avec la nuit. Il semblait de mauvaise humeur, et sa femme, plus terne que jamais, se faisait toute petite dans un coin de la grande pièce. Quiterie, elle, allait et venait, impatiente de voir partir ses patrons au lit. Il y avait dans la maison, une pièce dans laquelle seul le bonhomme entrait. C'était le cabinet particulier de Combelonge, là où il gardait son argent, là où il conservait ses papiers, ses contrats. Là aussi où il passait de longues heures, souvent la nuit, à faire des comptes aussi compliqués que précis. Ce soir-là, il prit avec lui une bougie et partit s'y enfermer, après avoir bougonné quelques mots à sa femme, que Quiterie ne comprit pas. Se comportait-il ainsi avec ses ouvriers bûcherons, avec ses commanditaires, avec ses bateliers ? Elle aurait donné cher pour le suivre, ne serait-ce qu'une journée. Souvent, le soir, en passant la porte, se dégageait de lui une odeur de bois coupé, de sous-bois et de sueur. Il rangeait lui-même sa carriole et son cheval. La maison ne manquait pas d'argent, mais il ne voyait pas l'intérêt de prendre d'autres domestiques qu'une simple servante. Parfois, quelques ouvriers passaient se faire payer. Il les recevait alors dans la cour et comptait un à un les sous qu'il leur donnait. L'homme était d'abord avare, maladivement avare. Et c'était là sans doute une des clefs de sa réussite. À quoi ressemblait son magot et à combien se montait-il ? Même sa femme l'ignorait.

En revanche, pour les dépenses de la maison, il ne faisait jamais aucune remarque. Il remettait l'argent sans jamais chercher à savoir à quoi il servirait, pourvu que sa table fût bien garnie et sa maison bien tenue.

Dix heures venaient de sonner à la pendule, quand Quiterie prit son châle de laine et sortit, sans même chercher à se cacher. Le ciel était clair et étoilé. Elle se surprit à penser que demain serait certainement encore une belle journée. Elle resta un instant la tête en l'air, à guetter une étoile filante pour faire un vœu. Mais quel vœu ? Garder auprès d'elle l'homme qu'elle aimait ? Oui, mais où ? Comment ? Et avec quel argent ? « *Au diable tous ces soucis*, pensa-t-elle, *l'important c'est qu'il soit là.* »

Elle marcha vers l'église, en fit le tour, puis, vaincue par le froid, regagna la maison. Elle resta un long moment auprès du feu mourant, dans la cheminée sombre. Combien de temps attendit-elle, l'oreille aux aguets, guettant le pas d'un cheval, ou un sifflement dans le chemin ? Elle l'ignorait. Elle avait dû s'assoupir, et le bruit de la porte du cabinet particulier de Combelonge qui se referme, avec un tour de clef, la fit sursauter. Elle écouta le pas décroître dans l'escalier, leva le nez vers la pendule, mais ne put lire l'heure dans le noir. Alors, pour la première fois depuis qu'elle était arrivée à Auriac, elle se laissa aller à pleurer sans retenue, silencieusement. Il ne vint pas ce soir-là, non plus que le soir suivant. Quiterie avait, à chaque fois, attendu tard dans la nuit, et le réveil, à l'aube, était dur. La fatigue du changement, les nuits courtes, et l'absence de Thibault commençaient à altérer son humeur. Elle se sentait lente, vite lasse et la grande maison, en haut du pré, lui faisait parfois horreur. Mais son naturel gai, son entrain habituel, finissaient toujours par l'emporter et, dans un tourbillon de sa grande jupe, elle repartait vers une nouvelle tâche sans jamais se plaindre. C'est le troisième soir, alors qu'elle avait gardé la bougie allumée dans la grande pièce pour trier des lentilles, qu'elle entendit arriver au loin un cheval au pas. Elle ramassa d'un coup toutes ses lentilles, les fit tomber dans le plat de faïence posé sur ses genoux et se leva d'un bond pour sortir sur le perron. Malgré l'obscurité, elle s'efforçait de voir, mais la lune, dans son dernier croissant, n'éclairait pratiquement pas le chemin devant la maison. Le froid vif la fit frissonner, mais elle ne bougea pas. Le pas se rapprochait, elle sut que c'était lui. Une lanterne se balança bientôt sur le chemin. Elle reconnut la silhouette épaisse de Thibault qui marchait à côté de son cheval, attentif à ne pas trébucher dans les ornières.

Elle courut dans sa direction, son châle tenu fermé devant sa poitrine par ses deux mains croisées.

« Quiterie, c'est toi ?

— Thibault, enfin. »

Ils s'étaient arrêtés à deux pas l'un de l'autre, sans plus oser bouger. Il avait levé sa lanterne pour éclairer le visage de la jeune fille sans oser engager la conversation. Comment allait-elle réagir à son abandon pendant tous ces jours, à sa capitulation devant sa mère ? Était-elle en colère ? Quels allaient être ses premiers mots ? Elle restait là, devant lui, immobile, frissonnante dans le petit vent glacé qui soufflait régulièrement.

« Bonsoir. »

Il avait bredouillé, troublé par l'immobilité de Quiterie. Alors très lentement, sans la quitter des yeux, il avait posé sa lanterne sur le sol, devant lui, et tout doucement, prit la jeune fille dans ses bras pour la serrer contre lui. Le cheval, impavide, ne bougeait pas. Quiterie avait passé ses bras autour du cou de Thibault et se serrait contre sa poitrine, sans un mot. Il n'osait plus bouger et c'est seulement en l'entendant respirer bruyamment qu'il sut qu'elle pleurait.

« Pardonne-moi. »

Elle ne répondit pas.

« Je ne pouvais pas faire autrement, tu sais. Et ce soir elle ne dormira pas avant que je sois rentré.

— Tu vas repartir, encore ? »

Elle s'était à demi dégagée et le regardait, son visage presque contre le sien. Il hésita une seconde, puis parut prendre une décision brutale.

« Non, je resterai là, tant pis pour elle, et puis… c'est trop loin. »

Elle lui avait pris la main et l'entraînait vers le bourg.

« Attends, je reprends mon cheval.

— Tu le laisseras à l'écurie. Tant pis si Combelonge n'est pas content. Cette nuit, tu dors avec moi.

— Tu ne crains pas de perdre ta place si on te surprenait ?

— Penses-tu, je suis toujours la première levée, tu auras bien le temps de filer avant qu'on ne t'ait vu. Et puis le maître a passé longtemps dans son cabinet de travail, il ne sera pas debout avant le jour, demain.

— Dis-moi, tu ne m'as pas répondu, tu m'en veux ?

— Oui, mais je t'aime. Pourtant tu ne m'aides pas. »

Et ce grand jeune homme fut, une fois de plus, pris de court par cette presque enfant qui ne cessait de l'étonner, jour après jour. Son incroyable maturité, son énergie sans égale et cet amour, juvénile et si sérieux à la fois, le laissaient impuissant, incapable de réagir et heureux.

Heureux de se laisser prendre à ce piège si doux, quand celui de sa mère, fait de la même énergie, était si dur.

Quand le cheval fut à l'abri et qu'ils eurent monté sans bruit l'escalier de bois vers la chambre, au bout de la maison, ils se retrouvèrent tous deux, debout et ballots, l'un face à l'autre, sans savoir que faire. Ce fut lui qui, le premier, rompit le silence.

« Tu… Tu dessines toujours autant ?

— Que tu es sot… Il est bien question de ça maintenant ! »

Et dans un geste du plat de la main, elle l'avait poussé sur le lit.

Sans lui laisser le temps de reprendre son souffle elle l'avait rejoint et, un doigt sur sa bouche pour lui faire comprendre de se taire, elle se serra contre lui de toutes ses forces.

« Tu veux dormir un peu ?

— Non, je suis bien. »

Quiterie était heureuse. Ils avaient passé la nuit ensemble et ni l'un ni l'autre n'avait la moindre envie de sortir de la chaleur du lit défait.

« Dis-moi.

— Oui ?

— Tu dois partir pour Souillac ?

— C'est René qui t'a parlé ? »

Elle ne répondit pas.

« Quand dois-tu partir ?

— Je descends avec le prochain voyage de bois.

— En gabare ? »

Elle s'était redressée sur un coude et le regardait dans les yeux. La bougie, sur la petite table de nuit de bois blanc, était presque entièrement consumée et rendait une lueur faible qui dessinait à peine le contour du visage du jeune homme.

« Et tu n'as pas peur ? »

Dans un sursaut d'orgueil, il répondit, d'un ton faussement détendu :

« Et ton grand frère, il a peur lui ?

— Lui peut-être pas, mais moi si. À chaque descente je prie pour qu'il soit de ceux qui feront la remonte. Et tu prévois de partir quand ?

— Je dois être demain à Spontour, pour embarquer au premier départ vers Argentat. Là nous chargerons le merrain et nous repartirons. Ce bois c'est pour mon oncle et il veut que je le suive. C'est du grain fin, le meilleur.

— Dieu te protège. Mais dis-moi.

— Oui ?

— Du temps que tu es en bas, à Spontour, tu pourras monter me voir tant que tu n'auras pas embarqué ? Ça n'est pas si loin d'ici ? »

Puis, après un temps.

« Et puis d'abord, tu vas loger où ?

— À l'auberge du pont.

— Alors, si tu ne montes pas, c'est moi qui descendrai.

— Je t'aime. »

Et, tout doucement, il la prit à nouveau dans ses bras et lui plaqua un baiser sur la joue en riant.

L'aube se levait à peine quand il prit le chemin de la vallée. Quiterie était heureuse. Il serait là peut-être à nouveau ce soir. Ils passeraient alors encore la nuit ensemble. Puis, si la rivière le voulait bien, les suivantes aussi. Et cette simple pensée suffisait à son bonheur. Il n'était pas encore à Souillac, et il serait grand temps d'y penser plus tard.

XV

Le bistrot du pont

LE VENT LÉGER portait loin le bruit de la rivière. L'odeur de sous-bois, mêlée à celle de la Dordogne, se faisait de plus en plus forte à mesure que Thibault descendait. Le chemin étroit et abrupt débouchait brutalement sur la vallée. Par-dessus le chant de l'eau, il entendit les bruits du chantier de gabares, plus bas dans le village. L'eau semblait courir sur les fonds de galets et butait sur les rochers à demi émergés contre les berges. Thibault n'était encore jamais venu jusque-là. Il découvrait un univers bien éloigné des plateaux de la Xaintrie et de ses vallées, étroites et sinueuses. Il sentit le souffle lui manquer devant la splendeur et la profondeur de ces courbes creusées par la rivière depuis des centaines de milliers d'années. Il resta un instant arrêté à l'entrée du pont, à regarder ces pentes abruptes, couvertes de forêts de châtaigniers et de chênes, coupées par endroits de coulées de pierres grises. La Dordogne ne se découvrait pas beaucoup, et le mystère de ses courbes se perdait, en amont comme en aval, par-delà la montagne. Il traversa le pont, son cheval à ses côtés, le regard perdu vers l'aval. Il aperçut, contre la berge, un peu plus loin, l'une de ces grandes barques de bois dont il avait tant entendu parler, sans jamais en avoir vu.

Les bateaux, sans cabines ni voiles, simples barques de près de vingt mètres de long parfois, attendaient là que la prochaine crue veuille bien les porter jusqu'en Aquitaine, chargés de bois pour les vignerons et les tonneliers du Bordelais. Le chêne limousin était réputé pour faire les barriques des vins de Bordeaux. On disait même que c'était lui qui donnait au vin toute sa saveur.

Il chercha des yeux un bateau plus grand, une voile, une cabine, un bateau pour passager. Mais il ne vit rien. Pourtant il devait descendre à Souillac par la rivière. En arrivant à l'auberge du pont, il attacha son cheval et poussa la porte en bois grossier, contre laquelle un christ de métal repoussé avait été cloué. Quelques tables sur un plancher de bois sale et noir, couvert par endroits de sciure, une petite fenêtre aux carreaux si opaques qu'ils ne suffisaient pas à bien l'éclairer et là, au fond de la pièce, un vieil homme était assis devant un verre de vin à demi plein. Les murs, autrefois blancs de chaux, avaient pris une teinte brunâtre avec la fumée de la cheminée, où un petit poêle avait été récemment installé. Il répandait une chaleur douce, et un chat dormait devant, roulé en boule. Thibault salua le vieux d'un signe de tête.

« Le patron n'est pas là ?

— La patronne ?

— La patronne, oui.

— Le patron il est au chantier à donner la main. »

Thibault avait pris une pièce de monnaie entre les doigts, qu'il frappait sur la table devant laquelle il avait pris place. Du fond de la maison, un pas lent et traînant se fit entendre. Une femme, très grosse et sans âge, entra dans la salle. Elle eut un moment d'arrêt en voyant le jeune homme. Il ne ressemblait en rien aux hommes de la vallée. Son visage n'était pas buriné par le soleil, le vent, le froid de l'hiver et la rivière. Ses vêtements de bonne coupe, propres et tirés à quatre épingles, la surprenaient.

« Bonjour.

— Un vin chaud, s'il vous plaît.

— Un vin quoi ?

— Chaud, un vin avec de la cannelle. Un vin chaud quoi.

— Pas ça ici. »

Elle avait répondu d'un ton rogue en sortant un verre et une bouteille.

« Alors, tant pis, un vin ordinaire suffira bien. »

Elle posait le verre devant lui et le servait, d'un geste sûr.

« Vous faites bien auberge ?

— Oui, mais il ne me reste plus rien. Les hommes attendent le départ et la maison est pleine.

— Pas même une petite place pour la nuit ?

— Non, pas ici. Demandez dans le village, peut-être qu'il y aura quelque chose, mais ici, plus rien.

— Je dois rejoindre un équipage.

— Tiens donc, et pour quoi faire ? Pas pour embarquer tout de même ? »

Elle le toisait des pieds à la tête. Il rougit alors et ne put que bégayer.

« Mais si, je… je dois en… enfin partir pour Souillac. »

Au fond de la salle, le vieux souriait, en tirant sur une bouffarde qu'il tenait au creux de sa main, comme pour la réchauffer.

« Vous partez pas avec les bateaux à Combelonge des fois ?

— Si. »

Alors le vieux, sans se démonter, fit d'un ton rigolard :

« Alors, je sais qui vous êtes. La dernière fois qu'un noble a mis le pied sur un de ces bateaux, il a fini aux Amériques. Vous voudriez pas allez si loin, des fois ?

— Non, rassurez-vous. »

Il se détendait et souriait enfin. Le vin était aigre. Il dut se faire violence pour le boire et grimaça en finissant son verre.

« Vous ne savez pas pour quand est le départ ?

— Ça, la rivière est la seule à le savoir. En tout cas, pas aujourd'hui. Et je ne serais pas surpris que demain non plus.

— Vous ne savez pas où je pourrais trouver les bateaux de Combelonge ?

— Descendez au port, vous trouverez bien. »

« Quiterie, petite sœur !

— Lucien ! Lucien… c'est toi ? »

Elle souriait, et son visage exprimait à la fois la surprise et la joie.

« Qu'est-ce que tu fais là ?

— Je viens rejoindre mon équipage, à Spontour. Alors je fais une halte par chez le patron. Et toi ? Ton curé ?

— Mon curé ? Il est puni. Et moi j'ai dû venir ici. Mais je ne m'en plains pas, la place n'est pas mauvaise.

— Tu travailles pour le père Combelonge ?

— Eh oui.

— Moi aussi ! C'est drôle, je ne le savais pas. »

Lucien était un grand gaillard aux cheveux clairs, toujours mal coiffés. Jamais rasé, toujours souriant. C'était une force de la nature, dur à la tâche, dur à l'alcool aussi, et toujours partant pour la fête, comme pour les travaux les plus pénibles. Bûcheron toute l'année, il se transformait, à l'automne et au printemps, quand les eaux étaient marchandes, en gabarier. Sur le banc des rameurs il n'était pas le dernier à tirer ferme sur les avirons, et ceux qui le connaissaient disaient qu'ils ne l'avaient encore jamais vu avoir peur sur l'eau.

Quiterie ne l'avait jamais vraiment vu chez ses parents, à la maison. La différence d'âge en avait fait un bébé quand lui était déjà dans la forêt à bûcheronner. Ces deux-là s'aimaient d'autant plus qu'ils avaient l'impression de se découvrir un peu plus à chaque rencontre.

« Tu descends pour le vieux ?

— Oui, on mène quelques bateaux à Argentat pour les charger.

— Tu as bien le temps de prendre un verre ?

— Bien sûr. »

Elle le précédait dans la petite cour et l'emmenait à la cave, à la barrique de vin. Elle lui tendait le verre culotté de rouge en disant :

« Tiens, tu te sers, moi j'en mets toujours par terre.

— D'accord, petite sœur. »

Il siffla le verre d'un coup et claqua de la langue en souriant.

« Il est bon, dis-moi, ce petit vin. »

Quiterie avait resserré contre elle son châle de laine. La cave était fraîche, et elle sentait l'humidité et le froid l'envahir.

« Et ton amoureux ?

— Thibault ?

— Oui, enfin, je ne sais pas, ce fils du Peuch, c'est fini, non, cette histoire ? Il t'en aura fait du tort, celui-là, à ce qu'on m'a dit !

— Du tort ? Non.

— Tu as bien perdu ta place à cause de lui ?

— Si on veut. Mais dis-moi, tu ne veux pas monter ? J'ai froid moi, ici. »

Elle le précédait à nouveau et refermait la porte de la cave derrière lui.

« Enfin c'est un de ces foutus bourgeois qui profitent de tout pour séduire leurs domestiques ? Il t'a obligée ?

— Mais non enfin, je l'aime, et je crois bien que lui aussi ! Il vient me voir dès qu'il peut. Parfois il fait un long chemin à cheval, la nuit, pour venir me voir. C'est sa mère qui me fait le plus de mal, pas lui. »

Elle s'était à demi retournée, dans l'escalier, pour regarder son frère dans les yeux.

« Je crois bien qu'il est incapable de faire du mal… en tout cas volontairement.

— Dis-moi, tu es bien bavarde quand il s'agit de lui ? »

Elle le laissait entrer dans la seule pièce de la maison où brûlait un petit feu.

« La patronne est pas là ?

— Là-haut, elle brode, ou quelque chose. T'occupe ! »

Lucien s'était assis dans la cheminée et présentait ses deux mains aux flammes en les frottant l'une contre l'autre. Deux énormes mains aux ongles noirs et cassés, deux mains à la peau épaisse, calleuse et rouge du tannin des chênes.

« Et ce garçon, tu le vois encore ?

— Plus pour longtemps. Figure-toi qu'il part pour Souillac. C'est sa mère qui lui a trouvé à l'occuper là-bas chez un marchand de vins. Il doit redescendre en gabare pour finir d'apprendre le métier. C'est ce qu'il m'a dit.

— En bateau ?

— Oui, tu te rends compte, lui qui ne sait même pas nager !

— Dis-moi, c'est drôle ça : ton gaillard, c'est avec moi qu'il doit descendre. J'ai cru que c'était une blague du patron quand il m'a dit ça. Je ne sais même pas où on va le caser sur le bateau. Quand c'est plein, il n'y a plus guère de place là-dessus ! »

Puis après un instant de silence.

« Lucien, promets-moi une chose. »

Elle s'était campée face à lui, le visage sévère, le regard planté dans le sien.

« Oui, je te le promets !

— Et quoi donc ?

— D'en prendre bien soin, tiens ! N'empêche que c'est quand même un drôle de *gouyat* pour aller séduire une bonne, et puis voilà.

— Ne sois pas si dur, va. Ça c'est fait comme ça, sans le vouloir. Et puis tu sais, lui aussi le paye cher. Sa mère ne le lui pardonne pas.

— Il est en bas déjà ?

— Oui, à l'auberge.

— À l'auberge ? M'étonnerait qu'il trouve à se loger. »

Puis, comme s'il prenait soudain conscience du temps qui passe, il redressa le torse et dit un peu plus fort :

« C'est pas tout ça, le vieux n'est pas là ?

— Non, pas avant la nuit. Je crois que tu auras plus vite fait de le trouver en bas. Il a parlé d'aller voir du bois vers Nauzenac. Il y est peut-être bien encore.

— Alors, je te dis au revoir, petite sœur. Je continue mon chemin. Tu diras au vieux que je suis passé ?

— Compte sur moi.

— Tu ne manqueras pas de lui dire que je suis à Spontour, chez mon patron gabarier. »

Tout en parlant, il s'était levé et avait posé la main sur son épaule.

« Je repasserai à la remonte, dans un mois ou plus. Au revoir, petite sœur. »

Elle s'était dressée sur la pointe des pieds pour lui tendre la joue et lui poser, à son tour, un baiser sur la sienne.

« Dis donc, tu piques. »

Il partit d'un éclat de rire sonore et sortit. Quiterie le suivit des yeux jusqu'à ce qu'il ait tourné le coin de la maison. Alors elle referma la porte doucement et respira très fort, comme elle le faisait souvent, pour ne pas se mettre à pleurer.

Thibault était ressorti de l'auberge. Son cheval tapa du pied en le voyant paraître. Il le flatta de la main et partit vers le bas du village.

Les bords de l'eau étaient couverts de bois coupés. Tas de merrains en attente d'embarquement, longues planches pour la construction des bateaux et, partout, de la boue et des déchets de bois mêlés. Les hommes travaillaient là, qui à terre sur un bateau posé sur la tranche, qui sur l'eau à étouper un plat-bord ou encore à charger le bois et à l'arrimer solidement. Thibault s'était arrêté et regardait fasciné cet univers grouillant et bruyant. Des images lui revinrent en mémoire. Celles de ces ouvriers pauvres et mal nourris qu'il avait vus à Paris. Ces femmes et ces hommes qu'il avait tant aimé voir vivre, qu'il avait dessinés, et qu'au fond il aimait d'une tendresse qu'il n'osait s'avouer franchement. Il avait ici, sur ce chantier en particulier, le sentiment de retrouver un peu de l'ambiance de ce monde ouvrier et pauvre de la ville.

« Hé, vous. »

Il avait hélé un homme petit et trapu qui remontait, l'herminette sur l'épaule. Il s'arrêta pour le regarder, sans un mot. Thibault, intimidé, reprit, un sourire forcé aux lèvres :

« Dites-moi, vous savez où je pourrais trouver les bateaux qui doivent descendre pour Combelonge ?

— Demandez voir en bas. Vous trouverez bien. »

Et, comme si Thibault n'avait pas été là, il reprit son chemin, sans même saluer.

« Dites… »

Mais le petit homme semblait ne pas entendre et continuait à marcher de son pas lent et mesuré. Thibault, un peu interloqué, le regardait partir en murmurant pour lui :

« Eh bien vrai, quel accueil ! »

Il s'engagea sur le petit sentier qui menait au bord de l'eau. Ses souliers de cuir furent vite recouverts de boue, de même que le bas de son pantalon. Il essayait de marcher le plus possible sur le bord du chemin, là où l'herbe n'avait pas été piétinée, mais il ne pouvait éviter de salir ses chaussures. Du chantier, quelques hommes le regardaient arriver, l'air goguenard.

« Les hommes à Combelonge ? Vous les trouverez à l'heure de souper à l'auberge, au pont. Vous pourrez pas les manquer. »

Et il était reparti vers le haut du bourg, perplexe.

Il se sentait perdu dans un univers qu'il ne maîtrisait pas, un univers qu'il ne cernait pas, un univers fermé dans lequel il n'avait pas sa place. Ces hommes étaient différents de ceux des plateaux. Moins timides, moins respectueux de ce qu'il représentait ; l'argent et l'autorité. Ces hommes rudes étaient des voyageurs. Ils voyaient du pays, se frottaient à toutes sortes de gens et rapportaient de chaque voyage un peu plus d'ouverture au monde, un peu plus de culture. Thibault eut le sentiment qu'il aurait de la peine à se faire accepter de ce monde que son statut social n'impressionnait pas.

En arrivant devant l'auberge, il aperçut, sur le pont, la silhouette massive d'un grand gaillard qui marchait d'un pas alerte, le baluchon sur l'épaule, un grand chapeau aux bords mous sur la tête. Quelque chose en lui attira son attention. Une réminiscence, une impression de déjà-vu. Était-ce la démarche, le port de tête, le visage qu'il distinguait mal encore ? Il n'aurait su le dire et cherchait, dans sa mémoire, à mettre un nom sur la silhouette. L'inconnu arrivait à sa hauteur, un brin d'herbe entre les dents. Il lui sourit en le détaillant, des souliers au chapeau. Thibault, intimidé, baissa les yeux vers le sol et rentra dans l'auberge qui s'était remplie pendant son absence. L'odeur de vin et de tabac couvrait tout, et un halo de fumée avait envahi le haut de la pièce. Il alla s'asseoir à une table, suivi de l'homme du pont, qui s'installa sans vergogne à sa table, le sourire toujours aux lèvres.

« Monsieur… »

Thibault tendait la main, pour dire bonjour, mais l'autre le regardait, sans bouger.

« Toi, tu es le gars qui doit descendre à Souillac ?

— Comment le savez-vous ?

— Des gaillards en dimanche qui traînent par ici, il y en a peu. Et des gaillards en souliers de cuir encore moins. Combelonge m'a prévenu que je te trouverais ici, à Spontour. »

Thibault s'était assis en même temps que son vis-à-vis.

« Et vous, qui êtes-vous ?

— Lucien. Mais ici on m'appelle le Grand, à cause de ma taille. »

Et de la main il désignait sa tête.

« Tu bois quoi ?

— Du… Du vin ?

— Allez, va pour un pichet de vin. »

Il avait levé le bras, et la grosse dame, sans un mot, avait posé devant eux un pot de grès rempli jusqu'au col et deux verres blancs.

Lucien avait rempli les verres et vidait le sien cul sec. Thibault le regardait étonné et, lentement, portait, à son tour le sien à la bouche.

« Allez, bois donc, il faut finir le pot. »

Il joignait le geste à la parole, se resservait et gardait le pot à la main, les yeux fixés sur le verre de Thibault qui dut le boire d'une traite. Son verre à peine vide, le grand le remplissait déjà, un demi-sourire aux lèvres. Alors Thibault, dans un geste de défi, le vida de nouveau d'un coup, avant que l'autre n'ait eu le temps de boire le sien. Puis il le regarda fixement, sans baisser le regard. L'un des eux roulerait sous la table avant ce soir, et il entendait bien ne pas être celui-là. Le pot fut vidé rapidement et, du fond de la salle, la patronne ne perdait pas un geste des deux larrons. Ce fut Thibault cette fois-ci qui leva le bras.

« Chacun le sien, non ?

— Régulier, mon ami. »

Cette fois-ci, le fils de Léa saisit la cruche et versa lui-même le vin. Ils arrivaient à la fin du deuxième pot, leurs gestes étaient plus mous, leurs yeux plus vitreux, mais chacun faisait un effort pour ne pas montrer son ivresse.

« Revanche ? »

Thibault, que l'alcool rendait plus familier, sourit niaisement :

« Vas-y, mon gars, c'est régulier aussi. »

Le troisième pot fut vidé comme s'il s'était agi d'une cruche d'eau. Les gestes maladroits du grand avaient maculé la table de vin. Peu importe, les dos tassés, le rouge aux joues, un sourire niais sur leurs lèvres brillantes, les deux hommes continuaient de boire comme l'on remplit une mission, avec constance et régularité.

« La… beug… léle… belle… la belle ? »

Les mots avaient à présent du mal à sortir, et Lucien ne put que bredouiller un gargouillis pour acquiescer.

Autour d'eux, le silence s'était fait. Le vieux à la pipe, au fond de la salle, fit tout haut :

« Dis donc, le Grand, tu as trouvé un adversaire à ta taille on dirait non ? »

Mais Lucien, trop saoul, trop sonné, n'avait pas entendu, ou pas compris. Thibault, qui avait du mal à bien cerner l'emplacement précis des verres, versait autant à côté que dedans.

« Ils vont tout me cochonner, ces deux-là, et qui c'est qui va passer la sciure ? C'est encore moi. »

Du fond de la salle, la patronne pestait, mais personne n'y prenait garde.

Lucien, le premier, lâcha son verre qui se brisa en tombant à terre puis, d'un bloc, il s'affala sur la table. Alors, dans un dernier sursaut d'orgueil, Thibault fit le tour de la salle des yeux et, dans un geste d'ivrogne qui lutte pour ne pas montrer qu'il est saoul, il porta son verre à ses lèvres et le but d'un trait. Un silence s'ensuivit, que le vieux rompit à nouveau.

« On dirait que le Grand a trouvé plus fort que lui.

— Et qui va me payer mes quatre cruches ?

— Va, ne te soucie pas, patronne. Ce gars-là n'a pas l'air sans le sou, et puis Lucien pensera bien à toi quand il se réveillera.

— Regarde-le dormir, ce cochon. Et s'il ne se réveillait pas avant demain, hein ? Je ne vais quand même pas le mettre dehors ? Les nuits sont fraîches à présent. Je ne voudrais pas qu'il attrape du mal. »

Un hoquet la fit se retourner. Thibault, la main devant la bouche, tentait de se relever, sans succès. Un homme se leva alors, le prit sous les aisselles et le traîna dehors. Un grand rire secoua la salle et un gaillard lança :

« C'est jour de ramonage, on purge ! »

Les conversations avaient repris de plus belle. Chacun commentant la joute qui venait de se tenir. De l'opinion générale, on admettait que ça avait été un beau combat. Le Grand était familier du fait. Et chaque nouveau gabarier qui embarquait avec lui devait vider sa chope. Jusqu'à présent les hommes n'allaient jamais plus loin que la deuxième. Mais là, l'adversaire s'était révélé redoutable et, pour la première fois, c'est le Grand qui avait demandé grâce. Affalé sur sa table, il ronflait sans vergogne, pour le plus grand plaisir de tous.

Thibault rentrait, pâle, titubant, mais le regard à nouveau clair. Une main sur le ventre, il essuyait de l'autre sa bouche où les lèvres avaient perdu toute couleur. Son compagnon, dans un geste explicite, montrait que le jeune homme avait vidé son estomac de façon radicale. Un éclat de rire répondit à la mimique. Péniblement, Thibault sortait un gousset de cuir et comptait les pièces une à une, avec une lenteur d'ivrogne.

La patronne le regardait faire, patiente, en habituée, la main tendue. Quand elle fut payée, il bredouilla :

« Vous avez un grand verre d'eau ? »

Sa faculté de récupération commençait d'étonner ces hommes, pourtant habitués à boire.

Quand il eut vidé son verre d'eau, cette fois-ci, il se dirigea vers Lucien, se campa à côté de lui et passa son bras sous ses épaules.

« Bouge pas, bonhomme, je vais t'aider à le soulever. »

Celui qui l'avait accompagné dehors un instant auparavant, soulevait de toutes ses forces la carcasse du grand Lucien, qui ouvrit un œil amorphe et le referma aussitôt. Ils le traînèrent jusqu'au cheval, le couchèrent en travers sur la selle et, après avoir pris les rênes, Thibault repartit en direction d'Auriac. La fraîcheur de la nuit et la marche à pied, à côté de son cheval, le dégrisaient rapidement. Il avait pris sans y penser le chemin qui remontait vers Quiterie. Comment les accueilleraient-elle, lui et son compagnon, ivres morts ? Quelle serait sa réaction devant cet inconnu qu'il lui faudrait abriter pour la nuit ?

La lumière grise de la lune marquait les ombres de la nuit et semblait donner vie à tout un univers de bruits et de souffles mystérieux. Thibault, pour ne pas avoir peur, écoutait le pas maladroit du cheval. De temps en temps, un sabot glissait sur un caillou plus gros qu'un autre. Il surveillait également Lucien qui dormait toujours. Parfois, un grognement montait du fond de son ivresse, mais ses deux bras pendaient toujours sur le flanc de l'animal.

Quiterie était là, au chevet de l'église, serrée dans son châle de laine. Elle avait entendu le pas de l'animal et guettait l'arrivée du jeune homme.

« Thibault ? »

Elle avait chuchoté, attentive à ne pas réveiller les maisons de la petite place.

« Quiterie ?

— Oui, c'est moi, mais ne fais donc pas tant de bruit, tu vas réveiller tout le monde. »

Thibault s'était arrêté devant elle et soufflait, la sueur au front malgré le froid.

« Qu'est-ce que c'est que ça ? »

Quiterie désignait le corps affalé en travers de la selle.

« Et cette odeur, mon Dieu, il pue le vin… Et toi aussi, qu'est-ce que ça veut dire ?

— Pardonne-moi, Quiterie, mais nous avons bu plus que de raison, et je ne pouvais pas le laisser dehors par ce froid. Alors je l'ai remonté. J'ai pensé que tu aurais bien un petit coin de grange pour le coucher pour la nuit, c'est un gabarier. »

Elle restait silencieuse, figée devant le spectacle de ces deux hommes, l'un penaud devant son cheval et l'autre ivre mort, dans l'odeur mêlée du cheval, de la vinasse et de la sueur. Elle fit d'un ton cassant :

« Suis-moi. Je vais le mettre à la réserve de bois. Mais si tu me ramènes tous les ivrognes de l'auberge d'ici ton départ, je finirai par ouvrir une hôtellerie. »

Ils étaient arrivés devant la porte de la petite pièce où elle avait refusé de coucher le premier soir. Thibault faisait glisser avec peine le corps du Grand, en prenant garde à ne pas le faire tomber.

« Aide-moi, tu veux bien ? Il est lourd, je ne voudrais pas qu'il se blesse. »

Mais elle restait sans réaction devant le visage de son frère, la bouche ouverte, dans une expression de surprise.

« Lucien !

— Tu le connais ?

— Mais oui, bien sûr que je le connais.

— Peut-être, mais il est lourd quand même. Aide-moi, veux-tu ? »

Elle l'avait pris sous le bras et le traînait vers la réserve, aidée par Thibault.

« Et d'où le connais-tu ?

— De toujours, c'est mon frère. Mais dis-moi, comment est-ce qu'il s'est mis dans cet état ?

—Il a voulu me faire boire, mais j'ai mieux tenu que lui. Quatre pots de vin, il a bu avec moi. Mais il s'est écroulé avant moi.

—L'imbécile ! »

Elle avait lancé le mot avec une touche d'affection et d'admiration dans la voix. Elle connaissait la réputation de Lucien, et de savoir qu'il avait trouvé son maître ne lui déplaisait pas. Peut-être maintenant serait-il plus prudent, au moment de saouler un inconnu ?

« Et toi, tu as tenu quatre litres ?

—Oh pas quatre, mais bien la moitié.

—Ivrogne ! Je ne savais pas que tu avais l'estomac si solide. »

Et elle partit d'un rire frais, en laissant tomber, aussi doucement que possible, son grand frère sur la paillasse humide.

« Viens, maintenant, il ne se réveillera pas avant le soleil. M'est avis qu'il aura un peu de mal à remettre ses idées en place demain matin. »

Tout en parlant, elle avait donné une claque dans le dos de Thibault, comme on l'aurait fait pour faire avancer une vache.

« Et toi, va te mettre le visage dans le seau d'eau pour te rafraîchir un peu, et monte sans bruit. »

Le lendemain, le jeune homme se réveilla avec le sentiment qu'un feu lui brûlait le ventre et que sa tête était trop petite pour contenir son cerveau qui ne demandait qu'à en sortir.

Ils avaient fini par redescendre à pied à Spontour. René viendrait chercher le cheval un jour prochain. Le voyage inquiétait Thibault, qui avait toujours entendu dire qu'il était éprouvant et dangereux.

À mi-chemin de la rivière, le Grand avait dressé l'oreille, un sourire aux lèvres, la main levée à demi, comme pour faire signe à son compagnon de ne pas faire trop de bruit.

« Tu entends ? Tu l'entends ? »

Thibault s'était arrêté à son tour et tendait l'oreille.

« Entendre quoi ?

— L'eau, la Dordogne, elle gronde, elle est là tout près. Presse-toi, l'eau est de voyage, ils doivent être prêts déjà, en bas. »

Et sans plus attendre, Lucien avait repris sa marche d'un pas vif et rapide. Thibault, mal remis de sa soirée de la veille, suait abondamment et il lui semblait qu'à chaque pas son estomac allait se retourner. Il ne pouvait presque plus tourner la tête. Son cou raide et douloureux le rappelait bien vite à l'ordre quand il s'y risquait.

« Tu sens ?

— Non, quoi encore ?

— Bé… la rivière. Tu la sens ? Elle est là qui nous attend. »

Son visage était tendu vers la vallée. Une lueur dans son regard trahissait l'excitation du voyage, du départ vers cet inconnu dont il connaissait chaque rocher, chaque rapide, chaque virage et chaque piège. La descente était un combat toujours renouvelé, dont personne ne pouvait dire à l'avance qui en serait vainqueur, tant la Dordogne pouvait se révéler capricieuse et imprévisible dans ses colères.

Thibault regarda son compagnon un instant. Il eut le sentiment qu'il n'était déjà plus là, perdu dans un ailleurs qu'il allait bientôt découvrir et qui lui faisait peur.

En passant le pont de pierre, le bruit de l'eau était si puissant qu'il couvrait les voix et obligeait les deux hommes à crier pour se faire entendre.

« Tu vois, en bas, les bateaux ?

— Oui, il en manque par rapport à hier !

— Bé tiens, ils ont pas attendu pour filer. Quand l'eau est marchande il faut en profiter ! Plus vite descendu, plus vite revenu, plus vite reparti.

— Tu veux dire que vous partez plusieurs fois l'an ?

— Quand tout va bien, jusqu'à trois fois, oui. Mais déjà, une fois c'est bien, tu sais.

— Et nous, notre bateau, il est par où ?

— Tu vois là-bas, celui qui est à demi vide ?

— Avec les carrassonnes ?

— Oui, en bas du port, c'est le nôtre. Et je vois le patron qui attend. Presse-toi donc, il pourrait bien nous chanter une chanson sinon. »

L'eau atteignait à présent le chantier, et les bateaux qui n'étaient pas partis étaient tenus par de courtes amarres tendues qui n'empêchaient pas les gabares de les faire claquer par à-coups.

La boue glissante envahissait tout sur le chantier et sur le port. Les hommes en embarquant, ne manquaient pas de taper leurs chaussures à terre, comme pour épargner le bateau, garder propre cet endroit exigu où ils allaient passer plusieurs jours, sous la pluie, le vent, le froid, ou le soleil, plus rarement.

« Vé, vois qui vient là ? Le Grand !

— Dis, tu t'es mis dans un bel état hier, non ? »

Pierre et Jean-Baptiste, les deux gabariers formant le reste de l'équipage, accueillaient Lucien en riant, heureux de le retrouver et de la soirée de la veille, qui resterait encore longtemps un sujet de plaisanterie et de discussion dans ce petit monde des marins de la haute Dordogne.

« Pardonnez-moi, Jean-Baptiste, j'arrive d'Auriac. Je suis prêt pour partir. Je vous présente Thibault. C'est lui qui descend avec nous jusqu'à Souillac. »

Pierre, petit, râblé, le teint noir, regarda Thibault sans sourire, sans dire un mot, puis, comme s'il n'existait pas, il tourna les talons et descendit vers le bateau.

Jean-Baptiste, le capitaine, semblait le plus âgé de la bande. Son large chapeau laissait dépasser de longues mèches de cheveux poivre et sel. La main tendue était rude et épaisse. Thibault la serra en se faisant la remarque qu'elle était bien calleuse.

« Vous êtes le fils de Monsieur Louis-Adrien ?

— Oui.

— Quelle drôle d'idée de vouloir descendre en bateau ! Enfin, c'est votre affaire. Vous trouverez bien une place à l'arrière, ou sur le banc des rameurs à l'avant. Tant que vous ne gênerez pas la manœuvre, tout ira bien. »

Thibault était surpris par cet accueil rude. Lui, le fils de bonne famille, n'avait pas été habitué à être traité ainsi. Il se tourna vers Lucien qui le regardait, un sourire narquois aux lèvres. Devant son air déconfit, il lui donna une tape amicale sur l'épaule et partit d'un éclat de rire qui fit se retourner Pierre, occupé à caler la cargaison de bois.

« Bienvenue chez les gabariers, Monsieur Thibault ! »

Il avait dit cela en riant, et Thibault, un instant déconcerté, prit le parti d'en rire lui aussi en répondant sur le même ton.

« Je souhaite seulement en être capable !

— Capable de quoi ?

— D'y être le bienvenu. »

Puis, la main tendue en avant, vers l'eau :

« Quand je vois ça, je n'en suis pas vraiment sûr.

— D'ici peu vous le saurez. Nous embarquerons dès que Combelonge sera descendu avec l'argent pour payer le reste du chargement à Argentat. »

Thibault regardait, l'air hébété, le long bateau de bois effilé et grossier, dans lequel il allait passer les journées à venir. Sans oser se l'avouer, il sentait son estomac se retourner à l'idée d'embarquer. Mais, pour rien au monde, il n'aurait voulu le laisser paraître. Pierre, du bateau, le regardait par-dessous les bords de son chapeau, en prenant bien soin de ne pas croiser son regard.

Le capitaine, quant à lui, semblait se désintéresser de son passager. Lucien avait rejoint son compagnon dans le bateau et l'aidait à amarrer les paquets de bois soigneusement rangés sur le plat-bord. Thibault hésita un instant devant la conduite à tenir. Devait-il aller aider les deux marins, ou rester là à attendre qu'on lui dise d'embarquer ? Il décida de ne pas bouger et d'attendre le dernier moment pour monter à bord, tant il redoutait ce premier contact avec la Dordogne.

« Quiterie ?

— Monsieur ?

— Mon petit, deux hommes ont dormi là cette nuit ?

— Oui, Monsieur.

— C'est la dernière fois ! Est-ce bien entendu ? »

Quiterie sentit le sang se retirer de son visage et ses mains se glacer.

« Vous ne répondez pas ? »

Les larmes avaient envahi ses yeux.

« C'était… mon frère, Monsieur.

— Le Grand ? Ça oui je le sais bien. Mais l'autre ? C'est le fils du Peuch ?

— Oui, Monsieur.

— Et où a-t-il dormi celui-là ? »

Quiterie ne savait quoi répondre. Elle était plantée là, devant Combelonge, habillé de pied en cap, la main sur la porte à demi ouverte. Elle tenait la besace qu'elle s'apprêtait à lui remettre.

« Vous ne répondez pas ? Vous vous rendez compte ? C'est donc bien vrai ce qu'on dit ? Que vous avez dû partir du Peuch à cause de ça ? Je vous préviens, mon petit, si vous êtes grosse, alors vous devrez partir. Il n'y a pas de place ici pour un enfant. Et maintenant retournez à votre ouvrage. Je resterai toute la journée parti. »

Et sans plus de façons, il tourna les talons et descendit de son pas lourd l'escalier de pierre.

XVI

Marie

UN MOIS AVAIT PASSÉ depuis le départ de Thibault pour Souillac. Le froid de l'hiver était arrivé plus tôt qu'à l'habitude. L'air du plateau semblait plus clair, plus piquant aussi. Le massif du Sancy s'était couvert de neige et brillait au loin comme un appel au voyage. Souvent, Quiterie se campait face à la vallée pour regarder au loin la chaîne de montagnes qui semblait si proche et si lointaine à la fois. Elle avait le sentiment qu'en tendant la main, elle aurait presque pu la toucher, en même temps qu'elle éprouvait une sorte de vertige en la fixant. Vertige de la distance, sentiment de ne plus peser, d'être un souffle d'air que le vent va porter doucement jusque sur les sommets d'un blanc que le soleil rendait presque improbable. Quiterie se prenait alors à rêver. Rêver de voyages, de départs, de chemins qui mènent si loin qu'on en ignore la fin. Un mot revenait en permanence à son esprit : Souillac. Le bout de la rivière, pour elle, là où l'attendait Thibault. Thibault qui n'avait pas donné de nouvelles depuis son départ. Que faisait-il ? Comment vivait-il ? Pensait-il encore à elle ? Était-il heureux là-bas, si loin de son Limousin, si loin d'elle ? Et Souillac, c'était peut-être là-bas, au pied de cette montagne si blanche ? Par où partait la rivière ? Quels méandres suivait-elle ? Que devenaient les hommes quand ils embarquaient sur les gabares chargées de bois ?

« Quiterie, où es-tu ? »

Tout à sa rêverie, elle avait oublié le froid et le vent léger qui semblait souffler directement de la vallée, chargé du froid de la montagne toute proche. Marie, la femme de Combelonge, appelait par la fenêtre. Sa voix mal assurée semblait s'excuser de troubler sa rêverie, en même temps qu'elle tentait de réaffirmer une autorité qu'elle n'avait jamais eue.

« Je remonte. Je remonte ! »

Ce furent les derniers mots dont elle se souvint avant de plonger dans l'inconscience. Sa première sensation fut l'humidité contre ses jambes, son ventre, ses bras. Son visage, dans l'herbe, était glacé. Quelqu'un tenait sa main et la tapotait doucement en appelant.

« Quiterie, mon enfant, Quiterie… Réveille-toi, Quiterie, réveille-toi. »

La triste femme Combelonge la regardait, plus terne et plus grise que jamais, d'un œil inquiet, accroupie à côté d'elle. Elle tenta de se relever, mais tout bascula autour d'elle.

« Ne bouge pas, je vais t'asseoir.

— Qu'est-ce qui m'est arrivée ?

— Je t'ai trouvée là, allongée de tout ton long… Dieu que j'ai eu peur ! Je t'ai crue morte ! »

Quiterie tenta de relever le visage, en souriant, vers la femme.

« Pas cette fois-ci… non, pas cette fois-ci.

— Allez viens, relève-toi, ne reste pas là dans l'herbe. Passe ton bras sur moi, je vais t'aider. »

Et les deux femmes prirent lentement le chemin de la maison. Chaque pas soulevait le cœur de Quiterie violemment. Le sang s'était retiré de ses joues et, à plusieurs reprises, elle dut s'arrêter pour respirer profondément. Puis, d'un pas lent, elle repartait, toujours appuyée sur l'épaule de sa patronne. Elle claquait des dents sans pouvoir s'arrêter. Marie lui frottait le dos aussi vigoureusement qu'elle le pouvait, pour tenter de la réchauffer.

Quand elles furent enfin rentrées dans la maison, Quiterie alla s'asseoir devant le feu. Elle resta là un long moment sans bouger, le souffle court, à regarder courir les flammes. Elle sentait la chaleur l'envahir à nouveau tout doucement. Derrière elle, Marie se tenait debout, sans oser plus rien dire. Si elle avait été devant Quiterie, elle aurait vu une larme couler tout doucement le long de sa joue que le feu avait rougie légèrement. Depuis quelques jours, elle avait fréquemment des nausées, des vertiges inexpliqués et des bouffées de chaleur. Elle avait mis tous ces malaises sur le compte de la fatigue. Mais aujourd'hui, elle en avait la certitude, un enfant viendrait au printemps. Un enfant de Thibault. Malgré sa peine, cette pensée lui réchauffa le cœur un instant.

« Depuis quand tu le sais ? »

La Marie avait parlé doucement, comme pour ne pas être entendue de Dieu sait qui.

« Depuis plusieurs jours je me sentais bizarre. »

Quiterie sentait que l'autre hésitait à aller plus loin. Dans la cheminée une bûche craqua. Une gerbe d'étincelles éclaira un instant le visage de la jeune fille.

Enfin, timidement, Marie souffla, comme on profère une insanité :

« Tu sais, je connais bien quelqu'un qui pourrait t'arranger ça !

— Qui pourrait m'arranger ? Et pour quoi faire ?

— Mais… ce petit… tu ne veux… tu veux… le garder ? »

Quiterie se prit le visage entre les mains et éclata en sanglots. Alors, dans un geste maternel, Marie, la terne femme Combelonge, Marie la timide, Marie la réservée avait passé le bras autour du cou de Quiterie et posé la tête de la jeune fille contre sa poitrine, la main dans ses cheveux.

« Vous ne direz rien à Combelonge ?

—Non, rassure-toi, n'aie pas peur, je ne dirai rien… je ne dirai rien.»

La nuit était tombée d'un coup avec l'arrivée de la pluie. Combelonge, ce soir-là, ne disait rien. Il ne bougeait pas, assis devant le feu, une petite bouffarde au coin de la bouche. Il fixait les flammes. Marie se tenait debout derrière lui, sans oser parler. Seule Quiterie allait et venait autour de la table où le repas venait d'être pris. Une cuillère d'étain lui glissa des mains et tomba sur le plancher avec un bruit mat. Combelonge tourna légèrement la tête. Son regard alla de la cuillère à Quiterie qui se baissait pour la ramasser. Elle le regarda à la dérobée. Il avait déjà tourné à nouveau son regard vers le feu. Depuis quelques jours, elle vivait dans l'angoisse qu'il ne remarque quelque chose. Combien de fois avait-elle dû sortir un moment de la pièce où il se trouvait pour qu'il ne voie pas son trouble, qu'il ne devine pas ses malaises. Depuis quelques jours, il était nerveux. Il attendait de savoir si son bois, parti quelques semaines plus tôt, s'était bien vendu. Le contrat avait-il été bien respecté ? D'un jour à l'autre, les équipages rentreraient et il en saurait alors plus. Mais, pour l'instant, il était dans cet état étrange que connaissait trop bien Marie, entre agacement et anxiété. Un rien le faisait bougonner. Une remarque suffisait à le mettre en colère, une colère violente et brusque, qui lui faisait monter le sang aux joues. Une colère qui se calmait comme elle était venue, d'un seul coup. Il y avait maintenant plus d'un mois que les bateaux étaient partis. Une semaine de voyage aller, trois semaines pour revenir à pied, après avoir vendu les bateaux qui ne pouvaient pas remonter. Peut-être que, ce soir, le grand Lucien, ou un autre, allait cogner à la porte. Depuis qu'il avait embarqué, Quiterie n'avait plus eu de nouvelles de Thibault, et elle aussi les attendait avec impatience.

«Léa?»

Louis-Adrien, debout devant la porte de la chambre de sa femme, restait la main en l'air, le doigt à demi replié, l'oreille aux aguets. Il avait frappé délicatement à la porte, mais aucune réponse ne venait. Il frappa à nouveau et se décida à tourner la poignée pour entrer tout doucement, le visage en avant, comme pour s'assurer que la voie était bien libre. Sa femme, assise devant le maigre feu de sa petite cheminée, semblait perdue dans ses pensées.

«Eh bien, vous ne frappez plus maintenant?

—Vous ne m'avez pas entendu?

—Non.»

Depuis quelques jours, elle ne quittait plus sa chambre. Le moindre mouvement la fatiguait et la laissait haletante et pâle. Elle pouvait à présent rester des heures ainsi, sans bouger, le regard fixe, à penser à quoi, à qui? Personne n'aurait pu le dire, peut-être même pas elle. Depuis le départ de son fils, elle semblait décliner inexorablement. On disait aux alentours «que la mélancolie l'avait prise». Certains murmuraient même qu'elle avait perdu la tête. Louis-Adrien, lui, ne pouvait oublier que c'était elle qui avait fait le vide dans la maison. Quiterie, pour commencer, avait été chassée, puis, dans un second temps, son propre fils, Thibault. Il se contentait donc de venir de temps à autre aux nouvelles avec sa douceur et son flegme habituels. Léa lui répondait alors du bout des lèvres, quand elle répondait. Elle ne descendait pratiquement plus à la cuisine pour organiser le travail, ou veiller à la bonne tenue des repas. La rouquine, comme elle l'appelait, régnait sur un univers sale et dans un désordre indescriptible. Là où Mado et Quiterie mettaient un point d'honneur à laisser un endroit propre et toujours accueillant, Louise se laissait aller dans un monde en perpétuel désordre. À plusieurs reprises, Louis-Adrien avait tenté d'exiger d'elle que la maison soit mieux tenue. Mais rien n'y faisait et Louise, plus cossarde que jamais, traînait sa grande carcasse sale d'un bout du jour à l'autre, plus occupée à repousser l'ouvrage qu'à le devancer. Une seule lettre de Thibault était arrivée depuis son départ. Elle était adressée à son père. Il y racontait en quelques mots simples sa vie à Souillac, la petite cité, son activité, son abbatiale, son port, et puis surtout il parlait de la rivière. Il racontait le lit paresseux de la Dordogne qui roulait tantôt sur un fond de sable, tantôt sur un lit de galets. Il disait l'eau si claire qu'on voyait partout le fond. Il disait aussi les grandes murailles blanches qui formaient écrin autour de la Dordogne et qui semblaient émerger de nulle part quand la brume tombait sur la rivière, le soir. Sa lettre se terminait par ces simples mots: « Surtout veille à ce que Quiterie soit en bonne santé et embrasse-la bien pour moi si tu la vois. » De Léa, il n'était pas question une seule fois. Aussi, Louis-Adrien avait-il caché à sa femme la lettre de leur fils. Ce soir-là, il montait aux nouvelles pour la deuxième fois de la journée.

« As-tu mangé ?

— Oui. »

Puis après un silence.

« Dis donc à Louise de venir ramasser le plateau. »

Et, des yeux, elle désignait la petite table ronde au centre de la pièce, sur laquelle les reliefs d'un repas semblaient à peine avoir été entamés.

« Tu n'as guère mangé aujourd'hui ? »

Le feu craqua légèrement. Léa tourna la tête lentement vers son mari.

« Je t'en prie, appelle Louise. Je veux dormir à présent. Bonne nuit ! »

Et sans plus de manières, elle reprit sa pose immobile face au feu, dans l'attitude où il l'avait trouvée tout à l'heure. Elle souffrait visiblement beaucoup. Un feu intérieur semblait brûler toute son énergie, toute son âme, et la laisser sans force, dans un corps qui dépérissait chaque jour un peu plus. Où était la frontière entre son état et la folie ? Combien de temps résisterait-elle avant soit de sombrer pour toujours, soit de reprendre goût à la vie ? Louis-Adrien referma la porte doucement, passa la main dans ses cheveux, le regard dans le vide, puis, après un soupir profond, se mit en marche de son pas lourd et sûr. Il ne parvenait pas à éprouver de pitié pour sa femme, et il se le reprochait. Il savait qu'elle ne survivrait pas très longtemps à ce rythme-là, et pourtant cette pensée ne l'effrayait pas un instant. Cette absence de sentiments, cette absence de réactions devant l'état de Léa lui faisait plus de mal que tout le reste. Il s'en voulait d'être aussi placide, aussi détendu devant la gravité de la situation.

« Louise, mon petit, vous monterez voir Madame, je crois qu'elle veut aller se coucher dès maintenant. Elle vous attend. »

Louise était assise au coin du feu, ses longs cheveux roux mal noués en un chignon qui pendait lamentablement sur le côté de sa tête. Sur la table de la cuisine, un désordre indescriptible de bouts de pain rassis, d'épluchures de légumes, d'assiettes sales, empilées là, à la va-vite, et de toutes sortes de déchets, répandait une odeur fétide. Louis-Adrien regardait alternativement la servante et la table. Enfin, après un silence pendant lequel Louise n'avait pas osé quitter son patron des yeux, celui-ci fit sur un ton sec :

« Et puis vous n'irez pas vous coucher avant d'avoir mis un peu d'ordre dans tout cela. Madame est souffrante, c'est entendu. Mais ce n'est pas une raison pour vous laisser aller, mon petit. Veillez à bien faire votre ouvrage, si vous voulez garder votre place ici. »

Puis, sans l'avoir vraiment prémédité, il s'entendit dire, comme pour se rassurer lui-même :

« Je connais, moi, quelqu'un qui serait ravie de revenir servir ici, et qui connaît son affaire comme pas deux pour tenir une maison correctement. »

Puis il tourna les talons pour retourner vers son petit bureau où finissait de brûler une chandelle qu'il n'avait pas mouchée avant de monter prendre des nouvelles de Léa. Quelques instant après, il entendit le pas traînant de Louise traverser le petit salon du haut, puis revenir et claquer la porte du palier. Il eut même le sentiment d'entendre la grande fille renifler bruyamment, comme quelqu'un qui pleure en silence. S'il avait pu voir, à cet instant, son visage dans une glace, il aurait sans doute été surpris d'y voir naître un sourire.

Dix fois, vingt fois, Thibault avait commencé une lettre à Quiterie, et autant de fois il l'avait chiffonnée et jetée au panier. Les journées sur le port, à attendre les bateaux, à les voir décharger ou bien simplement changer de pilotes pour continuer plus bas, lui semblaient ne jamais devoir finir. La vie à Souillac paraissait plus décousue, plus fluide que dans son pays. Il avait beau chercher, nulle part il n'y retrouvait l'austérité sauvage et la rigueur froide de sa Xaintrie natale. Ici tout paraissait facile et souriant. Les soucis existaient, comme ailleurs bien sûr, mais un rien dans l'attitude des gens de la cité trahissait un art de vivre heureux : on prenait le temps de faire ce qui devait être fait, mais sans plus. Et lui, le Limousin des plateaux, l'homme au parler rocailleux qui avait parfois du mal à se faire bien comprendre, lui

« l'Auvergnat » comme on disait ici, avait du mal à se couler dans ce rythme de vie où bonne chère et bien vivre tenaient une place prépondérante. Ce soir-là, dans la petite chambre qu'il occupait à l'arrière d'un entrepôt de barriques, à la lueur d'une bougie de cire, son seul luxe, il tentait à nouveau d'écrire à Quiterie. Quelques jours auparavant, un courrier était parti pour le Peuch, mais les mots lui manquaient pour tout dire sans rien laisser paraître de son désarroi. Lucien était reparti depuis longtemps. Il avait fait le voyage jusqu'à Libourne. Au retour il s'était arrêté une nuit à Souillac, et la soirée avait été plus qu'arrosée. Ce soir-là, le vin avait à nouveau coulé à flots et au réveil, ils durent, l'un comme l'autre, supporter les effets indésirables des lendemains de beuverie.

« Tu repars ce matin ?

— Ne parle donc pas si fort !... »

Thibault avait éclaté de rire devant la mine défaite de son ami.

« Tu es beau, tiens ! Si ta sœur te voyait, elle te gronderait, comme l'autre jour ! »

Lucien ne répondait pas. La main sur le crâne, le regard baissé, il semblait chercher à reprendre ses esprits. Et manifestement, ils étaient bien éparpillés.

« Quand tu la verras... tu iras la voir, hein ?

— Oui, bien sûr ! J'irai la voir pour donner de tes nouvelles. Elle m'arracherait les yeux, sinon ! »

Thibault avait souri, puis, sans cesser de fixer Lucien, il ajoutait :

« Quand tu la verras, dis-lui bien que… qu'elle me manque… beaucoup, et que je ne l'oublie pas. Tu le lui diras bien, hein ?

— Oui, ne te soucie pas de ça, je lui dirai. »

Tout en parlant, Lucien s'était approché de la petite table de toilette et s'aspergeait le visage d'eau fraîche. Il avait dormi là, dans la petite chambre de Thibault, sur le plancher, d'un sommeil d'ivrogne, lourd et sans rêves. Dehors, le jour se levait dans une brume compacte qui montait de la rivière. Tout semblait poisseux, humide, et les vêtements, lourds de la poussière du voyage, pesaient d'un poids inhabituel sur les épaules du grand Lucien.

« Adieu Thibault, je redescendrai peut-être avant la Noël si l'eau est encore marchande. Sinon, nous nous reverrons au printemps. »

Lucien avait rejoint ses compagnons de route. Ensemble, ils reprirent à pied le chemin du retour. Dans deux semaines ils seraient rendus, si tout se passait bien.

La pluie n'avait pratiquement pas cessé depuis leur arrivée à Carennac. Cette remonte était certainement une des plus pénibles que ces hommes rudes aient connue. C'est à la nuit qu'ils arrivèrent à Spontour. En chemin ils avaient laissé sur la route ceux qui vivaient plus bas dans la vallée. Ils se reverraient certainement bien vite. La pluie promettait une crue longue et des eaux marchandes pour les prochaines semaines. À Argentat, les mesures sur le quai montraient que le niveau était même trop haut pour repartir. Ainsi les hommes auraient-ils le temps de se reposer un peu, en attendant que le niveau de l'eau ne soit à nouveau « de voyage ». Lucien était monté directement à Auriac. À la pluie, se mêlait désormais le vent du plateau. Un vent glacé qui vous fouettait le visage par rafales. Il avait rabattu sur son front les bords de son large chapeau et sur le nez, les pans de sa capote. L'eau ruisselait le long de son cou, pénétrait dans son dos. Seuls ses souliers restaient secs à l'intérieur, sans doute protégés par la gangue de boue qui les couvrait.

Combelonge avait sursauté en entendant cogner à la porte. Il ne se donna même pas le mal de ramasser sa chaise qui était tombée à terre. Quiterie avait pâli. Marie s'était figée, le regard fixé sur la jeune fille. Elle redoutait un nouveau malaise. Les voix des deux hommes leur parvenaient étouffées. Combelonge avait directement introduit Lucien dans son cabinet de travail, sans le faire passer par la cuisine.

« Quiterie, alors ! Tu nous l'apportes ce coup de rouge, nom de Dieu ? »

Marie avait déjà sorti deux verres. Quiterie, une bouteille dans une main, les verres dans l'autre, poussait sans plus de manières la porte de l'antre, du sanctuaire où ni elle ni sa maîtresse n'avait le droit de pénétrer en temps normal.

« Quiterie !

— Lucien ! »

Et sans plus s'occuper de son patron, le Grand avait pris sa petite sœur contre lui, sans se soucier de ses vêtements détrempés. Elle non plus ne s'en souciait pas et serrait contre elle ce grand frère qui lui donnerait ce soir même des nouvelles tant attendues.

« Alors, Lucien, c'est pour aujourd'hui ou pour demain ? »

Le vieux bougonnait, plus pour la forme qu'autre chose. Il était pressé de faire ses comptes et de s'enfermer seul pour une bonne partie de la nuit, afin de compter et recompter ses bénéfices.

« À tout à l'heure, petite sœur. »

Quiterie avait posé la bouteille et les verres, et prit bien garde à ne pas refermer la porte du bureau, pour le plaisir d'entendre à nouveau bougonner son patron. C'était un jeu. Elle n'en avait pas peur et riait de son fichu caractère. Lui prêtait volontiers le flanc à ce manège, ravi de voir quelqu'un, dans cette maison, oser enfin lui tenir tête.

Comme tous ces hommes aux dehors frustes et bougons, il cachait un fond de tendresse inavoué. Elle allait à cette petite qui avait osé repousser ses avances, une première, et s'arrangeait si souvent pour le faire pester. Combien de temps Combelonge et Lucien restèrent-ils enfermés ? Marie qui connaissait son mari, savait qu'il ne servait à rien d'attendre, aussi elle avait rejoint sa chambre sans bruit, après avoir simplement dit à Quiterie :

« Pour ton frère, s'il le veut, fais-le donc dormir dans la remise. »

Puis, après un temps, et comme la jeune fille ne répondait pas, le regard dans le vague, occupée à lutter contre le sommeil, elle ajouta doucement :

« Et demain la pluie aura peut-être cessé ?

— Peut-être, oui. Bonne nuit Marie. »

Elle reprit sa rêverie, enveloppée dans un grand châle de laine qui lui couvrait les épaules.

« Petite sœur… petite sœur ! »

Lucien, la main sur celle de Quiterie, tentait de la réveiller doucement. Depuis combien de temps s'était-elle assoupie ? Les braises disparaissaient sous la cendre et le froid avait de nouveau envahi la pièce.

« Lucien ! Je me suis endormie.

— Je vois ça, oui.

— As-tu faim ? Veux-tu manger quelque chose ?

— Non, rassure-toi, je veux seulement dormir.

— Ça non ! »

Elle semblait sortir tout doucement de son sommeil.

« Comment ça, non ?

— Dis-moi d'abord des nouvelles de Thibault, raconte-moi tout, le voyage, son travail, sa maison, Souillac. Je veux tout savoir avant d'aller dormir. »

Lucien souriait. L'impatience de sa jeune sœur lui plaisait. Il aimait ce tempérament vif. Alors, sans se faire prier, assis par terre devant le petit banc de Quiterie, il commença le récit de ces quatre semaines de voyage. Il raconta comment il avait laissé Thibault à Souillac, comment il l'avait revu sur le chemin du retour. Il dit également combien le jeune homme, là-bas, pensait à elle, combien il en parlait, et avec quelle tendresse. Le visage de Quiterie ne laissait rien deviner. Elle buvait les mots avec avidité, s'ingéniait à mettre sur chacun une image, une couleur, une odeur aussi. Quand enfin le Grand se tut, un long silence s'ensuivit que seul la pluie, dehors, et le bruit de la pendule troublaient. Le regard de Quiterie semblait à nouveau perdu dans un ailleurs qu'elle seule connaissait. Lucien ne pouvait détacher son regard de sa petite sœur. Il était heureux d'être là, simplement à ses côtés à pouvoir lui donner des nouvelles de celui qu'elle aimait, à pouvoir lui donner ce bonheur, à pouvoir la rassurer. Enfin, après un long moment, elle murmura tout doucement.

« Crois-tu que, moi aussi, je pourrai, un jour, faire un tel voyage avec toi ?

— Tu veux quoi ? Descendre ? Ça ne s'est encore jamais vu, une femme sur un bateau !

— Mais, dis-moi : toi, tu voudrais bien me descendre ?

— Écoute, petite sœur, Thibault, il finira bien par remonter un jour ou l'autre. Et crois-moi, ce jour-là c'est d'abord toi qu'il viendra voir. Il ne t'oublie pas, tu sais.

— Tu ne me comprends pas Lucien. Je te demande si tu voudrais bien, un jour prochain, me descendre ?

— Tu veux donc quitter ta place ?

— Oh non !

— Alors pourquoi veux-tu donc tant partir ? »

Alors, le regard soudain plus dur, elle le fixa dans les yeux, respira profondément, et dit d'un ton ferme :

« Tu ne veux donc pas comprendre ? Et si maintenant je te disais que je ne suis plus seule ? Tu comprendrais mieux ?

— Tu veux dire que…

— Que dans quelques mois je donnerai à Thibault un garçon ou une fille, oui.

— Tu attends un petit ? Tu le sais… ? Je veux dire, tu en es sûre ? Tu as vu le médecin ? »

Lucien avait baissé le ton. Dans son antre, Combelonge allait et venait sans cesse. Il semblait nerveux, raclait des pieds, bougonnait sans que l'on puisse comprendre de quoi il était question.

« Il a pas l'air très heureux ? »

Quiterie, plutôt que de devoir répondre franchement, avait levé la tête vers la porte d'où venaient les bruits.

« Rassure-toi, il a fait une bonne descente. Mais pour toi, alors tu attends un petit ?

— Oui, et dès qu'il l'apprendra, il me chassera. »

Du menton, elle désignait à nouveau la porte du bureau.

« Tu crois qu'il le ferait ?

— Il me l'a dit lui-même… et je le crois. »

À nouveau, le silence s'installa. Lucien se leva et fit le tour de la grande table, s'arrêta devant la pendule, regarda le cadran un instant, mit ses mains derrière son dos, puis se retourna vers sa petite sœur, le visage soudain grave.

« Quiterie, je ne veux pas que tu sois mise à la porte, sans rien. Je ne veux pas non plus qu'il te chasse. Il y aura, je crois, un nouveau voyage dans quelques jours. Le temps de rassembler les gars et de charger à nouveau quelques bateaux. L'eau semble vouloir rester marchande encore un peu. »

Il marqua un temps, et reprit :

« Si je te descends, il l'apprendra et il me chassera. Laisse-moi quelques jours pour trouver un capitaine qui veuille bien de toi. Tu veux bien ? »

Elle ne répondit pas. Lucien s'était à nouveau campé face à elle.

« Mais je suis bien heureux pour toi, petite sœur ! Et bien inquiet aussi. »

Une larme coulait sur la joue de Quiterie. Elle avait à nouveau baissé le regard et ne faisait rien pour sécher son visage. Enfin, elle dit d'un ton mal assuré :

« C'est terrible, tu sais. Plus j'y pense et plus je me demande qui voudra de cet enfant. Et moi, si je dois perdre mon ouvrage, comment je ferai pour le nourrir ? Comment je ferai ? »

Et elle éclata en sanglots trop longtemps retenus. Alors, tout doucement, Lucien s'accroupit auprès d'elle et, très lentement, il passa son bras autour de ses épaules pour la serrer contre lui. Elle se laissa aller, le visage contre son épaule, pour pleurer de plus belle.

« Rassure-toi, petite sœur, rassure-toi, murmura-t-il, tant que je serai là, il ne pourra rien t'arriver, rassure-toi. »

Du plat de la main il lui tapotait l'épaule.

C'est elle la première qui se dégagea. Son visage rougi par les larmes avait repris son expression habituelle, et c'est d'un ton raffermi qu'elle dit :

« Tu dois avoir sommeil, non ?

— Oui, un peu. »

Lucien déplia son corps lentement, comme à regret.

« À propos, Quiterie, j'ai quelque chose pour toi.

— Pour moi ? »

Tout en parlant, il avait plongé la main dans sa besace pour en sortir un rouleau de papier grand comme le poing.

« Tiens, c'est de sa part. Et crois-moi, ça n'a pas été facile pour qu'il ne prenne pas l'eau. »

Elle n'osait pas prendre le rouleau, et c'est lui qui dut le lui fourrer dans la main en souriant.

« Il s'excuse de n'avoir pas pu écrire. Mais il a fait ça pour toi. »

Elle le tenait à présent contre elle comme on protège un objet de la pluie ou du vent et, après avoir murmuré un merci, elle sortit pour se rendre dans sa chambre, sans même proposer à son frère de l'accompagner jusqu'à la remise.

Ce n'est que le lendemain qu'elle ouvrit le petit rouleau. Toute la nuit, elle l'avait tenu dans sa main sans oser défaire le petit ruban bleu qui le tenait. Elle se répétait sans cesse : *« C'est de Thibault, c'est de lui. »* Et cette pensée suffisait à la rendre heureuse. Elle n'était pas pressée de le dérouler, et quand elle s'endormit d'un coup, d'un sommeil lourd et sans rêves, sa main s'ouvrit enfin et le petit rouleau de papier roula à terre.

La pluie avait cessé, mais le ciel restait bas et sombre. Le jour se levait lentement. Une lumière faible éclairait la table de bois blanc et la cuvette d'émail posée dessus. Quiterie reprenait pied dans la réalité tout doucement. Elle se sentait bien et pour la première fois de sa vie, ne ressentait pas le besoin de bondir hors de son lit pour être la première à souffler sur les braises du cantou. Elle tira sur elle la vieille couette que lui avait donnée Marie. Une image lui revint en tête, celle de son frère. Pourquoi était-elle si bien, ce matin ? Il lui avait donné quelque chose, oui, quelque chose… Elle était dans cet état étrange, entre sommeil et réalité. Un rouleau, il lui avait donné un rouleau. Elle regarda lentement autour d'elle, puis baissa les yeux jusqu'au sol. Alors, sans sortir de son lit, elle se baissa, le ramassa, et d'un geste précis et soigneux, le déroula. Pas un mot sur ce papier, mais un dessin. La surface sans ride de l'eau dans laquelle on venait de jeter un caillou et qui n'était troublée que par les ronds qui s'éloignaient vers la berge en s'agrandissant. Et là, sur cette berge, un arbre, un arbre seul qui se reflétait dans l'eau, déformé par les ronds. Elle resta un long moment à regarder le dessin fait au crayon noir. Plus qu'une grande lettre, ces quelques traits lui parlaient comme aucun mot ne l'aurait fait. Elle roula à nouveau le papier et, les yeux au plafond, resta un long moment immobile, perdue dans ses pensées. Quand elle se leva enfin pour descendre, elle trouva sa patronne assise dans la grande cheminée, un bol de soupe froide à la main.

« Bonjour, Marie.

— Bonjour, Quiterie. Tu as mangé l'heure ce matin on dirait ? »

Comme si elle n'avait pas entendu, la jeune fille alla se servir à son tour une assiette de soupe.

« Tu n'es guère bavarde ?

— Lucien est levé ?

— Il a dormi là, lui ?

— Oui, dans la remise.

— À l'heure qu'il est, il doit toujours dormir. Je n'ai encore vu personne. »

Quiterie, debout devant la cheminée, les cheveux encore défaits, un châle jeté sur ses épaules, regardait fumer le feu qui brûlait presque sans flammes.

« Le temps est encore au mauvais aujourd'hui. Le feu ne prend pas ? »

Elle avait parlé d'un air absent, comme quelqu'un qui est déjà ailleurs, déjà loin. Marie, qui depuis le début de la grossesse de Quiterie devenait petit à petit une autre femme, plus sûre d'elle, plus souriante, moins terne, moins effacée, regardait sa servante à la manière d'une mère qui voit changer sa fille de jour en jour, sans savoir si elle a devant elle son enfant ou une femme égale désormais à elle.

« Tu parais bien loin, ma petite, ce matin.

— Oui…

— À quoi penses-tu donc ? Tu ne souffres pas au moins ?

— Non, non, rassurez-vous. Je vais bien. »

Puis, comme si elle sortait d'un rêve, elle campa ses yeux dans ceux de sa patronne.

Dehors le ciel apparaissait à présent bas et gris, d'une tristesse infinie. La pièce, humide et froide, sentait le feu de bois, le pain rassis et le chien mouillé.

« Marie, il faut que je vous dise…

— Et quoi donc ?

— J'ai parlé à Lucien, hier au soir.

— Oui, et alors ?

— Combelonge m'a dit qu'il ne voudrait pas d'une servante grosse chez lui, et qu'il me chasserait si je l'étais.

— Il t'a dit ça ?

— Il y a plus d'un mois, quand les premiers bateaux sont partis.

— Eh bien alors ?

— Alors, plutôt que d'attendre qu'il me mette à la porte, je préfère encore partir. Je rejoindrai le père du petit à Souillac.

— À Souillac ? »

Marie avait pâli. Le bol tremblait dans sa main.

« Mais, mon petit, tu n'y penses pas sérieusement. Et d'abord, ce voyage, comment feras-tu pour trouver l'argent ? Dans ton état, tu ne pourras jamais te payer la patache jusque-là-bas !

— C'est pourquoi je pense partir bientôt, Marie.

— Et comment donc ?

— Avec le prochain convoi de bateaux…

— Avec le prochain… ? Mais tu perds la tête ! Et qui donc te prendra à son bord ? Crois-tu donc qu'il te suffira de descendre à Spontour ou Argentat pour trouver à t'embarquer ? Sans parler de ton état !

— Mon état, mon état… Je ne suis pas malade que je sache. J'attends un petit, c'est tout. Et pour ce qui est d'embarquer, j'ai un peu besoin de vous.

— De moi ?

— Oui. Je voudrais repartir avec mon frère, s'il est du prochain voyage. Mais ce grand dadais a peur à présent de Combelonge. Il voudrait que j'embarque avec quelqu'un d'autre que lui. Il craint pour sa place.

— Et que veux-tu que je fasse ?

— Je veux que vous m'aidiez à persuader Combelonge de me laisser embarquer avec Lucien, à son prochain voyage. »

Marie s'était tassée sur son siège. En un instant, elle était redevenue la petite femme terne et fanée qu'elle avait toujours été. La vie n'avait fait que passer dans sa maison et, sitôt apparue, elle en était chassée par la force des choses. Elle avait cru que cette fois-ci son mari passerait l'éponge sur la grossesse de sa bonne. Après tout, pour une fois il n'en était pas le père. Que lui importait donc que Quiterie eût ou non un enfant ? Et pourtant, cette fois-ci encore, elle devrait renoncer à entendre un cri d'enfant, un rire d'enfant, un pas d'enfant dans cette maison qui n'en avait jamais connu. Pour vivre ça, elle aurait été prête à accepter tout, même l'infidélité de son mari. Et c'était maintenant Quiterie qui lui annonçait qu'elle devrait partir, dès que le maître de maison aurait découvert son état.

«Marie, ne soyez pas si triste. Je vous promets de vous le montrer ce petit et de revenir, ici même, avec lui, dès que nous le pourrons.»

Deux larmes coulaient le long des joues de la vieille femme. Elle leva son regard vers la jeune fille, et murmura d'une voix qui tremblait:

«Je te promets de le lui demander. Mais je ne sais pas s'il acceptera.

—Rassurez-vous, il acceptera, pourvu qu'on ne dise pas que l'enfant est de lui.»

Un sourire parut au travers des larmes de Marie, toujours assise dans la cheminée.

«Ma foi, tu as bien raison. À présent, va réveiller ton grand dadais de frère. Et moi je m'en vais tirer Combelonge de ses draps. Quand veux-tu partir?

—Par le prochain voyage, dès que possible.»

Marie essuya ses joues, replaça ses cheveux d'un geste du plat de la main sur l'arrière de son crâne, et se leva lentement. Quiterie, devant un bout de miroir accroché à la fenêtre, nouait, d'un geste rapide et sûr, un chignon qu'elle fixait avec un petit bout de bois blanc.

Lucien dormait, roulé en boule, dans une vieille couverture sale, à même le foin, à côté du bois rentré en prévision de l'hiver. Quand sa petite sœur ouvrit la porte grinçante, il tourna la tête vers elle, lui sourit, s'étira et demanda :

« Tiens, toi qui possèdes une montre, dis-moi donc l'heure qu'il est à présent.

— Six heures passées. Tu traînes ! Allez, debout ! As-tu de quoi manger ?

— Non, même pas un petit bout de pain.

— Alors viens, je vais te nourrir. »

Combelonge était là, dans la grande pièce à peine éclairée, assis au bout de la grande table de bois. Il tenait, d'une main un couteau, et de l'autre une tranche de saucisson qu'il venait de couper. Il releva la tête en voyant entrer les deux jeunes gens. Marie, à deux pas derrière lui, se tenait immobile, plus terne que jamais, avec toute la tristesse du monde sur son visage. Il sembla à Quiterie qu'elle aurait voulu lui parler, la rassurer, la réchauffer, mais elle ne bougeait pas, figée par l'habitude et la crainte d'un mari despote et égoïste.

« Te voilà toi !

— Oui, j'ai dormi dans l…

— C'est à elle que je parle ! »

Et du doigt il désignait sa servante.

« Te voilà ! » répétait-il d'un ton sec.

Il prit le temps de mordre dans une tranche de pain, d'engloutir son saucisson et de saisir un verre de vin rouge posé devant lui.

Quiterie, d'abord étonnée, avait vite repris ses esprits et les mains sur les hanches, elle avait posé sa tête de côté et regardait son patron d'un air insolent. Lucien lui, peu habitué aux confrontations avec cet être rude, restait prostré devant la porte, sans savoir que faire.

« Ainsi tu veux partir ?

— Ce n'est pas moi qui veux partir, mais c'est vous qui allez me chasser. Vous le savez bien à présent ? »

Elle avait répondu sur le même ton que son patron. Il en fut si surpris qu'il resta la main en l'air, le verre à quelques centimètres de la bouche. Lentement, il le reposa, puis fixa son regard dans celui de sa servante.

« Dis donc, mon petit, il me semble que tu emploies un ton qui ne me convient guère.

— Et les autres filles, quand vous les chassiez, c'était sur quel ton ? »

À l'évocation des précédentes domestiques, souvent chassées parce qu'enceintes de ses œuvres, Combelonge resta coi.

Pour se donner une contenance, il avala d'un trait son verre de vin rouge. Un léger sourire éclairait le visage de Marie qui avait repris quelques couleurs. Quiterie sortait d'un placard mural un verre et un couteau, qu'elle posait sur la table face à Combelonge.

« Et pour qui donc sors-tu ce verre ?

— Pour lui. »

Du doigt, elle désignait son frère.

« Tu as dormi là, toi ?

— Oui patron, dans la petite remise.

—Alors, assieds-toi donc. »

Il tendait le pain et la bouteille de vin. Sans un mot, il reprit son repas. Lucien en fit autant, sans oser rompre le silence. Quiterie sortit pour aller chercher du bois. Le bruit de ses sabots rompit le silence. Marie bredouilla :

« Attends donc, je viens avec toi. »

Dehors, la jeune fille se tourna vers sa patronne et demanda :

« Alors, vous lui avez parlé ?

—Oui.

—Qu'est ce qu'il a dit ?

— Rien, il a seulement demandé comment il ferait pour trouver une autre servante si tu venais à partir.

—Il est d'accord pour que j'embarque ? »

Marie marqua un temps de silence.

« Eh bien, il est d'accord ?

—Je… Je n'ai pas encore osé lui en parler ! »

Elles n'échangèrent plus un mot jusqu'à la remise. Les bras chargés de bois, elles remontaient maintenant l'escalier de pierre. Machinalement, la jeune fille avait tourné la tête vers l'horizon.

« On ne voit même pas le Sancy aujourd'hui. »

Quiterie avait l'habitude de jeter un regard sur le massif, si proche et si lointain, à chaque fois qu'elle montait les marches vers la porte. Elle ajouta :

« Vous croyez qu'on passe loin en bateau ?

—Tu sais bien qu'ils vont à l'opposé, vers le sud !

—Elles sont pourtant si belles ! »

Puis, après un temps :

« Marie… je serais si heureuse de pouvoir partir loin, là-bas, ou pourquoi pas, à la mer… Il paraît que c'est infini. C'est si grand qu'on en voit pas la fin… Il paraît même que l'eau y est salée… Vous y croyez-vous, à ces sornettes ?

— Et pourquoi pas, mon petit, pourquoi pas ?

— Moi je crois que c'est pour nous dissuader d'y aller… parce que c'est loin. »

Puis, sans plus de formalité, elle poussa du pied la porte de la maison.

Quand elle eut posé ses bûches à côté de la cheminée, elle se redressa, épousseta du plat de la main sa jupe et son corsage et, d'un geste de la tête, chassa une mèche qui lui tombait sur le front. Alors dans le silence qui s'était installé, on entendit Combelonge grommeler :

« Quiterie, suis-moi donc dans mon cabinet. »

C'était bien la première fois que le vieux introduisait une servante dans cette pièce où tous ses secrets étaient soigneusement classés, où tout son argent était rangé et compté avec application.

« Tu veux partir quand ?

— Dès que possible.

— Et où iras-tu ?

— À Souillac.

— Rien moins ! Et tu sais au moins où c'est ça, Souillac ? »

Du doigt elle désignait la fenêtre.

« Ben… par-là… non ?

— Oui, et d'abord qu'est-ce que tu irais fiche là-bas ? Tu n'es jamais allée plus loin que la rivière. Qu'est-ce que tu connais de tout ça, toi ? Crois-tu donc que c'est la place d'une femme de partir si loin ? »

Combelonge s'était levé en parlant et plus il allait, et plus il s'emportait, et plus il élevait le ton. Quiterie le regardait faire sans paraître troublée.

« Eh bien, que dis-tu ? Tu ne réponds pas ?

— Je veux partir, c'est tout. Puisque je suis grosse, vous allez me chasser d'ici. Laissez-moi aller où je veux.

— Et qui te chasse ? Est-ce que je t'ai chassée ?

— Vous le ferez bien quand on parlera dans le village. On aura beau jeu de dire qu'il est de vous, ce petit. C'est ça qui vous fait peur. »

Alors, Combelonge, dans un geste de colère tapa violemment du poing sur la table. Quiterie sursauta.

« Et qui te permet de penser à ma place ? »

Il s'efforçait de baisser la voix pour ne pas être entendu de la grande pièce, mais Quiterie savait que Marie écoutait derrière la porte, comme à son habitude. Lui aussi du reste le savait bien, qui faisait semblant de l'ignorer. Comme elle ne répondait pas, il enchaîna :

« Et tu iras comment là-bas… à Souillac ?

— En bateau. »

Elle avait répondu d'un ton calme, sûre d'elle.

« En bateau… ? Et qui donc te prendrait à son bord ? Hein ? Crois-tu qu'il y ait de la place pour une femme sur nos bateaux ?

— C'est vous qui allez me l'offrir, cette place sur un de vos bateaux, et au prochain voyage encore. Laissez-moi partir, s'il vous plaît, avant que tout le monde sache que je suis grosse. »

Elle savait que l'argument avait porté. Les yeux au plancher, il gardait le silence, perdu dans ses pensées.

Quiterie laissa filer cet instant qu'elle savait décisif. S'il refusait, alors plus rien ni personne ne pourrait le faire revenir sur sa position. Après un temps qui parut ne jamais devoir cesser, il releva la tête et grommela, comme pour lui :

« Va, je te dirai bien quelque chose. Laisse-moi réfléchir. En attendant, tiens ta langue et continue de travailler… Allez, va. »

Un sourire était né sur le visage de la jeune fille, qui tourna les talons en faisant suffisamment de bruit pour que Marie ait le temps de regagner sa place sans se faire voir.

De sa place, Lucien lança un regard interrogateur à sa petite sœur.

Elle lui répondit par un sourire qui le rassura. Le manège n'avait pas échappé à Marie qui se tassa un peu plus sur son banc, en gardant le silence. Dehors, le brouillard était tombé brutalement. La pièce était maintenant plongée dans la pénombre, et seul le feu lui donnait encore un peu de lumière.

XVII

Souillac

LES QUAIS ÉTAIENT couverts de barriques et de bois de châtaigniers prêts à être embarqués sur les grands bateaux à voiles qui partaient de Souillac pour rejoindre Libourne et parfois même Bordeaux. Dans un coin du port, trois grandes gabares du haut pays, chargées jusqu'à plus d'un mètre par-dessus le plat-bord de merrains de chêne, étaient attachées ensemble, à couple. La nuit tombait lentement. Autour des grands bateaux à voiles s'agitaient quelques hommes qui chargeaient, en les roulant sur un plan incliné, des barriques pleines de vin de Cahors. Un peu plus loin, un groupe d'hommes, aux larges chapeaux de feutre et aux visages burinés, regardait en silence les trois gabares qui se balançaient mollement dans le petit vent du soir. Une silhouette se détacha du groupe pour venir chercher à bord de la deuxième gabare un petit sac de toile noir. Les hommes occupés à charger les tonneaux s'arrêtèrent pour la regarder aller et venir. Un cri fusa, lancé par Dieu sait qui :

« Eh bien vrai, les Auvergnats, voilà que vous emmenez vos femmes à présent ? »

Lucien s'était tourné sans un mot. Sa haute stature était connue tout au long du parcours, ici, à Souillac, comme ailleurs.

« C'est peut-être que vous avez peur de les laisser seules, que vous les prenez avec vous ? »

La femme, toujours sur le bateau, s'était redressée à demi et, immobile, regardait la scène qui se déroulait devant elle.

Le grand Lucien s'avançait maintenant vers le groupe qui continuait à se moquer d'eux. Son pas calme et son visage sans expression firent baisser un peu le ton, mais les rires continuaient de plus belle.

« Lucien, laisse donc. »

Debout sur le quai, Quiterie avançait, une gaffe à bout de fer à la main.

« Qui donc a quelque chose à dire ? »

Elle avait parlé suffisamment haut pour être entendue de tous.

« Dis donc, demoiselle, tu sais te servir de ça ? C'est ton cocu qui doit pas avoir la vie facile, alors ? »

Avant qu'il pût esquisser un geste, Quiterie fut sur l'homme et, dans un grand mouvement du corps qui fit voler sa jupe autour de ses jambes, elle le frappa au ventre avec la pointe en métal de la gaffe. Le souffle coupé, l'homme tomba à genoux. Alors, dans un élan de rage incontrôlée, elle le frappa à nouveau, de la gaffe tenue à bout de bras. Les rires avaient cessé. Le silence était d'autant plus impressionnant que personne n'osait bouger, ni d'un côté ni de l'autre. Quiterie, en nage, le souffle court, regardait l'homme à terre qui se tenait le ventre à deux mains. Il ne parvenait pas à reprendre son souffle et, un genou à terre, tentait de se redresser sans y parvenir.

« Il faut pas lui en vouloir, Mademoiselle, il a juste voulu s'amuser un peu.

— Pas avec moi, alors.

— Faut pas vous énerver comme ça, vous savez que ça peut faire très mal ces choses-là ? Vous l'avez peut-être bien abîmé, le Fernand ?

— Ça lui apprendra à tenir sa langue, alors. »

Et sans plus de formalités, elle leur tourna le dos pour rejoindre son frère, qui restait là, à mi-chemin entre les deux groupes, prêt à intervenir.

« Tu aurais pu lui faire mal, petite sœur, tu sais ?

— Je m'en moque bien. Jamais personne encore ne m'a parlé sur ce ton. Allez, maintenant, conduis-moi chez Thibault. J'ai hâte de le revoir. »

Le voyage avait commencé trois jours plus tôt à Spontour. Combelonge avait finalement donné son accord pour que la jeune fille embarque, mais à une condition, qu'elle le fasse ailleurs que sur le port, pour que personne ne la voie partir. Il avait exigé le secret sur cet embarquement, et à Argentat elle avait dû débarquer en amont du dernier virage avant le port, sous les jardins du couvent. C'est à pied qu'elle avait rejoint son frère devant l'église à l'entrée des quais de pierres rondes. Réfugiée à l'avant du bateau avec les rameurs, ni les paquets d'eau, ni les rochers qui frôlaient les flancs du bateau ou cognaient durement contre la coque, ne semblaient l'effrayer. Elle paraissait au contraire prendre un certain plaisir à être là, sur ce bateau, lourdement chargé de plusieurs tonnes de bois de chêne, qui filait à la vitesse d'un cheval au galop sur la rivière en crue.

Elle découvrait, pour la première fois de sa vie, les gorges sauvages et encaissées dans lesquelles la Dordogne se frayait un passage au pied de falaises de granit, perdues dans les brumes de l'automne. Son frère, agrippé au gobern, un long tronc d'arbre terminé d'une plume de bois, sur lequel il fallait parfois peser à plusieurs, pour maintenir la gabare en ligne, dirigeait la manœuvre à grands cris. Et quand, au passage des malpas, mauvais passages, les rameurs se réfugiaient sous leur banc pour se protéger du chargement, en cas d'accident, elle attendait le dernier moment pour s'accroupir à son tour à côté des hommes qui, bien souvent, marmonnaient une prière pour demander à leur patronne, sainte Madeleine, de les protéger. Mais elle ne priait pas et faisait tout son possible pour regarder par-dessus bord et voir le bateau se jouer des obstacles, parfois à un demimètre près.

Elle se sentait bien, elle était heureuse de vivre cette aventure unique. Sa grossesse était loin, et seule comptait l'excitation du voyage. Le premier soir, à Argentat, un des rameurs avait dit à Lucien, alors qu'ils attachaient le bateau pour la nuit :

« Sacré bout de femme ta sœur, le Grand.

— Tu serais pas des fois en train de me la demander, dis, Germain ?

— Oh non ! Tu sais, j'ai bien assez de la mienne, sans m'encombrer d'une deuxième. Sans compter que je suis pas sûr que ça lui ferait tant plaisir à ma femme. »

Et il partit d'un rire sonore qui fit se retourner la jeune fille occupée à regarder le pont, suspendu tellement haut, qu'elle en éprouvait comme du vertige. À l'excitation du voyage, se mêlaient la joie et l'impatience de retrouver Thibault. Comment se passeraient les retrouvailles ? Il ne savait rien de l'arrivée de Quiterie. Serait-il heureux de la retrouver, d'apprendre sa grossesse ? Toutes ces questions couraient dans sa tête, pendant que le vent du soir faisait voler ses mèches brunes, emmêlées et humides. La lumière disparaissait au loin sur la rivière, et la brume commençait à se lever en une écharpe blanche qui suivait les courbes des berges.

Le lendemain fut encore un jour mouvementé, avec le passage de la digue du moulin, en amont de Beaulieu, et surtout Carennac où tant de bateaux dans l'histoire avaient fait naufrage. À bord, personne n'en parlait, mais, au passage des malpas, là où tant de gabariers avaient laissé leur vie, ils se découvraient respectueusement, et Quiterie les regardait sans oser rien dire. Bien vite toutefois, les ordres fusaient à nouveau, et Lucien, arc-bouté à son gobern, encourageait de la voix les rameurs ou le piqueur, qui, gaffe à la main, tentait d'éloigner le bateau des rochers sur lesquels il se précipitait avec toute la force du courant.

Quiterie aurait voulu être ce piqueur, celui qui, debout à la pointe de la gabare se jette de tout son poids sur sa gaffe, pour affronter, en première ligne, le danger. Tout, dans la violence de l'eau, le danger de voyager à bord de cette grossière barque de bois, si souple qu'elle se déformait en tous sens au gré de la rivière, tout dans cet univers extrême lui plaisait. Ce n'était, bien entendu, pas là la place d'une femme, elle le savait. Mais ce voyage lui appartenait et elle entendait le vivre comme si toute sa vie en eut dépendu. C'est après Beaulieu, quand la rivière s'assagit enfin, quand les collines s'adoucissent et s'écartent un peu, comme pour marquer leur déférence à la Dordogne, que la jeune fille s'installa à l'arrière. Debout au côté de son frère qui, toute la journée, balançait le gobern de droite et de gauche, pour faire avancer le bateau, elle regardait le plus loin que ses yeux le lui permettaient. Il lui semblait que la lumière ici était plus généreuse que dans son pays, que le vert était plus tendre, la pierre moins dure. Elle n'avait jamais vu de si belles falaises blanches et presque abruptes. Le bateau, qui frôlait parfois la roche, lui donnait le sentiment de glisser dans les airs à quelques centimètres de l'eau, tel un de ces oiseaux qui, le soir, chassent au plus près de la surface, sans jamais toucher la rivière de leurs ailes.

Elle fut presque déçue d'arriver si vite à destination. Tout à sa fascination pour la descente, elle en avait perdu de vue son objet. Quand elle réalisa qu'elle n'avait pratiquement pas pensé un instant à Thibault pendant ces quelques jours, elle fut surprise de ne pas en éprouver le moindre remords. Et pourtant, à peine à terre, elle ne pouvait pas attendre un instant de plus. Bien vite, Lucien dut céder à son impatience et laisser là ses compagnons de voyage pour accompagner sa petite sœur auprès de son amoureux. Un peu plus loin, les hommes faisaient groupe autour de celui qui s'était frotté à Quiterie, et qui reprenait difficilement son souffle. Quiterie, elle, avait jeté la gaffe dans le bateau, et le sourire aux lèvres, avait rejoint son frère.

« Eh bien, tu attends quoi ?

— Tu crois vraiment que c'était utile de frapper ce pauvre bougre ?

— Oui, bien sûr, sinon je ne l'aurais pas fait. Mais je m'en moque, il s'en remettra bien ! Mène-moi plutôt vite chez Thibault. »

Lucien la regarda, stupéfait. Elle ne semblait pas avoir souffert du voyage. Elle était là qui trépignait comme une enfant impatiente de découvrir son jouet. Elle avait attrapé son bras et faisait mine de le tirer en avant, comme pour le décider à accélérer le pas.

« Tu es bien pressée, dis-moi !

— Et toi pas assez, allez mène-moi vite je te dis.

— Tu sais, je crois que ce ne sera pas bien la peine.

— Et pourquoi donc ? »

Du bout du quai, une silhouette pataude se détachait dans la pénombre.

« Regarde donc là-bas qui est occupé à compter les tas de merrains débarqués.

— Où ça ? »

Elle s'était figée, et tentait de percer cet univers encombré où les ombres se mêlaient aux tas de bois et aux empilements de barriques. Soudain, elle laissa échapper un cri :

« Thibault ! »

Il releva la tête, surpris, en cherchant du regard d'où était parti le cri. Il restait là, sans réaction, comme pétrifié. Elle partit alors en courant vers lui. Thibault, de son côté, ne comprenait pas pourquoi on criait son nom, ce soir où il n'attendait personne.

« Thibault, c'est moi, Quiterie, c'est moi ! »

Et, sans qu'il eut le temps de réaliser, elle était sur lui et se jetait dans ses bras, en le serrant de toutes ses forces. Alors, pour la première fois depuis qu'elle avait pris la décision de partir, elle laissa couler deux larmes, sans savoir si elles étaient de joie, de tristesse ou d'énervement.

À quelques pas en arrière, le groupe de gabariers ne perdait rien de la scène. Une voix lança :

« Tiens, celle-là au moins dormira au chaud ce soir, dans les bras de son amoureux. »

Devant eux, les deux silhouettes ne faisaient plus qu'un, et il leur semblait que cet instant ne s'arrêterait jamais. Quand, enfin, Quiterie se détacha, comme à regret, du jeune homme, elle lui prit la main sans lui laisser le temps de parler et l'entraîna vers Lucien qui n'avait rien perdu de leur étreinte.

« Bonjour, Thibault, tu as vu qui je t'amène ? »

Le jeune homme ne pouvait détacher son regard de Quiterie, et restait bouche bée devant son camarade. Enfin, après un long moment, il balbutia, comme quelqu'un que l'on réveille en sursaut :

« Mais enfin, qu'est-ce que tu fais là ?

— Tu le vois bien, je suis venu te rejoindre. Je ne voulais plus vivre si loin de toi. Lucien m'a amenée.

— En bateau ?

— Oui, en bateau.

— Mais tu aurais pu te rompre le cou cent fois. Enfin, est-ce la place d'une femme que de monter à bord de telles embarcations ? »

En parlant, il avait posé sa main sur le cou de la jeune fille, et ses doigts s'emmêlaient aux longs cheveux défaits.

« Tu vois, je suis là !

— C'est donc toi, Lucien, qui l'a prise à ton bord ? Et Combelonge, qu'est-ce qu'il en dit ?

— Il n'en dit rien. Rassure-toi, il le sait bien. Mais Quiterie te racontera tout ça en détail. »

Puis, après avoir donné une tape amicale dans le dos de Thibault, il s'était tourné vers les hommes qui finissaient d'amarrer les bateaux.

« Tout le monde chez la Maryse, ce soir ! Partez donc devant, je vous rejoindrai bien. Et toi, petite sœur, tu viendras bien partager notre table avec ton amoureux ? »

Quiterie s'était tournée vers Thibault qui ne lui avait toujours pas lâché la main, le regard interrogateur.

« Bien sûr que je te rejoins chez la Maryse. Mais auparavant je vais aller poser ses affaires chez moi. As-tu quelque chose à toi ?

— Ce peu, là, que tu vois. »

Elle montrait un balluchon, noué dans un tissu gris, et que lui tendait Lucien.

« Eh bien, ce n'est pas grand-chose !

— Ça ira bien, figure-toi ! Allez, viens maintenant, j'ai faim, et j'ai soif aussi. Et puis surtout j'ai froid.

— Oh pardon ! Tu aurais pu le dire avant. »

Tout en parlant, il avait ôté sa veste pour la poser sur les épaules de Quiterie. Lucien, qui repartait vers les bateaux, se retourna pour les voir partir le long de l'eau, les pieds dans la pierraille et la boue, vers la ville, un peu plus haut en amont. Quiterie marchait la tête sur l'épaule du garçon qui avait, lui, passé son bras sur ses épaules.

Il se surprit alors à murmurer :

« Quand les parents vont apprendre ça… »

La brume était tombée brutalement, avec le soir, sur le plateau autour du Peuch. Léa n'avait pas quitté sa chambre depuis de longues semaines. Elle avait terriblement maigri et sa peau avait pris une teinte grise qui lui donnait en permanence un air fiévreux. Deux fois par jour, on lui apportait un plateau avec son repas, qu'elle ne touchait pratiquement pas. Elle se déplaçait avec difficulté du lit au fauteuil et du fauteuil au lit. Ses volets restaient en permanence entrouverts ou fermés, mais jamais totalement ouverts. Elle semblait se fondre à merveille dans cette pénombre sinistre. Le médecin avait renoncé à la soigner, et surtout à la comprendre. Elle se disait malade. Lui prétendait le contraire.

« De la viande deux fois par jour, voilà le seul vrai remède, Léa, de la viande et un bon verre de vin à chaque repas. »

Mais, invariablement, elle se contentait de grignoter quelques miettes avant de se caler dans son fauteuil et de n'en plus bouger pendant de longues heures. À quoi pensait-elle ? Qu'attendait-elle ? À maintes reprises, Louis-Adrien avait tenté de la faire parler, de la faire bouger. Il avait voulu ouvrir ses persiennes, la faire descendre dans le grand salon ou à la cuisine. Mais elle semblait perdue dans un monde qui n'appartenait plus aujourd'hui qu'à elle. Sa maigreur faisait peine à voir et Louis-Adrien craignait toujours de la blesser quand, le soir, il l'aidait à se lever et à marcher vers son lit. Elle le regardait alors parfois, et murmurait :

« C'est pour moi, hein ? C'est à cause de moi ? Et pourquoi ne veut-il pas écrire ? Pourquoi pas à moi ? »

Et elle répétait ces quelques mots comme on psalmodie une incantation à une divinité qui ne répondra pas.

C'est à la fin de novembre qu'elle rendit l'âme. Elle ne se réveilla pas de son sommeil, le corps épuisé par les privations et le cerveau malade de chagrin et de solitude. Son visage, pour la première fois depuis de longs mois, n'exprimait plus cette angoisse terrible, mais semblait enfin détendu, reposé et serein. Louis-Adrien était resté un long moment devant elle, sa main dans la sienne. Puis, les yeux secs, après avoir murmuré une prière, il avait posé la main froide contre le drap rabattu sur le haut du corps. Le médecin arriva avant le prêtre, et bientôt, de partout, affluèrent les amis, les voisins, ceux qui de près ou de loin avaient à voir avec la propriété et son maître. La Pomme se présenta complètement ivre, et dut se cramponner au chambranle de la porte pour ne pas s'affaler de tout son long dans la chambre. Dans un coin, la souillon rousse pleurait en silence.

Éprouvait-elle réellement de la peine, ou jouait-elle là un rôle qui la mettait un peu en vedette, le temps du deuil ?

À la vérité personne n'y prêtait attention. Seul le bruit des pas dans l'escalier de bois troublait le silence de la maison. Pendant trois jours entiers, du plus humble au plus fortuné, tous vinrent faire un dernier salut à cette maîtresse femme, qui bien souvent les avait fait marcher à la baguette.

La grande maison était maintenant totalement à l'abandon, et les jours qui suivirent l'enterrement furent sinistres. Louis-Adrien ne quittait pratiquement plus son bureau. Dans sa cuisine, la petite bonne, plus sale que jamais, entretenait à peine le feu et passait ses journées à grignoter un bout de pain dur ou un oignon frais. C'est tout juste si elle prenait encore le temps de préparer les repas. Dès le lendemain de la mort de sa femme, Louis-Adrien avait écrit à Thibault pour lui demander de revenir au plus vite vivre à ses côtés, et d'abandonner Souillac pour retrouver son Limousin. Puis, bien vite, il chassa la bonne et fit savoir à qui voulait bien l'entendre que la place était libre.

Plusieurs servantes en mal de travail, ou des jeunes filles présentées par leurs mères défilèrent dans les jours qui suivirent et, invariablement, il les observait en silence, puis il glissait quelques pièces dans leur main ou dans celle de leur maman, et trouvait toujours unc bonne raison de ne les pas prendre à son service.

Bientôt, le bruit courut que le maître du Peuch refusait toutes les propositions, et que certainement c'était parce qu'il avait son idée en tête. Le nom de Quiterie était sur toutes les lèvres. Mais Quiterie avait été chassée de cette maison et ne pouvait donc pas y revenir.

« Et qui sait ? Peut-être bien qu'il ira encore la rechercher. Après le fils, pourquoi pas le père, maintenant que le jeune est loin ? »

Ou bien encore :

« Peut-être même bien qu'elle y est déjà revenue et qu'il ne veut pas le dire. C'est pour ça qu'il refuse tant de monde ! »

La vérité, c'est que lui-même ne le savait pas vraiment. Quelque chose le poussait à dire non. Le visage de la petite fille qui était arrivée un matin d'automne chez lui s'imposait de plus en plus sans qu'il pût rien y faire. Et, à chaque fois, la comparaison tournait au désavantage de la postulante. Quinze jours passèrent ainsi, où il vécut seul chez lui, avec pour unique distraction ses repas qu'il allait prendre chez le métayer le plus proche et qu'il ne manquait pas, chaque fois, de dédommager grassement, si bien que le bonhomme, plus qu'une gêne, y voyait un bienfait et ne trouvait rien à redire à l'affaire. Louis-Adrien restait souvent toute la journée dehors à chevaucher, de ferme en ferme, plus pour échapper à la solitude que pour réellement gérer son domaine. Enfin, un soir qu'il travaillait à la chandelle dans son petit bureau, à peine réchauffé par un maigre feu, il entendit cogner à la porte en haut des trois petites marches. Il reposa lentement sa plume, frotta ses mains l'une contre l'autre pour les réchauffer, et sortit de son bureau pour aller débloquer le verrou. Il n'eut pas le temps d'ouvrir la bouche pour dire bonjour, que Thibault se jetait dans ses bras en pleurant à chaudes larmes.

« Maman, maman, maman… »

Il hoquetait, et son père lui tapotait l'épaule doucement, comme l'on fait pour consoler un enfant qui fait un cauchemar et que l'on tente ainsi de réveiller pour le consoler. Il laissait, pour la première fois, aller son chagrin sans retenue, lui qui, jusqu'à présent, n'avait rien voulu montrer.

Quelques jours plus tôt, c'est Quiterie qui lui avait tendu la lettre, toujours cachetée. Le bandeau noir sur le côté de l'enveloppe lui avait fait comprendre que quelque chose de grave s'était produit. Elle comprit également qu'ils devraient sans doute bien vite quitter la petite maison de pierres claires qu'ils habitaient depuis qu'elle était arrivée, dans une ruelle en pente douce. Elle suivait les expressions du visage de Thibault au fur et à mesure de sa lecture, et elle le vit blêmir, fermer un instant les yeux, vaciller et se retenir au dossier d'une chaise pour ne pas tomber.

« Ça ne va pas ?

— Il faut partir. Tout de suite !

— Et où vas-tu donc ?

— Je repars au Peuch.

— C'est donc si grave ?

— Oui.

— Léa ?

— Oui. Elle est enterrée depuis plusieurs jours. Je dois partir dès aujourd'hui. »

Quiterie sentit son regard se mouiller, mais aucune larme ne vint.

Ainsi, il était dit que ce petit bonheur qu'elle s'efforçait de construire au jour le jour avec Thibault, il était dit que ce petit bonheur ne durerait pas. Pourtant, quand quelques jours auparavant, au matin de la première nuit, elle lui avait avoué son état, il avait souri, s'était tourné vers elle, lui avait posé sur le front un baiser bruyant, s'était levé, et, un sourire sur le visage, il avait juré ses grands dieux que désormais plus rien ne pourrait les séparer, à la vie, à la mort. Les jours qui avaient suivi, il s'était montré empressé auprès d'elle, et il ne se passait pas de jour qu'il ne fît son portrait au fusain. Il en traînait un peu partout, des portraits de face, de profil, de loin, de près, en pied, en buste. Il y en avait même un de dos, où il s'était attaché à reproduire le modelé des cheveux noués à la va-vite, un matin au réveil.

Ici, à Souillac, personne ne savait qui elle était. Qu'elle fût servante ou non, cela importait peu. Elle était la compagne de Thibault et voilà tout. Dans cet anonymat relatif, elle trouvait sa place, discrète et dévouée à celui que par-dessus tout elle aimait d'un amour serein.

À aucun moment, Thibault n'avait douté de sa volonté de voir arriver cet enfant. Puisque aussi bien sa mère l'avait chassé de chez lui pour l'éloigner de Quiterie, maintenant qu'elle était là et qu'elle attendait un enfant de lui, alors elle serait sa femme, que cela plaise à Léa ou non. Pour la première fois de sa vie, il s'affirmait comme un homme libre, et non pas comme un enfant qui doute de tout. Quiterie l'avait bien compris et le regardait vivre, avec au cœur un bonheur empli de douceur. Un bonheur comme elle ne savait pas qu'il pût en exister. Et voilà qu'en ce matin, un vilain courrier venait casser cet édifice fragile avant même qu'il ait pu être achevé. Si aucune larme n'avait coulé sur ses joues, c'est que la colère se mêlait à la tristesse de le voir malheureux, et contraint de partir.

« Dis, veux-tu que je te suive ?

— Dans ton état ?

— Eh bien quoi ? J'ai bien réussi à descendre, je pourrai bien faire le voyage à l'envers.

— Et tu penses au petit ?

— Là où il est, il est bien au chaud et il ne risque rien, va. »

Dès le lendemain ils prenaient tous deux la patache pour repartir vers le nord, vers ce Limousin où l'hiver avait pris de l'avance sur le Quercy encore si doux.

À quelques pas en arrière de Thibault et de son père enlacés, blottie contre le mur, Quiterie, qui ne s'était toujours pas montrée, regardait pleurer le jeune homme. Bien loin de lui inspirer du chagrin, elle sentit que la scène faisait monter en elle une rage sourde. Pourquoi pleurer celle qui leur avait fait tant de mal ? Pourquoi casser ce bonheur de Souillac ? Pourquoi tout remettre en cause, encore une fois, pour elle ? Il était donc écrit que, même morte, elle continuerait à s'opposer à leur amour ? Elle commençait à regretter d'avoir suivi Thibault jusqu'ici. Une fois rentré chez lui, voudrait-il repartir vers la petite maison de pierres claires ? Ici ils ne pourraient jamais vivre ensemble. Tout s'y opposait. Si elle était restée là-bas, sur les bords de la Dordogne, il aurait bien dû venir l'y retrouver, et la vie si douce, si heureuse aurait pu reprendre son cours tranquille. À présent elle avait froid contre ce mur, avec le vent glacé qui semblait souffler du Cantal tout proche.

Thibault s'était enfin dégagé de l'épaule de son père. Elle entendit la voix douce de Louis-Adrien qui disait :

« Entre donc, va, il fait bien frais ce soir.

— C'est que…

— C'est que quoi ?

— Je… je ne suis pas seul.

— Comment ça tu n'es pas seul ? Je ne vois personne. »

Tout en parlant, il avait descendu la première marche du perron et, malgré l'obscurité, aperçut la jeune femme blottie contre la pierre.

Son visage fut traversé d'une expression de joie enfantine. Il marqua un temps d'arrêt et dit en souriant.

« Quiterie, que fais-tu ici ?

— Bonsoir, Monsieur.

— Bonsoir, entre donc. Tu vas prendre froid. »

Alors, comme si elle hésitait à se révéler en pleine lumière, elle fit trois pas en avant. Louis-Adrien lui tendait la main, pour l'aider à monter les petites marches. C'est au moment où elle passait la porte qu'il s'exclama :

« Mon Dieu, ma fille, c'est toi ? Mais… mais… Qu'est-ce que… Pourquoi es-tu là ce soir ? Qu'est-ce que tu fais là ? Tu es venue pour Léa ?

— Papa… Je vais t'expliquer… je vais te dire tout, mais d'abord laisse-moi monter auprès d'un bon feu. Et Quiterie aussi. Elle doit être bien fatiguée. As-tu fait du feu au petit salon ?

— Du feu ? Ma foi non !

—Et la bonne, elle est au lit déjà ?

—La bonne, il y a longtemps que je l'ai chassée. Une vraie souillon ! Non, tu sais, depuis la mort de ta pauvre mère, je vis seul ici et je m'en porte très bien, ma foi. »

Tout en parlant, il avait refermé la porte et montait le grand escalier de bois. Quiterie respirait de toutes ses forces l'odeur, les odeurs de cette maison. Elle les reconnaissait toutes avec précision et pouvait en dire la provenance, sans risque de se tromper. Cette odeur de pierre humide et de terre mêlée, par exemple, venait du recoin sous l'escalier où le rocher affleurait, et sur lequel était posée la première marche. Et là, cette odeur douce de papier humide et de salpêtre, elle venait du grand salon, mal chauffé et toujours trop humide.

En revanche, elle cherchait l'odeur du feu de bois qui se meurt tout doucement dans la grande cheminée de pierre de la cuisine, mais seul un remugle de cendre froide lui parvenait.

Louis-Adrien poussait la porte de bois qui racla, comme autrefois, sur le plancher du petit salon. Ce bruit familier fit naître dans la mémoire de Quiterie une foule de souvenirs, notamment celui où, toute jeune, elle avait servi pour la première fois Thibault à table. Elle se souvenait encore de sa gêne devant ce garçon qu'elle n'avait jamais vu et qui lui avait alors paru si pataud. Aujourd'hui il était là, et elle s'arrêta un moment sur le seuil de la pièce pour le regarder pénétrer dans cet univers qui était à nouveau le sien.

Debout au centre de la pièce, le père de Thibault semblait ne savoir comment engager la conversation. Il restait là, penaud, les bras ballants, à regarder alternativement Quiterie et son fils, qui avait tiré un mouchoir de sa poche et s'en tamponnait les yeux à la manière d'une femme. Le froid et l'humidité de la pièce disaient assez qu'elle n'avait pas vu de feu depuis bien longtemps.

Au fond d'elle, Quiterie se sentait bien. Heureuse d'être revenue dans cette maison qui était un peu la sienne, comme une maison où l'on a passé les étés insouciants de son enfance.

« Alors, Thibault, me diras-tu comment il se fait que Quiterie soit avec toi aujourd'hui ? »

Tout en parlant, il regardait la jeune femme, et un sourire discret se dessinait sur ses lèvres. Leurs regards se croisèrent, et pendant un long moment, ni l'un ni l'autre ne baissa les yeux. Quiterie semblait lire dans le sourire de celui qui avait été son maître la joie qu'il avait de la retrouver, enfin, dans cette grande maison. Elle, de son côté, ressentait ce calme et cette paix que l'on pouvait lire en permanence sur son visage.

« Papa, laisse-moi te dire… »

Il bredouillait. Les mots refusaient de venir sur ses lèvres et ses idées s'entrechoquaient dans son esprit. Il tourna la tête vers la jeune femme, comme pour quêter du secours. Alors, très doucement, elle s'avança, prit la main de Thibault, puis celle de son père et les plaça l'une dans l'autre. Ils étaient si surpris qu'ils ne pensèrent pas à résister.

« Monsieur, puisque qu'il ne peut pas parler, alors je vais le faire pour lui.

— Quiterie…

— Laisse-moi faire, va !

— Asseyez-vous, Monsieur, ce que je vais vous dire pourrait bien vous couper les jambes. »

Elle reprit son souffle et, dans un grand sourire, lâcha :

« Voilà, vous allez être grand-père !

— Grand-père ? Et, Grand Dieu ! Thibault, tu ne me disais rien ! Et où est-il cet enfant qui doit me faire grand-père ? En Quercy ?

— Non, papa, non, il est… enfin, c'est…

— Il est là. »

Et de la main Quiterie désignait son ventre, un sourire sur son visage blême.

Louis-Adrien regardait la jeune femme, sans pouvoir articuler un mot. Il restait là, les bras le long du corps, sans réaction. C'est Thibault le premier qui rompit le silence.

« Tu sais, Quiterie et moi, c'est… c'est… vrai, et ce petit, je le veux moi aussi. »

Il avait pris la main de Quiterie, comme un geste de défi devant son père, qui, toujours sans un mot, sortait de la pièce et descendait à la volée l'escalier sombre et froid. Les deux jeunes gens l'entendirent farfouiller dans la cuisine. Une chaise tomba à terre sur le sol de pierre, Louis-Adrien poussa un juron. Quiterie était sortie sur le palier et demandait :

« Tout va bien, Monsieur, vous avez besoin d'aide ?

— Non, ma petite, rentre vite t'asseoir. Et toi, Thibault, descends donc m'aider un peu. »

Quiterie rentra, tira une chaise à elle, monta la mèche de la lampe à pétrole et laissa aller son esprit à la recherche de ce temps si proche qui lui semblait si lointain pourtant. Dans l'escalier, les pas des deux hommes firent sonner les marches, et bientôt Thibault et son père entrèrent les bras chargés de fagots et de bûches qu'ils laissèrent tomber bruyamment devant la cheminée dans un nuage de poussière.

« Et tu laisserais la petite sans feu ? Allez, aide-moi donc à rallumer cette cheminée. Il y a si longtemps qu'elle n'a pas vu de flambée ! »

Quiterie s'était levée pour aider à préparer le feu, elle qui aimait tant le faire. Mais d'un geste péremptoire, Louis-Adrien lui fit signe de ne pas bouger. Quelques instants plus tard, le visage rougi par la chaleur de la flambée et le dos glacé par l'humidité du salon, la jeune fille s'endormit sous le regard attendri de ces deux hommes qui, chacun à leur manière, l'aimaient profondément. Alors, doucement, en prenant bien soin de ne pas la réveiller, ils calèrent sa tête sur un petit coussin de soie verte et couvrirent ses jambes d'une couverture beige, empruntée au lit du maître de maison.

Combien de temps restèrent-ils là, à la regarder dormir, en parlant bas pour ne pas la réveiller ? C'est finalement elle qui donna le signal du coucher en s'éveillant à demi. Un sourire aux lèvres, elle balbutia :

« Je crois que j'ai sommeil. »

Alors, dans un même élan, les deux hommes partirent d'un grand rire et se levèrent pour l'aider à gagner la chambre de Thibault où elle se coucha toute habillée pour ne pas prendre froid, tant le lit était humide. Thibault, lui, s'assit à sa table avec une chandelle, et entreprit de poser sur le papier ce visage serein qui dormait dans son lit du Peuch, bien loin de la méchante chambre au bout du grenier.

Au matin, Thibault fut réveillé par la sensation du froid qui le glaçait jusqu'au plus profond de son corps. La chandelle, sur la table, était toute consumée, le fusain avait roulé au sol où il s'était brisé.

Il se redressa de la chaise sur laquelle il s'était assoupi, tard dans la nuit. Sur la table, l'ébauche d'un dessin lui sembla la plus belle qu'il ait jamais réalisée. Il tourna la tête vers le lit vide, où la trace d'un corps se lisait encore. Il tendit l'oreille, pour percevoir, venant de la cuisine, le pas précis et léger de la jeune fille qui allait et venait, comme autrefois, comme lors de ces jours où leur amour naissait et où, chacun à son tour, ils épiaient l'autre en prenant bien garde de ne pas le montrer. Il essaya de deviner ce à quoi elle était occupée. Il entendit crépiter le feu. Sans doute faisait-elle brûler quelques ordures trouvées çà et là. Il reconnut le bruit du placard que l'on ouvre et qui laisse grincer un court instant sa porte, comme pour exister lui aussi. Les volets de la fenêtre de la cuisine claquèrent, suivis bientôt par le bruit de la petite porte sur la cour. Il se laissa alors aller à fermer les yeux pour se laisser bercer par cette ambiance qui faisait naître en lui tant et tant de souvenirs. Mais, bien vite, le froid fut le plus fort et il se décida à descendre à son tour pour aller se blottir au coin du feu.

« Bonjour. »

Quiterie, le visage souriant, regardait le jeune homme qui balbutiait un vague :

« Déjà là ? Mais quelle heure est-il donc ?

— Je ne sais pas, mais le coq a chanté depuis un moment. Il est bien temps de dormir va. Sais-tu que c'est pire qu'une porcherie, ici. Regarde, il y en a partout. Quelle souillon, mon Dieu, quelle souillon ! »

Et, tout en parlant, elle continuait d'aller et venir. Petit à petit, elle reprenait possession de cette cuisine qui avait été si longtemps son domaine. Thibault l'observait, comme autrefois quand il pouvait passer de longues heures à la regarder travailler dans le froid, ou sous le soleil, admiratif devant son énergie peu commune et la grâce de ces gestes de femme. Ce matin-là, il sentit son regard s'embuer en voyant, derrière le tablier de vilain tissu gris, le ventre rond de Quiterie. Alors seulement il réalisa le chemin parcouru depuis ce matin triste où la carriole avait emmené la petite servante qu'il aimait vers un autre foyer, bien loin de lui. Il se leva alors de son banc au fond de la cheminée et, sans un mot, la prit dans ses bras et la serra longuement contre lui, le visage dans ses longs cheveux encore dénoués.

XVIII

Gautier

« Et quand comptes-tu rentrer à Souillac ? »

Thibault marqua un temps avant de répondre, comme si au fond de lui-même, la décision n'était pas encore prise.

« Je ne sais pas encore.

— Il te faudra pourtant bien repartir un jour ? »

Les deux hommes, debout sous le tilleul de la cour, regardaient au loin les vallonnements où se devinaient les vallées de la Dordogne et de la Maronne. Louis-Adrien s'était approché de son fils et, debout à côté de lui, il parlait sans oser le regarder. Au fond de lui-même, il redoutait d'entendre les réponses de Thibault. La grande maison venait de retrouver son âme, avec le retour des deux jeunes gens. Quiterie, en quelques jours, avait repris possession de son univers, laissant partout sa marque. Elle avait ressorti la nappe à petits carreaux rouges et blancs sur laquelle, autrefois, Thibault, après le repas, venait déguster son verre d'eau-de-vie. Au petit salon, le feu brûlait tous les soirs, et les chandelles étaient changées régulièrement, de sorte que Louis-Adrien n'avait plus besoin, à la nuit tombée, de traîner toujours le même rogaton de bougie d'une pièce à l'autre. Elle avait même trouvé la force de porter quelques draps et un peu de linge au lavoir. Elle en était revenue éreintée, le souffle court et le ventre tenaillé d'une douleur qui la laissa pâle et en nage un long moment, assise sur une chaise pour tenter de récupérer. Thibault qui avait passé la journée à marcher dans la campagne, à la recherche de portraits à croquer, l'avait trouvée dans cette posture et, gauche, ne sachant quelle attitude adopter, avait proposé de l'accompagner jusqu'à son lit. Elle s'était alors relevée, et dans un mouvement du buste en arrière, la main sur les reins, elle dépliait ce corps que la grossesse alourdissait toujours plus.

« Alors ? Quand comptes-tu repartir ?

— Le souhaites-tu au moins ? »

Ce fut au tour de Louis-Adrien de se réfugier dans le silence.

Thibault venait de mettre le doigt sur la plaie qui rongeait son père depuis si longtemps. Ce silence fut pour lui une révélation. D'une voix timide il risqua :

« Veux-tu que nous restions là, maintenant ? »

Son père se tourna lentement vers lui, et pour la première fois depuis le début de leur discussion, il le regarda dans les yeux.

« Et toi, le veux-tu ?

— Oui, bien sûr. Mais la maison de Souillac ?

— Laisse donc la maison où elle est. Et puis tu sais, une servante comme Quiterie, je n'en veux pas d'autre.

— Mais, et le petit ?

— Le petit ?

— Comment le garder ici ? Tu penses à ce qu'on pourrait dire ?

— Il est de toi, non ?

— Mais oui, justement. À Souillac, personne ne connaît Quiterie, mais ici elle n'est que servante. C'est impossible de le garder dans cette maison, tandis que là-bas, personne ne trouvera rien à y redire.

— Et si, moi, je le veux ce petit, ici, dans cette maison ? Je suis bien maître chez moi, non ? Qui donc pourrait m'empêcher de faire ce que bon me semble chez moi ? Hein, qui donc ? »

Le vent frais s'était levé et les deux hommes, sans se concerter, relevèrent leurs cols et posèrent à nouveau leurs regards sur cet horizon baigné par la lumière rasante de cette fin d'automne, qui n'en finissait pas de courir de vallée en vallée.

« Je verrai Quiterie ce soir. Je lui parlerai. Si elle veut rester ici, alors nous resterons, sinon, je repartirai avec elle. Voilà tout. »

Louis-Adrien resta un instant silencieux, puis il dit, en frissonnant :

« Rentrons, il fait trop froid pour un honnête homme. »

Sans plus échanger un seul mot, ils remontèrent jusqu'au petit salon où la jeune fille avait allumé le feu, avant de retourner à la cuisine préparer le repas du soir.

Ce soir-là, la chandelle brilla fort loin dans la nuit. Le murmure de la voix des deux jeunes gens résonna longtemps au travers de la porte de la chambre de Thibault. Le vent frais de la fin d'après midi s'était transformé en un vent violent qui courait dans la nuit, avec de longs sifflements lugubres. Que se disaient-ils ? Quels mots Thibault employait-il pour tenter de la convaincre ? Quels arguments lui opposait-elle alors ? Comment se laissa-t-elle finalement aller à épouser la cause de son ami ? C'était, ce soir-là, leur secret. C'est peu avant que la pendule du grand salon ne sonnât les douze coups de minuit que la porte de la chambre s'ouvrit sur une Quiterie emmitouflée dans une couverture et qui, une chandelle à la main, prit le chemin du grenier pour aller rejoindre la petite chambre en haut de la tourelle. Sur le palier, Thibault la regardait interloqué.

« Mais dis-moi donc, où vas-tu ? »

Quiterie, qui avait déjà monté deux marches, se retourna vers lui, et dans un sourire fatigué, posait un baiser sur sa bouche.

« Si nous devons rester ici désormais, alors il me faut retrouver ma chambre. Il ne serait pas convenable que la servante partage le lit de son patron. Bonne nuit. »

Et, sans plus de manières, elle recommença de gravir le vieil escalier sans se retourner.

C'est bien plus tard, alors qu'elle avait mouché sa chandelle, qu'elle entendit se rapprocher le pas lourd et pataud de Thibault. Elle attendit qu'il gratte à la porte, fit mine un instant de n'avoir pas entendu et, après qu'il se fut décidé à frapper, elle l'invita enfin à entrer.

« Te voilà quand même ? Tu y as mis le temps. Allez, viens. Mais à partir de maintenant, c'est toi qui dors dans mon lit et pas l'inverse, ce ne serait pas convenable. »

Il ne se le fit pas répéter deux fois. C'est le jour qui les tira du sommeil. Le vent avait chassé les quelques nuages de la veille, et l'aube avait des couleurs bleu acier qui promettaient une journée belle, mais froide.

C'est Thibault, le premier, qui reprit ses habitudes d'autrefois. Quiterie avait servi le repas de midi dans le petit salon du haut et, comme à son habitude, avait vite rejoint la cuisine, à peine la dernière bouchée avalée.

Le feu brûlait doucement et la jeune fille, assise sur le petit banc de bois dans la cheminée, raccommodait un vieux tablier, quand, vers les deux heures, elle devina le pas de Thibault qui descendait l'escalier. Elle releva la tête, posa la main sur son ventre rond et regarda en direction de la petite porte sur l'entrée. Thibault passait la tête, presque timidement, et souriait en apercevant la jeune fille.

Elle se levait doucement, comme quelqu'un qui se ménage. Sur la grande table de bois usé, la petite nappe à carreaux rouges était sagement posée. Thibault se dirigea tout droit vers le placard à liqueurs, sortit la bouteille d'eau-de-vie, un petit verre, et vint s'asseoir sur le banc face à la cheminée. Quiterie, toujours sans un mot, avait posé son ouvrage sur le coin de la table pour venir s'installer à côté de lui. Alors, comme si tous ces mois n'avaient pas existé, comme si, d'un geste, le temps avait pu être suspendu, Thibault se servit un verre, exactement comme il le faisait autrefois. Quiterie le regarda porter l'eau-de-vie à ses lèvres et, dans un geste tendre et naturel, posa sa tête sur son épaule.

« Et ce petit, il est de qui ? »

Antonine avait baissé les yeux. Le père Cheyrousse, assis sur le grand banc de bois devant la table, au centre de la pièce, regardait la mère de Quiterie d'un air sévère.

« Eh bien, tu ne répondras pas ? »

Depuis le retour des deux jeunes gens, le vieux prêtre n'était pas retourné au Peuch. Du reste, personne ne l'y avait convié. Les repas du jeudi avaient cessé avec la mort de Léa et Louis-Adrien, trop heureux d'en être dégagé, n'avait pas cherché à perpétuer cette tradition. Le père Cheyrousse en avait pris ombrage. Il avait appris que Quiterie était revenue. Le bruit courait qu'elle allait avoir un enfant au printemps. Aussi avait-il profité de ces premiers beaux jours d'avril pour pousser jusque chez Julien et Antonine.

Quiterie avait revu sa mère souvent. Toutes les semaines, elle venait passer la journée au coin du feu, à papoter et à l'aider aux travaux d'hiver. Antonine était ravie à l'idée d'être grand-mère. Elle avait longtemps espéré que Lucien lui donnerait des petits-enfants, mais la passion de la rivière semblait l'avoir emporté chez lui sur le besoin de fonder une famille. Lucien, lui, avait levé les sourcils en apprenant l'événement à venir. Puis, d'un ton enjoué, il avait posé la main sur l'épaule de Thibault en disant :

« Eh bien voilà un gouyat qui viendra naviguer avec nous, quand il aura la force d'embarquer. »

Quiterie avait regardé son frère en souriant.

« Toi, pas de bêtises. Tes bateaux, là, c'est bien trop dangereux. Ne va pas me l'emmener là-dessus. C'est déjà bien que tu y sois. Un seul suffira pour la famille. Et puis, il coule plus de vin dans vos gosiers que d'eau sous vos gabares en une saison.

— Et crois-tu donc que tu pourras l'empêcher d'embarquer s'il en avait envie ?

— Dieu l'en garde ! »

Depuis, Lucien s'arrangeait souvent pour prendre des nouvelles de sa sœur. Il était même monté à deux reprises au Peuch. La seconde fois, il avait voulu prendre sa revanche au vin rouge sur la première soirée qu'il avait passée avec Thibault à l'auberge de Spontour. Elle avait dû les coucher tous les deux dans la chambre du jeune homme. Ils n'avaient émergé que le lendemain, tard, alors que les onze coups sonnaient à l'horloge du grand salon. Depuis, Lucien était retourné dans la forêt, couper le bois qui repartirait dans peu de temps, chargé à Nauzenac, Spontour ou Argentat.

« Alors Antonine, c'est donc si dur que ça à dire ?

— Mon père, c'est que…

— Je t'écoute.

— Ce petit, il est de… de Thibault. »

Le vieux curé ne répondit pas. Antonine, surprise, releva la tête. Les yeux dans le vague, il semblait balancer entre deux attitudes, sans savoir réellement comment réagir à cette nouvelle. Puis, d'un coup, il se leva, poussa le banc pour mieux l'enjamber et, les yeux dans ceux de la femme, dit d'un ton solennel :

« Ce petit, il ne doit pas naître là-bas. Ce serait un scandale terrible. Un petit d'une servante et d'un de Cosnac ! Que dirait Monseigneur l'évêque ? Et que dirait-on jusqu'à Tulle, et même au-delà ? Je ne peux pas laisser faire une chose pareille. Ta fille doit partir ou laisser le petit à une famille qui l'élèvera comme son enfant. Elle devra choisir, Antonine… elle devra choisir. »

Et, dans un geste théâtral, il leva le bras vers le plafond noirci.

« C'est la volonté du Très-Haut, c'est sa volonté, et il faudra bien la respecter. »

Puis il se tut, pâle et en sueur. Alors, lentement, il se rassit sur le banc, tournant le dos à la table et, les mains sur les genoux, il reprit son souffle, comme quelqu'un qui vient de faire une longue course et qui peine à reprendre haleine.

Antonine s'était levée, un verre d'eau à la main et s'approchait du vieillard.

« Tenez, Monsieur le curé, vous avez bien besoin de boire un peu, non ?

— Merci mon enfant. »

Il but le verre à petites gorgées, comme un malade qui se force à avaler sa potion, puis le reposa, toujours lentement, sur la table, derrière lui.

Antonine ne disait rien, debout devant le prêtre dont la soutane était si usée, qu'elle paraissait grise et sans âge. Son visage couperosé et ses cheveux blancs finissaient de lui donner l'air d'un homme fatigué par la vie.

« Je lui parlerai, mon père. Mais je ne crois pas qu'elle voudra m'écouter, vous savez. Et puis, je crois aussi que Thibault le veut ce petit.

— Et qui dit qu'il est bien de lui ? Hein, qui le dit ? »

Il avait redressé son buste et regardait dans le vide. Antonine s'était figée et le regardait durement.

« Ma fille n'est pas de ce monde-là, et ce petit il est de Thibault. Que cela vous plaise ou non ! Et maintenant à bientôt Monsieur le curé. »

Le vieil homme comprit, mais un peu tard, qu'il avait commis une bourde. Il tenta de se justifier en bredouillant :

« Ne te vexe pas, la Nine, mais il vaudrait mieux pour tout le monde que ce petit-là, il ne soit pas de Thibault. Tu me comprends ?

— Oui, je crois que je vous comprends, un peu trop même. Au revoir, Monsieur le curé. »

Campé devant la porte, le visage rouge de colère, elle attendait de le voir sortir. Alors, dans un geste d'impuissance, il leva les deux bras au ciel et sortit en grognant. Il reprit le petit chemin caillouteux sans même la saluer. La porte se referma brutalement derrière lui. Alors, plantant fermement sa canne devant lui, il murmura d'un ton ferme.

« Et pourtant, il faudra bien que ce petit, il soit d'un autre, il le faudra bien. »

Les jours succédèrent aux jours, le froid de l'hiver commença à céder la place au redoux du printemps. Quiterie avait repris sa place au sein du foyer, et la vie tournait maintenant autour de ce ventre rebondi qui faisait tant jaser. Thibault surveillait jour après jour les progrès de la grossesse, impatient de voir arriver l'heure où les premières contractions annonceraient la venue du petit, ou de la petite. Le père Cheyrousse ne décolérait pas et, à plusieurs reprises, il avait tenté de persuader Thibault et son père, de ne pas reconnaître cet enfant comme un de Cosnac. Mais plus il tempêtait, plus il menaçait, et plus le jeune homme se persuadait qu'il ne devait rien en faire. Quiterie, elle, s'était vu refuser l'entrée de l'église du vieux curé et devait aller à présent jusqu'à Montvert, pour assister à l'office. Depuis quelques semaines, elle ne sortait plus en carriole, son état ne le permettait plus.

Et puis, un soir, alors qu'elle était assise au petit salon devant le feu que l'on laissait brûler pour elle, elle sentit une violente douleur lui cisailler les reins et le ventre. Elle poussa un petit cri et posa ses deux mains sur son ventre tendu à l'extrême.

« Thibault... Thibault... je crois que ça vient ! Thibault, aide-moi, aide-moi à me lever, je dois aller au lit, aide-moi... »

Il la voyait, pour la première fois, perdre son sang-froid. Alors, dans un tourbillon de pensées contradictoires et de sensations inconnues, il se leva, la prit par les épaules, et la conduisit vers la petite chambre, derrière la tourelle, la chambre de Léa. Elle ne protesta pas. Thibault appelait son père, qui, de son petit bureau, avait entendu un bruit de chaises que l'on pousse sans ménagement et un murmure de voix inhabituel.

« Papa, vite, envoie chercher quelqu'un pour Quiterie, je crois que ça y est, je crois que ça y est ! »

Devant le lit de sa femme, il marqua un temps d'arrêt, puis, devant le visage blême de la jeune fille, il se tourna vers son fils.

« Cours donc chercher la mère Barderioux, elle sait ces choses-là, elle. Cours donc la chercher et ramène-la vite, je vais faire chauffer un peu d'eau. Allez, ne traîne pas, va vite ! »

Quiterie, de son lit, voyait aller et venir ces deux hommes, et malgré les douleurs aiguës, ne put s'empêcher de sourire à demi en les voyant si gauches et si déterminés à la fois.

C'est au matin que le petit vint au monde. Un bout de bébé, tout rouge et tout braillant, qui fit peur à Thibault. La mère Barderioux avait assisté la petite pendant que Thibault partait chercher le médecin. Un jeune médecin d'ailleurs, qui s'était installé là il y avait peu et qui semblait de méchante humeur d'avoir été tiré du lit en pleine nuit et par un froid pareil. Son front un peu dégarni laissait paraître une peau sans couleur. Deux verres ronds donnaient à son regard un air toujours étonné. Il avait chassé de la chambre les deux hommes qui avaient monté, au petit salon, deux bouteilles de vin rouge et deux verres. Quand on vint les chercher pour leur présenter le petit, Louis-Adrien eut du mal à se lever. Thibault pénétra dans la chambre avant son père. Son premier regard fut pour la jeune femme. Elle était pâle et le regardait venir comme dans un rêve.

« Alors, tu ne regardes donc pas ton fils ?

— Le... mon... ah oui, bien sûr. Il est si petit ! Mon Dieu, qu'il est rougeaud.

— Tu n'oses pas le prendre dans tes bras ? »

Il était là, sans savoir que faire. Devant lui, sur le lit, à côté de Quiterie, un petit bout de chou, emmailloté jusqu'aux cheveux, pleurait avec des cris aigus et courts. Des pleurs qui le remuait jusqu'au fond de son âme et qui le paralysaient d'angoisse.

« N'aie pas peur, il va bien, et moi aussi.

— Oui, tiens, comment… vas-tu ? »

Alors, sans prévenir, elle lui prit la main et la posa sur le visage du bébé. Il resta interdit un petit moment, puis la retira comme on retire sa main du feu.

« Pardonne-moi, il faudra que je m'accoutume, voilà tout. Il a l'air si fragile, et si rougeaud… si rougeaud.

— Es-tu toujours d'accord pour l'appeler Gautier ?

— Comme tu voudras, tu le sais bien. J'irai dire au prêtre qu'un nouveau de Cosnac est venu, et qu'il s'appelle Gautier. Puisque c'est toi qui le veux. »

Quiterie le regardait bouger autour du lit, le visage immobile, le regard seul en mouvement.

Après un silence que ne troublaient même pas les cris de l'enfant, la jeune fille fit dans un souffle :

« Je voudrais dormir maintenant, assieds-toi là sur le fauteuil, si tu le veux, mais je voudrais dormir un peu. »

Sans un mot, il tira le fauteuil contre le lit, du côté du bébé, et s'assit sans quitter des yeux la jeune femme qui avait fermé les paupières. Le bébé se tut lui aussi et ferma à son tour les yeux. Louis-Adrien, dans l'encadrement de la porte, sourit devant le spectacle, et le petit docteur qui se rhabillait passa devant lui pour regagner le petit salon.

« Madame Barderioux, vous resterez là jusqu'à la première tétée, ensuite vous pourrez rentrer si le cœur vous en dit. Pour ma part, j'ai assez vu ce petit qui n'aurait pas dû naître ici !

— C'est le vieux Cheyrousse qui vous a monté la tête, hein ? »

L'alcool rendait le père de Thibault un peu agressif.

Le médecin ne répondit pas tout de suite. Il finissait de baisser ses manches de chemise.

« Le père Cheyrousse est un ami. Il s'est fait beaucoup de soucis pour cet enfant. De qui sera-t-il, le petit ?

— Mais… de mon fils. Pourquoi ?

— Vous ne parlez pas sérieusement ?

— Bien sûr !

— Vous imaginez le scandale ? Vous, un de Cosnac, grand-père d'un petit… d'un petit de servante ? Il est encore temps de vous ressaisir et de persuader votre fils de placer l'enfant, avant que vous ne soyez la risée de tout le pays ! »

Louis-Adrien avait pâli. Il s'était redressé de toute sa stature et, dégrisé par la colère sourde qu'il tentait de contenir, il toisa le jeune médecin d'un air de mépris souverain.

« Le seul vrai scandale, Monsieur, c'est qu'il y ait encore des gens comme vous pour préférer le dogme bourgeois et sa cruauté, au courage d'affronter ses responsabilités humaines. Sortez Monsieur, je ne vous retiens pas. Je vous ferai parvenir vos honoraires dès demain. »

La vie reprit bien vite et le bébé fut installé avec sa mère et son père dans la chambre de Léa. C'est le père Mathieu qui baptisa le petit. Le père Cheyrousse avait fait la sourde oreille, et c'est à Cros-de-Montvert que la cérémonie fut célébrée. Le soleil de printemps, au travers des vitraux, jetait par touches éparses des flaques de couleur sur les dalles grises et humides de la petite église. Gautier pleurait dans les bras de Quiterie, et le prêtre souriait de le voir si vigoureux. Le forgeron et le sabotier s'étaient invités, un peu en retrait, à côté de René appuyé à un pilier. Quiterie avait cherché des yeux la vieille Suzanne, mais elle n'était pas venue. Elle en était presque déçue.

Le retour se fit à temps pour ne pas trouver la nuit et, dans la cour du Peuch, la jeune femme, épuisée, demanda à Thibault de bien vouloir tenir un instant le bébé pour rentrer dans la maison. Il réalisa alors que depuis une semaine qu'il était né, il ne l'avait encore jamais pris dans ses bras et il rougit en le saisissant maladroitement.

« Tu es bien pataud. Prends garde à bien lui tenir la tête. »

Elle lui ouvrait la porte pour le laisser entrer dans la cuisine et courait allumer la chandelle. Il restait là, maladroit, planté au centre de la pièce, sans savoir que faire de son fils.

Quiterie tira alors à elle le petit berceau à bascule dans lequel elle couchait le petit pendant la journée, et le rapprocha de la cheminée.

« Pose-le donc dedans, et couvre-le bien, je vais mettre à chauffer quelque chose avant de le nourrir. »

René s'était alors avancé, avait mis sa main sur le bras de Quiterie, et dit doucement :

« Va, tu en as bien assez fait pour aujourd'hui. Assieds-toi un instant, je vais te le faire repartir, ton feu. »

Louis-Adrien avait pris place au bout de la grande table de la cuisine. René et Thibault se faisaient face et mangeaient en silence. Quiterie, debout en retrait, mangeait au fur et à mesure qu'elle faisait le service. Gautier, dans son berceau, commença à pleurer. Elle se baissa alors pour le prendre dans ses bras. Thibault la regarda s'asseoir dans la grande cheminée, dégrafer le haut de son corsage et lui donner le sein, le visage penché vers le sien en chantonnant une comptine à voix basse. L'enfant resta un long moment à téter en somnolant, jusqu'à ce que sa mère, tout doucement, le redresse en refermant son corsage, puis se lève en disant :

« Je monte avec le petit. Je ne redescendrai pas. Bonne nuit.

— Bonne nuit Quiterie, et gare à ne pas prendre froid ! »

Louis-Adrien la regardait sortir en souriant. Il était heureux de l'arrivée de ce petit dans cette maison si grande et si froide.

Thibault, un temps réservé, découvrait avec bonheur les joies de la paternité.

Il aimait par-dessus tout le spectacle de Quiterie, assise au coin du feu, quelques légumes dans son tablier déployé, un pied sur le montant du berceau pour le faire lentement balancer. Il se dégageait de ces scènes une atmosphère d'extrême sérénité. Invariablement, en le voyant entrer dans la pièce, elle mettait un doigt sur sa bouche pour lui faire signe de ne pas faire de bruit, afin de ne pas réveiller le petit.

Il pouvait passer de longues heures à regarder son fils. L'enfant et sa mère ne se quittaient pratiquement pas et, où qu'elle aille, quoi qu'elle fasse, il était toujours là. Elle parvenait à faire à peu près tous les travaux domestique, le petit calé sur un bras, le buste penché sur la hanche. Parfois, elle montait le recoucher dans son berceau suspendu à quatre bouts de corde, dans la chambre, derrière le petit salon. Alors, quand il le pouvait, Thibault montait s'asseoir à côté de lui pour le regarder dormir et attendre qu'il se réveille. Les premiers mois de vie à quatre furent, pour la maison du Peuch, des mois de bonheur sans faille, sans retenue. La vie s'était organisée autour du petit et les deux hommes avaient pris l'habitude de parler à voix basse quand il dormait, afin de ne pas le déranger.

Le premier mot de l'enfant fut « Papi ». Son grand-père en conçut une fierté sans bornes et se plut alors à le prendre souvent sur ses genoux pour le plaisir de l'entendre à nouveau lancer ces deux syllabes en riant.

Les premiers pas dans le grand salon furent, là encore, un instant d'émerveillement pour les deux hommes. Quiterie, accroupie devant la porte, le tenait aux hanches pendant que son grand-père, à un mètre de là, lui tendait les bras. Le petit se lançait alors, le derrière en arrière, les bras projetés vers l'avant pour se jeter contre le vieux de Cosnac qui en riait de bonheur.

Thibault regardait grandir son fils avec un mélange de joie et de gêne. Joie d'être père et gêne de ne savoir comment faire avec ce petit être fragile et si diffèrent de tout ce qu'il avait connu jusque-là.

Quiterie, elle, vivait cette maternité pleinement. Gautier était devenu le centre de son monde et elle parvenait à mener de front sa tâche de mère et la tenue de la maison. Là où elle se trouvait, Gautier n'était jamais bien loin. Il passait de longues heures à jouer sous le grand arbre de la cour, que le printemps avait fait reverdir, après un hiver passé emmitouflé et toujours fourré dans les jupes de sa mère.

Thibault aimait à voir Quiterie et son fils si proches et si complices. Parfois, lorsque Gautier fut en âge de marcher un peu plus loin que la cour, il lui prenait la main et partait avec lui faire le tour du hameau. Il lui parlait alors du ciel, des nuages, des arbres, des oiseaux. Il lui décrivait son monde, son univers à lui, celui de ces longues heures de rêverie, lorsqu'il partait toute une journée sans but précis, à l'affût d'une émotion ou d'un visage à croquer sur le papier. Lucien s'était, lui aussi, pris d'affection pour le petit. À chaque retour de voyage, il ne manquait jamais de monter au Peuch passer quelques jours. C'était alors des heures entières à jouer avec l'enfant, à lui raconter ses voyages, ses peurs, ses joies sur l'eau, ses aventures, ses amis, ses naufrages. Gautier écoutait, fasciné, son oncle

« le Lu », comme il aimait à l'appeler. Il lui paraissait alors l'homme le plus étrange de la terre. Et les mondes qu'il lui décrivait lui semblaient être de ces paradis lointains, qu'un jour lui aussi atteindrait.

Quiterie avait définitivement quitté la petite chambre de la tourelle. Plusieurs fois, le vieux Cheyrousse avait tenté de convaincre Thibault et son père de placer l'enfant et de se débarrasser de la jeune fille. La réponse était toujours la même et le vieux de Cosnac restait intraitable.

Quiterie vivait au rythme des travaux quotidiens, et rien, semblait-il, n'aurait pu lui faire changer quoi que ce soit dans sa vie au jour le jour. Était-elle heureuse ? Elle n'avait sans doute pas le temps de se poser la question, et Thibault était bien la dernière personne qui s'en serait souciée. Ils vivaient ensemble, sans heurts, leur fils à leur côté, sans véritables soucis d'argent. Le vieux de Cosnac faisait un grand-père parfait, toujours heureux de prendre son petit-fils sur ses genoux, de lui raconter quelque histoire, ou de l'accompagner dans son éducation. Une seule pièce lui était strictement défendue, le petit bureau du bas. L'enfant le savait et il restait sagement dans l'entre-deux portes, à regarder son grand-père, penché sur ses livres de comptes. Il pouvait rester là de longs moments, sans faire de bruit, à respirer l'ambiance de la pièce, l'odeur de vieux papiers mariée à celle du feu de bois et de la chandelle qui brûle. Pendant la journée, il aimait à regarder voler les poussières dans le rayon de lumière oblique qui descendait de la fenêtre pour éclairer le côté du visage et la main de son grand-père. Puis, invariablement, le vieux Louis-Adrien se retournait pour prendre un papier, ou un livre, dans la bibliothèque derrière lui et apercevait, dans la pénombre, le visage rieur de son petit-fils.

« Tu étais là ? Approche donc par ici. »

Et l'enfant, d'un pas hésitant, venait se coller contre sa chaise. Il ne manquait alors jamais de lui passer la main dans les cheveux en souriant. Parfois il le prenait sur ses genoux et replongeait dans ses livres de comptes. L'enfant, alors, ne bougeait plus et regardait les mains à la peau usée et couverte de petites taches brunes courir le long des colonnes de chiffres, un crayon entre les doigts. Pour rien au monde, il n'aurait voulu briser cet instant, et il prenait bien garde ne pas bouger pour ne pas déranger son grand-père.

Depuis quatre ans, depuis la naissance de leur fils, Thibault et Quiterie avaient le sentiment que quelques mois à peine s'étaient écoulés. Thibault avait repris ses promenades dans la campagne, un crayon et un papier à la main. Il lui arrivait souvent de rester, comme autrefois, de longues heures à regarder aller et venir Quiterie. Il aimait par-dessus tout se mettre dans un coin et la regarder, au potager, au lavoir, au puits, ou bien encore à la cuisine, en train de plumer une poule ou d'écorcher un lapin.

Elle faisait souvent mine de ne l'avoir pas remarqué, trop heureuse de le savoir là, balourd et emprunté, comme autrefois. Thibault avait grossi. C'était aujourd'hui un homme dans la force de l'âge. Toujours mal fagoté, les cheveux en bataille. Son seul luxe était sa canne. Une belle canne au pommeau d'or et à l'embout de fer. Une de ces cannes qui se transforment en épée, sitôt qu'on tire sur le pommeau pour en extraire la lame fine et tranchante. Elle ne le quittait jamais lorsqu'il partait à pied ou en carriole. Il la tenait du bout des doigts et s'en servait en parlant pour désigner les choses, comme il l'aurait fait en pointant son doigt. Gautier, seul, avait le droit de jouer avec la canne en présence de son père. Quiterie faisait alors mine de se mettre en colère.

« Prends donc garde, il va se blesser. Tu devrais la ranger mieux.

— Ne t'inquiète pas. C'est mon fils, je ne voudrais pas qu'il aille se blesser. Crois-tu que je le laisserais faire s'il y avait le moindre danger ?

— Il n'empêche, ta canne, le jour où il l'ouvrira, tu verras qui sera le premier attrapé. »

Ces petites querelles n'allaient jamais bien loin, et Thibault prenait toujours soin de reprendre la canne pour aller la ranger solennellement, sous le regard faussement courroucé de Quiterie.

La jeune femme, elle, avait gardé son visage d'adolescente. Elle avait conservé un teint frais, sans couperose, et sa bouche laissait paraître une dentition intacte et d'une belle blancheur. Elle n'était jamais souffrante, ou en tout cas ne se plaignait jamais. Elle était toujours vêtue d'une grande jupe claire, sur laquelle pendait un tablier noir ou bleu sombre. Contrairement aux autres femmes, elle allait toujours tête nue. C'était sans doute là sa manière à elle de marquer sa différence de condition d'avec les autres servantes du voisinage. Elle pouvait, à sa guise, porter ou non la coiffe. Un des rares plaisirs de sa journée, le soir, était de défaire sa coiffure pour laisser retomber ses cheveux en cascade sur ses épaules. Elle possédait une chevelure d'un brun soutenu, très dense et souple, et elle en jouait comme d'une parure. Thibault l'aidait parfois longuement à la coiffer. Elle fermait alors les yeux pour se laisser aller, au point parfois de s'endormir. Mais ces instants étaient trop rares à son goût. La plupart du temps, sa journée se finissait bien après le coucher du soleil, et elle n'avait alors qu'une idée en tête, se coucher au plus vite. Elle rejoignait Thibault dans sa chambre, allait remonter les couvertures et le drap sur le petit qui dormait depuis déjà longtemps, et s'écroulait, épuisée, sur le grand lit couvert d'un édredon épais, sous lequel elle se glissait, pour s'endormir d'un sommeil de plomb. Thibault, le plus souvent à sa table en train de travailler ou de dessiner, la regardait faire, puis, dans un geste tendre, venait poser un baiser sur sa joue, et reprenait sa place devant la table de travail.

C'est son grand-père qui commença à apprendre à Gautier à lire et à écrire. Quiterie, elle, était heureuse de ces quelques instants de répit pendant lesquels son fils était avec Louis-Adrien. Elle les mettait à profit pour aller chercher de l'eau, ou pour se rendre au lavoir, sans se soucier d'avoir à surveiller son petit.

XIX

Le vieux Cheyrousse

C'EST UN SOIR D'AOÛT, alors que la jeune femme était assise devant la porte de la cuisine et le petit un peu plus loin, occupé à jouer avec un bâton, que le bruit d'une carriole se fit entendre sur le chemin qui menait à la maison. Quiterie releva la tête et vit avancer jusqu'au perron une petite voiture à deux places, tirée par un vieux roncin* hors d'âge et conduite par un jeune homme qu'elle ne connaissait pas. À ses côtés, un vieillard emmitouflé d'une capote sans forme et sans couleur, qui avait dû être grise, ou noire, autrefois. Le jeune homme, court sur pattes et à la tignasse noire et drue, avait sauté

**Roncin : Cheval de peu de valeur, de somme ou de trait.*

à bas de la voiture, en avait fait le tour, et tendait le bras au vieillard qui descendait avec difficulté.

Quiterie s'était levée, pâle. Elle n'osait pas bouger. Elle avait reconnu dans la silhouette voûtée et usée, qui avançait vers les trois petites marches, celle du vieux père Cheyrousse.

« Gautier, rentre vite, et monte à la chambre. Attends-moi là-haut. »

Le gamin partit en courant. Elle suivit le bruit de sa course dans l'escalier de bois.

Le vieux curé, toujours soutenu, s'était approché de la jeune femme. Il s'appuyait sur une canne de bois simple, qu'il piquait dans le sol à chaque pas, avec la même rage que s'il eût encore ses vingt ans.

« Quiterie, ma fille, c'est donc toi ? »

Elle regarda sans répondre, le visage fermé.

« Es-tu seule ? »

Le vent du soir, qui lui semblait si chaud un instant plus tôt, lui glaçait à présent le dos. Elle prit le temps de toiser du haut en bas le vieux prêtre qui devait aujourd'hui lever la tête pour la regarder.

« Qu'est-ce que vous voulez ici, vous ?

— Mène-moi donc à Monsieur de Cosnac, petite, et ne sois donc pas si insolente. »

En parlant, il frappait le sol de sa canne, comme pour mieux affirmer son autorité. Mais la jeune femme ne craignait pas le vieux Cheyrousse. Elle se savait protégée par le père Mathieu, plus jeune et plus moderne, et qui ne la laisserait pas entre les mains du vieux curé.

« Suivez-moi. »

Et sans plus de façon, elle tourna les talons. Elle prit bien garde de rentrer par la cuisine pour ne pas faire entrer le vieillard par la grande porte. Elle le fit attendre dans l'entrée, devant le grand escalier, sans le faire entrer dans le salon du bas. La pièce était sombre et toujours fraîche. La chaleur de l'été n'avait jamais pu vraiment la réchauffer. La jeune femme redescendit un instant plus tard, suivie du vieux de Cosnac.

« Quiterie, vous ferez servir un verre de vin à ce jeune homme, puis vous nous porterez un peu d'alcool de prune de l'an passé. »

Sitôt qu'un visiteur passait le seuil de la maison, il la vouvoyait. C'était entre eux comme un jeu. Et invariablement elle répondait :

« Oui, Monsieur. »

Les deux hommes restèrent enfermés un long moment dans le petit bureau de travail. Quand enfin le vieux prêtre fut reparti, Louis-Adrien vint s'asseoir à la cuisine, sur le banc de bois devant la cheminée et, sans oser regarder la jeune femme dans les yeux, il lança :

« Mon petit, je viens d'avoir un long entretien avec ce vieux corbeau de Cheyrousse. Sais-tu pourquoi il est sorti de sa retraite à Tulle pour venir jusqu'ici ?

— Sûrement pas pour nous apporter la fortune, ni de bonnes nouvelles ?

— Non, tu as raison. »

Dans la cheminée un feu de braise réchauffait une marmite noire de fumée. Une cuillère de bois était fichée dans son couvercle.

Louis-Adrien s'approcha du feu et souleva délicatement le couvercle en humant, les yeux clos, le fumet qui s'en échappait.

« Lapin ?

— Oui, c'est pour ce soir, et demain, si vous ne me dévorez pas tout en une fois. »

Louis-Adrien reposait doucement le couvercle.

« Des lapins, tu en auras tant que tu voudras pour ta cuisine, ne les pleure donc pas. Et puis est-ce ma faute à moi si tu sais si bien y faire aux fourneaux ?

— Bon, alors, qu'est-ce qu'elle voulait, la vieille chouette ?

— Oh ! Quiterie, tu ne devrais pas parler ainsi d'un prêtre !

— Est-ce ma faute à moi s'il n'a eu de cesse de me prendre mon fils depuis qu'il est né ? Et aujourd'hui, qu'est-ce qu'il est encore allé inventer pour m'ennuyer ?

— Rien, rassure-toi, mon petit. Aujourd'hui, il est venu me dire que si nous ne voulions pas abandonner l'enfant, alors il faudrait lui donner une éducation digne d'un de Cosnac. »

Le silence était à peine troublé par le bruit du vent dans le grand marronnier de la cour, devant la cuisine. À l'étage, Gautier allait et venait, et le bruit de ses pas sur le plancher de bois faisait résonner la maison par instants.

« Tu ne réponds pas ?

— Et ça veut dire quoi tout ça ?

— Tout simplement que ton fils pourra préparer le séminaire s'il le veut. Le vieux Cheyrousse a tout arrangé, et dans dix ans il aura sa place à Tulle. »

Après un temps où rien ne fut dit, Louis-Adrien releva la tête, fixa la jeune femme dans les yeux et fit, d'un ton emprunté :

« Alors, qu'en dis-tu ? »

Quiterie, le visage fermé, se leva, fit le tour de la grande table de bois et vint se poster devant son beau-père, les mains sur les hanches. Elle le fixa un instant en silence et dit d'un ton froid :

« Vous remercierez cette vieille bique de se soucier ainsi de votre petit-fils, mais il saura bien choisir lui-même ce qui lui plaira. Je serais bien surprise qu'à quinze ans il soit toujours ici, à attendre après le petit séminaire. »

Le vieux de Cosnac souriait franchement. Les paroles de la jeune femme lui réchauffaient le cœur. Il avait eu un fils qui était toujours là, dans sa maison, un fils mou et sans énergie, un fils dont la vie ressemblait trop à l'ennui, pour qu'il puisse se réjouir de voir un jour son petit-fils s'enfermer dans le rôle d'un curé à l'esprit uniquement occupé de prières et de « bons sentiments ».

Il voulait pour Gautier une vie entreprenante, une vie dont il n'ait rien à regretter. Une vie au Peuch, pourquoi pas ?

« Quiterie, tu feras comme bon te semble avec ton petit, et si tu veux lui donner une éducation, tu sais que tu pourras toujours compter sur moi. »

Quiterie souriait à son tour, et, penchée sur la marmite dans la cheminée, elle laissa échapper :

« Il fera bien ce que bon lui semble, après tout ! »

Lucien avait passé l'été dans les bois à bûcheronner. Bien souvent, il passait le soir au Peuch quand il revenait d'un chantier pour repartir sur un autre. Et ces soirs-là étaient pour Gautier des soirs de fête. « Le Lu » était là, et, de longues heures durant, l'enfant écoutait son oncle lui raconter la forêt, le labeur, les hommes, les soirées au café, quand ils pouvaient s'y rendre, ou bien encore et surtout, les voyages en bateau. Le petit était fasciné par ces histoires de rivière, lui qui ne l'avait encore jamais vue. Ainsi, il existait quelque part, là-bas, au loin, une vallée encaissée, si profonde qu'on ne pouvait, par endroits, y accéder qu'en bateau. Et de là, on partait si loin que les hommes pouvaient y croiser des bateaux plus grands que la maison de son grand-père ? Toutes ces histoires semblaient à l'enfant aussi irréelles que les contes de fées que lui racontait parfois Louis-Adrien. Et pourtant, il savait confusément qu'un jour, il ferait, lui aussi, partie de cette histoire de bois, d'hommes et d'eau.

« Le Lu, tu m'emmèneras une fois sur l'eau, avec toi ? »

Lucien, assis sur les marches du petit perron, avait relevé la tête du bout de bois qu'il était en train de tailler en pointe. Il jeta un bref coup d'œil à sa sœur, occupée à plumer une volaille, assise sous le grand arbre de la cour.

« Toi, Lucien, attention à ce que tu vas dire », avait-elle lâché en souriant à demi.

Lucien, le regard planté dans celui de son neveu avait alors répliqué :

« Eh bien si tu le veux, et malgré ce que dit ta maman, je pourrais bien t'emmener avec moi, au bord de l'eau, et pourquoi pas sur un bateau. Mais quand tu seras un peu plus grand !

— Quand tu repars, tu m'emmènes ?

— Quand tu seras un peu plus grand, pas avant. Tu sais, il faut commencer d'avoir du poil au menton pour monter sur ces gros bateaux. Sinon, tu pourrais bien te casser la figure à l'eau.

— Et du poil au menton, j'en aurai quand, dis, le Lu ?

— Quand… Quand tu seras… Quand tu seras grand… enfin, un plus grand garçon. Il te faut encore attendre un petit peu. »

Gautier avait marqué une pause, debout devant son oncle, l'air perdu dans ses pensées. Puis il avait repris d'un ton pénétré :

« Tu n'oublieras pas hein, le Lu, quand je serai assez grand, de m'emmener avec toi ?

— Non, rassure-toi, je n'oublierai pas. Et même, si tu le veux, une prochaine fois, je te rapporterai un gros galet de la Dordogne, un des ces gros galets sur lesquels roule la rivière, en été. »

Alors l'enfant s'était retourné vers sa mère, le visage illuminé d'un sourire radieux :

« Maman, le Lu, il va me rapporter un galet de la vallée, un gros galet ! »

Quiterie, sans cesser de plumer à grands coups vifs sa volaille, avait souri en disant à mi-voix :

« Avec la tête qu'il a, il ne faudrait pas qu'il oublie de pas l'oublier, sinon, il pourrait bien ne plus y penser et l'oublier ! »

Et sur ce mot, elle avait éclaté de rire devant le visage penaud de son grand frère. Pour se donner une contenance, Lucien avait tendu le bras vers Gautier et lui passait la main dans les cheveux en l'ébouriffant.

« N'écoute pas ta mère et rassure-toi, j'y penserai bien… Je n'oublierai pas. »

Le petit était ravi de ces visites et ne se lassait pas de s'entendre répéter les mêmes promesses, les mêmes histoires. Souvent, quand on parlait d'avenir avec lui, il répétait, avec la foi du charbonnier :

« Il faut que j'attende d'être grand, pour partir sur les bateaux. Et quand je serai grand, le Lu m'emmènera avec lui. »

Invariablement, Thibault souriait et Quiterie changeait de conversation. Elle redoutait, sans vouloir se l'avouer, ce jour où Gautier aurait à choisir entre elle et sa vie propre.

Louis-Adrien continuait d'éduquer son petit-fils avec passion et bonheur. L'enfant, à sept ans, savait lire et écrire. L'algèbre, cher à son grand-père, lui semblait, en revanche, une discipline bien compliquée, mais il s'y résignait.

Il partageait ses journées entre les leçons dans le petit bureau du bas et les travaux aux côtés de sa mère qu'il aidait de plus en plus souvent aux tâches les plus pénibles. Quiterie, de son côté, avait vieilli d'un coup. Elle abordait la trentaine avec le visage marqué par les ans et le travail, par le froid et la pluie, par la fatigue et le manque de sommeil. Bien souvent, elle devait veiller tard pour que tout fût prêt pour le lendemain. Thibault continuait de l'aimer comme autrefois et ne voyait rien. Elle était toujours pour lui la jeune fille de seize ans qui faisait résonner le grand escalier de bois avec ses sabots à tout moment de la journée.

Elle ne grossissait pas, au contraire, et avec le temps, sa maigreur paraissait d'autant plus surprenante qu'elle tranchait avec les rondeurs des autres femmes de son âge. Sa mère, la première, s'en inquiéta, un jour que René avait mené Quiterie et son fils jusqu'à la maison devant la petite fontaine.

Mais Quiterie avait éludé et René avait regardé la jeune femme en souriant. Il la connaissait depuis toujours. Et, depuis toujours, sa force de caractère l'étonnait. Même souffrante, et du fond de son lit, elle serait encore capable d'affirmer que tout allait bien et qu'elle n'avait besoin de rien. Après tout, c'était peut-être bien le cas. La nature l'avait faite ainsi, il n'y avait peut-être pas lieu de s'en inquiéter.

Était-elle heureuse ? Elle le croyait. Elle aimait toujours autant Thibault, malgré les ans, malgré son caractère toujours plus indolent. Ses dessins s'empilaient, et bien souvent elle s'arrêtait un instant dans la journée pour les feuilleter. Elle en aimait le trait plus appuyé qu'autrefois, les visages plus expressifs. Elle pouvait passer de longues minutes, les yeux rivés sur un regard ou une bicoque croqués à la hâte. Il lui arrivait bien souvent de reconnaître le visage d'un tel ou d'une telle. Elle n'avait pas renoncé non plus à dessiner, et ses moments de solitude devant la feuille blanche étaient les siens propres, des instants que seul son fils pouvait troubler ou partager. C'est par hasard qu'elle découvrit un jour, dans le petit bureau du bas, rangés au fin fond de la bibliothèque, une série de portraits d'elle que Thibault avait dû faire de mémoire. Elle était là à seize ans, à vingt ans, assise, au jardin, à la lessive, au puits, à la cuisine, dans le vent de l'hiver ou dans la chaleur de la grande cheminée de la cuisine du Peuch. Un dessin retint plus particulièrement son attention. Elle était devant le puits de Cros-de-Montvert, en plein vent d'hiver, un vilain fichu autour du cou. Elle sortait juste le seau de la margelle et le mouvement de sa jupe lui donnait l'air de tourner sur elle-même comme savent le faire les danseuses. Thibault avait même ajouté un arbre maigre et sans grâce pour renforcer l'impression de froid et de solitude qu'évoquait le dessin.

Seule Quiterie semblait vivre au centre du décor. Il se dégageait de son personnage une énergie qui fascinait et qui valait tous les mots d'amour. Seul un homme fasciné pouvait tracer ces lignes et rendre cet instant avec tant de force.

Il lui arrivait aussi à elle, de temps à autre, de prendre la plume pour tracer, comme le lui avait appris Thibault, quelques croquis qu'elle n'aimait pas, mais qui le ravissaient et qu'il gardait toujours précieusement. Elle aimait ces instants d'intimité et, elle qui n'avait jamais vraiment cessé d'être la petite fille pauvre de la maison devant la fontaine, était heureuse d'être aimée, de n'avoir pas faim, et de pouvoir nourrir son fils tous les jours. Elle savait que le mariage avec Thibault était aujourd'hui définitivement impossible. Ils avaient fait le choix de vivre au Peuch. Elle avait accepté de redevenir la servante qu'elle était à treize ans. Parfois, elle se prenait à rêver de repartir loin, quelque part où elle pourrait tout recommencer avec Thibault et Gautier. Mais la vie allait vite, et de saison en saison, d'été en hiver, de vins en châtaignes, elle s'installait toujours plus dans une vie où les raisons de se réjouir étaient suffisamment nombreuses pour ne pas risquer de tout remettre en cause sur un coup de tête. Sa beauté ne souffrait pas des ans. Thibault avait-il bien conscience de sa présence ? Mesurait-il à sa juste valeur, la douceur de sa vie aux côtés de cette femme qui l'aimait et qu'il aimait aussi, à sa façon ?

XX
Lucien

« ALORS, Lucien, tu repars cette année ? »

Le soleil, dans la vallée encaissée, mourait derrière la colline en longs rayons rouge et or. Devant les deux hommes, la rivière, froide et rapide, coulait en un ruban brillant qu'ils suivaient des yeux vers l'aval, comme pour tenter de voir par-delà ses méandres.

Lucien, les yeux perdus au loin, murmura :

« Bien obligé, Combelonge me l'a encore fait demander cette année. Mais je n'ai toujours pas d'endroit à moi et je me demande bien pourquoi je me donne tout ce mal. Je n'ai pas même de femme ou d'enfant à nourrir. Et ça, vois-tu, c'est ce qui me fait le plus peine aujourd'hui. »

Son compagnon, court sur pattes, une grande moustache brune au travers du visage, avait détaché son regard de l'eau pour fixer son ami. Tout autour d'eux, les collines boisées de chênes et de châtaigniers renvoyaient une lumière sombre et prenante. Derrière eux, le petit village niché dans la boucle, au débouché du rocher de l'Aiguille, semblait assoupi, et seule la scierie faisait résonner la vallée, par-dessus le grondement de la Dordogne. Quelques filets blancs s'élevaient droit au-dessus des maisons, et ces cheminées qui fumaient étaient autant de foyers où, ce soir, une famille serait réunie.

« Vois-tu, ce qui me manque le plus aujourd'hui, c'est de n'avoir personne à qui apprendre le métier, un fils à qui le transmettre. C'est ça mon regret. »

Pendant un temps, ils se turent, les yeux toujours perdus au loin, puis, avant que son compagnon n'ait pu répondre, Lucien ajouta comme pour lui-même :

« Il y a bien le fils de ma sœur, c'est un gaillard, mais il n'a que dix ans. C'est bien jeune pour partir et il ne sait même pas nager.

— Allez, viens donc à la maison, Marie a dû finir de chauffer la soupe, tu mangeras bien avec nous ce soir ? »

Benoît et Lucien s'étaient rencontrés un soir, un peu plus bas, à Spontour, autour d'un verre. Benoît était un des rares hommes de la vallée à n'avoir jamais voulu embarquer. Il vivait de la pêche, de sa maigre terre et de la scierie à laquelle il travaillait souvent. Il avait la réputation d'être un des meilleurs scieurs de merrains de la vallée. Marie et Benoît avaient une fille, Charlotte. Elle avait le même âge que Gautier, une petite fille boulotte et brune.

Lucien aimait bien la petite fille, qui faisait tout pour ressembler à sa mère. Elle ne perdait jamais une occasion de venir l'aider dans les tâches quotidiennes en y mettant une application qui faisait parfois sourire Lucien quand il venait, l'automne, passer de longues soirées au coin du cantou avec son ami.

Ils s'étaient mis en marche et, comme sans y penser, Benoît laissa échapper :

« Il y aurait bien la vieille bicoque derrière la scierie, tu pourrais t'y installer, elle est vide depuis si longtemps.

— La maison de Ferdinand, le forgeron ?

— Oui, depuis qu'il est parti, elle est vide. Ma foi, tu pourrais bien t'y installer. Ça te ferait un foyer. Tu n'aurais plus à voyager tout le temps d'un chantier à une auberge pour vivre.

— Tu sais, je suis souvent chez ma mère ou chez ma sœur. »

Puis, après un temps :

« Et elle est à qui aujourd'hui, cette maison ?

— Je crois qu'elle a toujours été au père d'Amédée, le scieur. Tu as bien quelques économies, non ? Je lui en parlerai, si tu veux.

— Et pourquoi pas, après tout ? »

Le soleil avait totalement disparu derrière la colline. La fraîcheur de la rivière prenait maintenant le dessus sur la douceur du soleil. Lucien fit des yeux le tour de la vallée, du défilé étroit du rocher de l'Aiguille non loin de l'entrée du défilé du rocher de l'Aigle.

« Et pourquoi pas, après tout ? », répéta-t-il comme pour lui-même.

Et dans un geste fraternel, il tapa sur l'épaule de son ami.

« Tu disais que tu avais rentré du vin ?

— Moi ?... J'ai dit ?

— Parle donc pas tant, Marie va finir par nous attendre. »

Et les deux hommes pressèrent le pas sans s'en rendre vraiment compte.

« Et le petit, qu'est-ce qu'il en dit ? »

Quiterie regardait son fils, l'air soucieux. Louis-Adrien attendait la réponse de Gautier. Lucien et Thibault ne disaient plus rien. Le silence ne fut plus troublé que par le bruit du vent et le tic-tac de l'horloge du grand salon, qui remontait par les fenêtres ouvertes.

« Qu'en dis-tu, mon petit ? » répétait le vieux de Cosnac.

Ils formaient un cercle presque parfait autour de la table du petit salon, au premier étage. Gautier venait de fêter ses onze ans et son oncle lui avait apporté pour l'occasion un galet. Un gros galet noir et lourd, un de ces cailloux que la Dordogne roule à l'infini.

Il l'avait présenté à son neveu en lui disant, à voix basse, comme pour une confidence :

« Tiens, c'est pour toi. Je te l'ai rapporté de la vallée, de la rivière. »

Gautier avait pris le galet, l'avait longuement observé, puis, l'air très sérieux, avait relevé les yeux vers sa mère. Quiterie le regardait, une mèche sur le front, un chiffon dans les mains, le visage figé. Elle savait qu'un jour le petit voudrait aller voir plus loin, là-bas, vers le sud où le plateau se déchire autour de la vallée.

Gautier aimait son oncle. Il aimait à l'écouter dérouler ses histoires de bateaux, à l'écouter vanter la Dordogne comme l'on parle de la femme qu'on aime. Au fond de lui, il avait toujours cru qu'il partirait un jour rejoindre ce monde, mais quand ? Et voilà qu'aujourd'hui, pour ses onze ans, le Lu lui offrait ce galet. Sa première pensée fut pour sa mère. Elle semblait suivre ses réflexions en même temps que lui. Pour rien au monde il n'aurait voulu lui faire de la peine, mais, ce matin-là, il se trouvait au pied du mur, et Quiterie le savait. Aussi, quand son oncle, après s'être assis et avoir trinqué avec Thibault et son grand-père, avait commencé de parler, sa mère, au lieu de redescendre à la cuisine, s'était approchée, avait saisi une chaise, puis s'était assise avec eux. Thibault avait commencé à protester :

« Quiterie, crois-tu que… »

Mais elle ne lui avait pas laissé le temps de finir. D'un regard, elle l'avait fait taire.

« Voilà, avait commencé Lucien, j'ai racheté une bicoque dans un village de la vallée. Une petite maison toute tordue, au toit plus très étanche. Je voudrais m'installer un peu pour ne plus courir de droite et de gauche d'un bout de l'année à l'autre. »

Il s'arrêta pour finir son verre d'un trait. Quiterie, d'un geste machinal, le resservait. Le soleil entrait par la fenêtre ouverte. Le rideau balançait mollement au petit vent chaud de ce début de printemps.

« Alors, voilà, je me suis pensé à moi-même que le petit, s'il le voulait, il pourrait bien venir passer un moment avec moi. Je lui montrerai à construire un bateau, à faire le merrain, à le compter, à le préparer pour l'automne et puis aussi à aimer la rivière, lui qui en rêve tant. »

Le silence avait succédé au plaidoyer, seulement troublé par le raclement des sabots de Quiterie sur le plancher de bois. Lucien la regardait en souriant. Elle ne savait pas si elle devait se réjouir ou pleurer. Depuis si longtemps, elle avait tout construit, tout vécu pour ce petit bonheur léger, si fragile, entre elle, Thibault et son fils. Et voilà que, déjà, il allait devoir partir. Elle avait presque envie de pleurer, mais pour rien au monde elle n'aurait voulu le laisser paraître. Elle respirait lentement, en inspirant le plus d'air possible, les mâchoires crochetées. Elle ne répondait pas, elle ne pouvait pas répondre. C'est le vieux de Cosnac qui, le premier, avait rompu le silence.

« Et le petit, qu'est-ce qu'il en dit ? »

Tous les regards s'étaient tournés vers lui, et Gautier, sans quitter sa mère des yeux, avait répondu d'un ton très calme.

« Maman, si tu le veux bien, je partirai avec mon oncle pour l'été, travailler avec lui, puis, je reviendrai à l'automne. »

Et, tourné vers son oncle :

« Et toi le Lu, tu repars quand ?

— Tu es donc si pressé ? Tu me laisseras bien un peu de temps pour profiter non ? Demain, nous irons chez ta grand-mère avec Quiterie. Puis nous irons voir le père Mathieu pour préparer ta communion de l'année prochaine et ton départ. Qu'en dis-tu Quiterie ?

— Le petit décidera lui-même. »

Elle avait retrouvé son ton habituel. Gautier s'était détendu, persuadé que la réponse de sa mère valait un acquiescement. Alors, sans plus attendre, il sauta de sa chaise et se précipita dans ses bras. Elle le prit contre elle et, après avoir posé un baiser sur son front, lui caressa le visage en murmurant :

« Tu peux bien suivre Lucien si c'est ce qui te plaît, mais pense bien à revenir avant l'automne. En attendant, file donc dehors. »

« C'est là que je vivrai, plus tard, nulle part ailleurs. »

Gautier se tenait debout, sur le pont neuf suspendu au-dessus de l'eau à ses haubans d'acier. Les quatre piles de briques rouges ressemblaient à quatre obélisques dressés. À côté de lui, Lucien se tenait de guingois, la main sur son épaule. Ils étaient arrivés la veille du Peuch. C'est René qui les avait descendus jusque dans la vallée. À présent, il avait repris la route en sens inverse après avoir passé la nuit chez Benoît. Lucien avait eu le temps de montrer le petit à tout le monde, et maintenant il lui présentait celle pour qui il vivait depuis si longtemps.

Gautier ne pouvait détacher son regard de l'eau, cette eau sombre et inquiétante qui roulait sur son lit de galets noirs. De temps à autre, un reflet de soleil faisait briller un remous et, à l'entrée du défilé de l'Aigle, la rivière se transformait en un rapide bouillonnant. Le rocher abrupt et sombre lui donnait le vertige. Il lui semblait qu'il n'en finissait pas d'accrocher le ciel. Un courant d'air frais courait sur le pont et l'enfant, les yeux perdus dans l'eau, demanda soudain à son oncle :

« Et des poissons, il y en a beaucoup, des poissons, ici ?

— Ne sois donc pas impatient ! Du saumon, il y en a plus que tu ne pourras jamais en manger dans toute ta vie, et de belles truites aussi. Mais ça, c'est Benoît qui te montrera comment on les attrape. Il manie l'épervier comme un chef. Et puis, si tu es sage, il te mènera peut-être voir sa pêcherie, un peu plus bas. »

Puis, après un temps de silence :

« La vallée te plaît ?

— Oh oui !

— Alors viens, je vais te montrer où on monte les gabares. Je t'emmène au chantier. »

Les premières nuits dans la bicoque de Lucien furent, pour Gautier, des nuits blanches. Il ne parvenait pas à trouver le sommeil, l'oreille aux aguets. Il écoutait le grondement sourd de l'eau ou le chant d'un hibou, qui semblait nicher juste derrière la maison. Il essayait de dissocier le bruit de la Dordogne de celui du petit ruisseau qui alimentait le bief de la scierie. Il revivait ses journées aux côtés de son oncle. Et, sitôt couché, il n'avait qu'une envie, voir l'aube se lever, pour, avec Benoît, repartir jeter l'épervier. Depuis deux jours, il travaillait sur une sole de bateau. Le Lu ne le ménageait pas, mais il était heureux. Il regardait naître la gabare comme on regarde un lever de soleil, dans un mélange de fascination et d'excitation. Les hommes avaient commencé par dresser un plancher de bois, auquel ils avaient fait prendre la forme incurvée du fond du bateau. Puis, tout autour, ils avaient bâti les flancs de l'embarcation. Et jour après jour, Gautier voyait naître ce géant de vingt mètres de long. Il n'aurait jamais pu imaginer que l'on pût faire de si grands bateaux. Pourtant il se souvenait que son oncle lui avait parlé de bâtiments plus grand que la maison du Peuch. « *Un jour*, avait-il dit, *un jour, si tu descends jusqu'à Bordeaux, tu trouveras là des bateaux si grands qu'ils pourraient contenir ta maison tout entière.* » Gautier avait tenté, sans succès, d'imaginer à quoi ces grands vaisseaux pouvaient bien ressembler et, devant la gabare qui naissait sous ses yeux, il repensa à ces monstres qu'il découvrirait peut-être un jour. Quand la gabare fut terminée, les hommes la coulèrent en amont du pont, à côté de deux autres barques.

« Tu vois, Gautier, avait expliqué Benoît, quand un marchand nous commande un bateau, nous le construisons, et après, en attendant le départ, on le laisse dans l'eau. Là, il ne s'abîme pas, le bois reste bien gonflé et étanche. Sinon, hors de l'eau, il se pourrirait, il se dessécherait. Tu comprends ?

— Oui. Mais, dis-moi, vous les sortirez quand de l'eau ?

— Quand la crue sera là mon petit. Tu vois l'eau là-bas, dans le défilé ?

— Oui.

— Elle court sur les galets et pas un bateau ne pourrait y passer sans se fracasser sur le fond. Mais, à l'automne, quand viennent les premières pluies, alors la Dordogne se gonfle, les eaux filent, et les hommes n'ont que peu de temps pour embarquer. Alors vite, vite, on charge les merrains et… bon voyage, et à Dieu va. »

Gautier avait alors longuement fixé la rivière. Devant lui défilaient les gorges rocheuses que lui avait si souvent décrites son oncle, les berges douces où viennent mourir les prés encaissés, les rapides qui vous jettent les bateaux contre la roche et les cassent en deux.

L'été se finissait et, bientôt, il devrait repartir pour la sévère Xaintrie, pour le Peuch et le plateau. Il faudrait alors renoncer pour de longs mois à la vallée, à Lucien, Marie, Benoît et Charlotte. Les deux enfants avaient sympathisé. Charlotte qui connaissait la vallée comme sa poche avait entraîné Gautier dans la montagne. Il avait appris à ne pas avoir le vertige, à sauter de rocher en rocher au-dessus du vide, à escalader les pentes si raides qu'il n'osait se retourner pour regarder derrière lui, de peur de tomber. Il avait aussi appris à remonter les longs éboulis de pierres grises, à reconnaître la bruyère, à se méfier des buissons ensoleillés où se lovent les serpents. Charlotte lui avait également appris à entrer dans l'eau froide de la Dordogne, à attraper à la main les petites loches prises au piège des galets à demi découverts par l'eau. Elle avait montré à Gautier les fours à châtaignes, construits sur les pentes boisées, au cœur des forêts de châtaigniers. L'enfant découvrait un monde de douceur et de beauté qui lui semblait bien loin de son plateau natal, où la beauté sauvage était celle des paysages rudes et sévères.

Un matin de juillet, alors qu'il rêvait seul au bord de l'eau, occupé à regarder remonter la rivière par une fine barque chargée de foin, il perçut derrière lui le bruit d'un pas qui descendait le petit chemin de galets.

« Et dis donc, toi ! »

Gautier, à demi tourné, regardait approcher un garçon un peu plus âgé que lui. Sur son épaule pendait un petit épervier. Sa veste retournée disait qu'il revenait de pêcher. Une besace de toile pendait à son côté.

« Toi là, tu es qui ? »

Quel âge pouvait-il bien avoir ? Douze ans ? Plus ? Il était maigre et mal bâti. Le teint blanc, le cheveu noir et mal coiffé, il portait deux vieux sabots usés qui laissaient échapper la paille mal tressée.

« Je suis Gautier, et toi ?

— Moi, je suis le fils du scieur. On m'appelle Amédée. Et toi, d'où viens-tu ? »

Gautier s'était relevé. Il faisait face au jeune homme, un brin d'herbe entre les dents. Devant lui, Amédée prenait la pose, tête penchée sur l'épaule, main à la hanche.

« Moi, je viens du plateau, du Peuch, près de Saint-Privat.

— Et chez qui tu es ?

— Chez mon oncle, Lucien.

— Le gabarier ? »

Une lueur d'admiration avait traversé son regard.

« Oui, le gabarier. Aujourd'hui, il est parti sur une coupe. Il ne rentrera pas avant demain ou plus tard. Alors je suis chez Benoît et Marie.

— Tu parles drôlement.

— Toi aussi.

— Tu as de drôles d'habits…

— Et toi, ta veste… elle a perdu ses boutons ? »

Les deux enfants se toisèrent un long moment en silence. Chacun cherchait à évaluer la force physique de l'autre. C'est Amédée le premier qui rompit le silence.

« Tu sais pêcher avec ça ? »

Il montrait son filet.

« Benoît m'a bien un peu montré, mais je ne l'ai encore jamais jeté.

— Alors, viens... je vais te montrer. »

Et Amédée, d'un geste machinal, avait sorti ses deux pieds des sabots et, sans se soucier de mouiller le bas de son pantalon, était entré dans l'eau jusqu'aux genoux.

« Eh bien, tu arrives ? »

Gautier, pour ne pas se montrer en reste, avait lui aussi posé ses souliers, et rejoignait son compagnon.

« Retourne ta chemise.

— Et pourquoi donc ?

— Si tu lances le filet, gare à toi s'il se prend dans un de tes boutons. Tu pourrais bien le suivre à l'eau directement. »

Amédée s'était avancé, sans plus se soucier de Gautier, et dans un grand geste rond, il avait jeté, de toute sa force d'enfant, le filet plombé.

Gautier n'avait rien perdu de la scène et souriait, fasciné à l'idée de pouvoir à son tour s'essayer au lancé.

Pendant toute la matinée, les deux garçons avaient jeté à tour de rôle ce filet rond et lourd qui manquait chaque fois de les entraîner avec lui.

Le plus dur pour Gautier fut d'apprendre à lâcher, au bon moment, le plomb que le lanceur devait retenir entre ses dents jusqu'au dernier moment, mais pas trop, de peur de perdre une dent ou de la casser.

Quand la cloche de la petite église du fond du bourg sonna midi, ils n'avaient attrapé que quelques cailloux et un bout de bois.

Mais Gautier, l'épaule en feu de tant de jetés, était heureux. Désormais, comme ceux d'ici, il savait lancer l'épervier. Il en éprouvait une fierté nouvelle. Grâce à Amédée, il était devenu lui aussi quelqu'un de la vallée. Il ne lui manquait plus que d'avoir embarqué pour être vraiment comme les autres.

Alors qu'ils revenaient tranquillement vers le haut du bourg, chez Benoît, Gautier s'était arrêté, et d'un ton curieux avait demandé à son ami :

« Et toi tu as déjà navigué ?

— Oui, deux fois, comme piqueur.

— Et tu es allé loin ?

— Non, la première fois je suis tombé à l'eau après Valette, un peu plus bas, et l'autre fois, au Pourty, avant Argentat. »

Ils avaient repris leur marche, et Gautier, un instant silencieux, avait repris :

« Comment tu es tombé à l'eau ?

— Les deux fois pareil : avec la grande gaffe, j'étais à l'avant, à repousser le bateau du rocher, et à forcer de trop, je suis passé les deux fois par-dessus.

— Et pour remonter dedans, tu fais comment ?

— Tu remontes pas. Tu repars à pied chez toi.

— Tout seul ?

— Oui, tout seul.

— Et... tu n'as pas eu peur ? »

Après un instant d'incertitude, Amédée avait lancé, comme par bravade :

« Peur, ça non, mais froid, alors là… Forcément, tout mouillé ! »

Ils étaient arrivés devant l'entrée du pont. Amédée s'arrêtait là. La scierie de son père, un peu en aval du village, s'était tue. Et le silence de la lame disait que le repas était servi chez lui.

« Allez, je me presse, si j'arrive trop tard, je risque d'entendre chanter le père.

— À tout à l'heure ?

— Non, cet après-midi, je suis à aider à la scierie. Peut-être ce soir, ou demain ? »

Amédée avait levé la main en signe d'au revoir, il se retournait pour prendre le petit sentier boueux de sa maison, quand Gautier le rappela :

« Amédée ?

— Oui ?

— Dis-moi… tu crois que moi aussi un jour je pourrai tenir la gaffe ? »

Amédée avait éclaté de rire.

« Apprends déjà à nager et à aimer l'eau froide. Après, pourquoi pas ? Mais qui voudrait d'un gars du plateau pour embarquer si jeune ?

— Eh bien, tu m'apprendras à nager ! »

Et sur ces paroles, jetées comme un défi, Gautier avait tourné les talons pour repartir en courant chez Marie et Benoît.

L'été avait filé comme un instant de bonheur que l'on voudrait retenir sans y parvenir. Gautier, Charlotte et Amédée avaient pris l'habitude de traîner ensemble et, bien souvent, tous les trois se retrouvaient à la scierie d'où ils partaient pour de longs moments de flânerie au bord de l'eau ou dans la montagne. Charlotte, en revanche, refusait de lancer l'épervier. « C'est pas pour les filles » disait-elle, d'un air fanfaron. Les deux garçons, dans l'eau jusqu'à la taille, se relayaient pour jeter le filet l'après-midi durant. La récolte était souvent maigre et la plupart du temps les enfants laissaient repartir le poisson en le regardant filer dans un éclair sombre sur les galets. Vers la fin d'août, un soir que le vent se faisait plus frais, Gautier et son oncle, assis sur le pas de la porte de la bicoque blanche, entendirent le bruit d'une carriole qui s'engageait sur le pont au plancher de bois. Gautier avait tourné la tête.

« René ! »

L'enfant avait reconnu le pas lent et irrégulier du vieux ronçin du Peuch. René marchait à côté de l'animal, en le tenant par la bride.

La carriole faisait battre, les unes après les autres, les planches disjointes du pont.

« Gautier, où vas-tu, attends un peu ! »

Mais l'enfant ne l'écoutait pas et courait vers son vieil ami qu'il n'avait jamais connu autrement que les cheveux blanchis.

René l'avait longuement serré contre lui et, d'un geste du buste, l'avait hissé sur le banc de bois de la carriole pour l'emmener jusque chez Lucien.

« Tu resteras bien à dormir ici cette nuit ?

—Je veux bien oui, la route est longue, et demain nous ne tarderons pas trop pour repartir. »

Assis autour de l'unique table de la maison, les deux hommes partageaient un verre de vin, sous les yeux de Gautier qui, immobile dans un coin de la pièce, ne perdait pas une miette de la conversation.

« Tu es d'accord toi, petit, pour repartir demain matin ? »

Alors, sans répondre, Gautier avait éclaté en sanglots, avant de sortir en courant.

« Il ne veut pas repartir ?

—Je crois qu'il s'est trouvé bien ici. Et c'est un bon petit gars. Il m'a bien aidé au chantier, et aussi à piler les merrains. Ce sera un bon gabarier, sitôt que sa mère le voudra bien. À propos, comment va-t-elle Quiterie ?

—Elle a encore maigri. Mais elle ne laisse rien paraître. Moi je crois bien qu'elle est plus fatiguée qu'elle ne le dit. Mais pas un mot au petit. Je me charge de lui dire tout ça en route, demain. »

La pluie avait commencé à tomber dans la nuit et quand ils arrivèrent au Peuch, vers le soir, ils étaient tous deux frigorifiés et épuisés. Gautier n'avait pas dit un mot de tout le voyage. René avait parlé, seul, sans attendre de réponse de l'enfant emmitouflé dans la capote trop grande de son ami, et perdu dans sa mélancolie.

« Maman, je suis si content de te revoir, maman ! »

Il s'était jeté dans les bras de sa mère qui le serrait fort contre elle. Un peu en recul, à côté du grand placard au fond de la cuisine, Thibault la regardait embrasser son fils. Il s'approcha à son tour et, après avoir posé le verre d'eau-de-vie qu'il tenait à la main, il passa la main sur la tête de son fils.

Louis-Adrien se tenait lui aussi debout, un peu en retrait. Il attendit que l'enfant le regarde dans les yeux, comme pour un salut muet, un instant de complicité qu'eux seuls comprenaient, pour s'accroupir à la hauteur du petit et le prendre contre lui. Gautier respira l'odeur de ce vieil homme toujours prêt à l'écouter, à lui raconter un fragment de vie, à lui transmettre un peu de son temps, de son savoir, de son flegme. Ces trois adultes qui l'entouraient, sans un mot, avec juste leur amour pour tout discours, rassurèrent Gautier qui craignait ce retour dans la pluie et le vent du plateau.

Quiterie ne cherchait pas à rabattre la mèche de son front. Elle tombait à point devant ses yeux rougis. Pour la première fois, elle se laissait aller à montrer ses sentiments, sans se barricader derrière le rempart de son énergie. Elle avait vécu deux mois épuisants. Elle avait supporté difficilement la chaleur de l'été et encore moins de continuer à perdre du poids. Plusieurs fois, elle avait eu le sentiment que tout basculait autour d'elle. Elle devait alors s'arrêter un instant, s'asseoir et attendre, essoufflée, que ses forces reviennent. Thibault l'avait même retrouvée, un matin, peu avant midi, évanouie devant la porte de la grange. Elle avait prétendu que c'était le contraste entre la fraîcheur, la pénombre de l'étable, et la chaleur écrasante de la cour, qui l'avait étourdie. Depuis, elle refusait obstinément de se laisser ausculter par un médecin.

Ce soir, enfin, ce soir de fin d'été, elle retrouvait ce fils qu'au fond d'elle-même elle avait craint de ne jamais revoir.

« Maman, tu pleures ?

— Ça ira, va, ne t'inquiète pas, ça ira bien. Je suis juste contente de te revoir… enfin !

— Veux-tu de l'aide, René, pour descendre les affaires ?

— Non va, il n'y a rien de bien encombrant. En revanche, je boirais bien un petit verre au coin du feu, je suis transi. Et le petit non plus, il ne doit pas avoir bien chaud. »

Quiterie passait dans les cheveux de son fils un chiffon qui l'ébouriffa instantanément.

« Viens, ou plutôt non, attends-moi ici, je m'en vais te chercher de quoi t'habiller au sec. »

Elle prit une bougie pour monter à l'étage, dans un grand mouvement de sa jupe, la main devant la flamme pour ne pas l'éteindre.

Gautier ferma un instant les yeux et écouta le bruissement de la robe de sa mère, le bruit de ses pas dans l'escalier, le raclement de la porte de la chambre sur le parquet. Tous ces instants familiers faisaient remonter en lui un monde d'odeurs, de souvenirs et de sensations enfouies au fin fond de sa mémoire de petit garçon. Un sentiment de bien-être l'envahit et, les mains devant le feu, il se retourna pour dire à son père :

« Je suis content d'être là… oui, je suis bien content. »

Thibault reboucha du plat de la main la bouteille d'eau-de-vie et tendit un verre à René. Louis-Adrien alluma une bougie à la chandelle et, après avoir embrassé Gautier, sortit sans un mot pour rejoindre sa chambre dans le froid de la grande maison.

XXI

Quiterie

LA PLUIE QUI AVAIT COMMENCÉ avec le retour de Gautier n'avait pas cessé de tomber depuis maintenant plus d'un mois. Tout n'était plus que boue, les chemins mal empierrés devenaient impraticables, l'entrée des étables ressemblait à une mare malodorante et le bas des jupes était crotté jusqu'au mollet. Gautier qui avait pris de l'assurance pendant ces deux mois seul avec son oncle à travailler au chantier ou à courir dans la vallée, prenait une part de plus en plus importante aux travaux journaliers de la maison. Il avait le sentiment d'être, en deux mois, devenu un homme, deux bras solides qui pourraient désormais aider sa mère au quotidien.

La douleur s'était installée dans le corps de Quiterie et ne la quittait plus. Là où elle pouvait autrefois abattre plusieurs tâches par jour, elle ne pouvait plus en faire aujourd'hui qu'une ou deux, et encore avec peine.

Thibault, pour la première fois de sa vie, regardait Quiterie avec inquiétude. Elle n'était plus la Quiterie d'autrefois, sa peau d'une pâleur extrême, ses gestes lents, son pas hésitant dans l'escalier, tout lui faisait craindre pour la santé de celle dont il était toujours amoureux. Il la regardait avec des yeux compatissants. Elle cessait d'être la servante qu'il aimait, pour devenir la femme qu'il risquait de perdre. Le vieux de Cosnac avait bien compris, lui, que l'hiver tout proche serait sans doute le dernier de sa bru. Il n'en disait rien et observait la santé de Quiterie se dégrader jour après jour. On fit venir sa mère au Peuch. Elle reprit la tâche et la jeune femme resta désormais de longues heures allongée, un plaid sur le corps, près de la grande cheminée de la cuisine. Puis, quand elle ne put plus se tenir assise toute la journée, on l'installa dans la chambre de Thibault. Louis-Adrien veillait à ce que le feu ne retombe jamais. Quiterie, elle, ne se plaignait jamais. Un long gémissement lui échappait parfois, lorsque la douleur se faisait trop forte, puis elle retombait, pâle et en nage, au creux de son oreiller. Gautier, pour ne pas montrer sa douleur et ses larmes, s'astreignait à travailler toujours plus dur. René ne quittait maintenant presque plus la maison. Il était là pour tout, pour atteler le cheval, pour aider à rentrer le bois, pour veiller sur les terres. Il rendait compte chaque soir au vieux de Cosnac.

Puis, un soir que Thibault était assis à sa table de travail, le dos tourné au lit, il entendit appeler faiblement.

« Thibault.

— Oui.

— Fais venir le petit, tu veux ?

— Oui, je le fais, attends-moi. »

Il allait ouvrir la porte, quand elle souffla encore :

« Fais appeler le prêtre, le père Mathieu, et puis fais d'abord monter ma mère. »

Thibault ne vit pas les marches de bois du grand escalier. Ses yeux brouillés ne distinguaient plus rien. Il ne cherchait même pas à retenir ses larmes. Elles coulaient, abondantes et régulières.

« Thibault, qu'est-ce qui se passe ?

— Elle vous demande de monter, elle veut aussi que j'aille chercher le prêtre. »

René s'était figé, debout devant la cheminée.

« Elle te l'a fait demander ?

— À l'instant.

— J'y vais.

— Sais-tu où est passé mon fils ?

— Il est allé donner aux poules.

— Veux-tu le faire venir aussi ? »

Quand il remonta, Thibault trouva Quiterie et sa mère, main dans la main, la jeune femme respirait faiblement, les yeux fermés. Sa mère, à genoux devant le lit, la tête dans la main de sa fille, murmurait une prière, comme on chante une berceuse à un enfant qui va dormir. Un bruit de pas dans l'escalier fit ouvrir les yeux à Quiterie.

« Gautier, c'est toi ?

— Oui, maman, c'est moi. »

Il restait là, interdit. Antonine s'était retournée et le regardait, le visage baigné de larmes. Les dents serrées pour mieux retenir les siennes, il se jeta sur la poitrine de Quiterie qui posa sa main sur son dos, dans un geste mille fois répété, un geste d'amour, un geste de réconfort.

« Gautier, je voudrais rester un peu seule avec toi. »

Le jeune garçon, blanc comme un linge, s'était retourné vers son père et sa grand-mère, sans pouvoir articuler un seul mot. Quand ils furent seuls, Quiterie prit la main de son fils entre les siennes et murmura :

« Mon petit, je suis bien jeune pour partir, mais, c'est ainsi. Le bon Dieu l'a sans doute voulu comme ça, et je pars heureuse. Tu es là, Thibault aussi. Je sais que vous m'aimez tous les deux et que vous m'avez toujours aimée. Je n'en attendais pas tant de la vie. Elle m'a bien comblée.

— Maman…

— Écoute-moi, plutôt. »

Elle reprit son souffle un instant, puis poursuivit :

« Tu n'es pas né noble. Je ne sais pas ce que l'avenir te réserve. Tu es un bâtard de servante, mais ton père m'a promis de toujours veiller sur toi, comme si tu étais un fils bien né. Tu pourras aussi choisir ta vie. Pense à moi, comme j'ai toujours pensé à toi. Sois heureux, sois heureux dans ta vie, c'est tout ce que je souhaite avant de partir. Je veux que, plus tard, lorsque tu penseras à moi, tu te dises, est-ce que j'ai tout fait pour être heureux ? Et moi, de là où je serai, je te verrai, et cela suffira à me mettre en joie. »

Gautier pleurait en silence, de grosses larmes roulaient sur son visage, qu'il ne cherchait pas à retenir.

« Maintenant, Gautier, lève-toi et ouvre le placard à côté de la cheminée. Tu y trouveras une petite boîte de bois clair que m'avait fabriquée Lucien… Tu la trouves ? Ouvre-la. »

Il avait posé la petite boîte sur le lit à côté de la main de sa mère.

« Tu vois cette petite montre ? »

Elle la tenait du bout des doigts.

« Oui, maman.

— Cette montre, ton père me l'a offerte le premier soir où nous sommes allés nous promener ensemble. Il m'a appris à y lire l'heure. Je l'ai longtemps portée sur moi. Puis, un jour, elle s'est arrêtée. Alors, je l'ai mise là, dans cette petite boîte, en me promettant de la faire réparer un jour. Tu vois, je n'en aurai pas le temps. Cette montre, je te la donne. Et puis… Et puis si, un jour, toi aussi tu voyages, alors tu trouveras bien à la faire réparer. Prends-la Gautier, prends-la. »

Elle s'était tue, en sueur, comme éreintée. Elle respirait à petits coups rapides, comme quelqu'un qui vient de courir et qui cherche à reprendre son souffle.

« C'est là la seule chose que je peux te laisser. Je ne possède rien d'autre que ton amour et celui de ton père. Cette montre, c'est un peu de cet amour que je te lègue. J'espère qu'il te portera chance, comme il m'a porté chance. »

Elle tendit la main vers son fils.

« Approche-toi, je voudrais t'embrasser. »

Le visage baigné de larmes, Gautier enfouit sa tête dans le cou de sa mère, dans ses cheveux défaits. Elle posa alors lentement sa main sur son cou et s'immobilisa, dans un dernier souffle.

« Maman, maman… Papa, papa, viens, vite, viens ! »

Thibault avait ouvert la porte brutalement. D'un regard, sa vie venait de basculer. Il prit alors la main de Quiterie dans la sienne et, pour la première fois devant son fils, il se mit à pleurer, la tête contre la poitrine de la jeune femme. Dans l'encadrement de la porte, le vieux de Cosnac regardait la scène sans parler, sans un mouvement. De la cuisine, parvenaient les sanglots d'Antonine, qui attendait, pour monter, qu'on l'appelle. René regardait fixement le feu et dissimulait du mieux qu'il le pouvait les larmes qui coulaient sur ses joues.

Gautier était sorti en courant de la pièce, il avait dévalé l'escalier pour se précipiter dans la cour et hurler sa douleur. C'est le lendemain matin qu'on le retrouva, dans le foin de la grange, roulé en boule, transi de froid et prostré.

Le vieux Cheyrousse n'avait pas eu la force de se déplacer pour accompagner une dernière fois Quiterie, et c'est le père Mathieu qui avait dit l'office. Louis-Adrien n'avait pas lâché la main de son petit-fils pendant toute la cérémonie. Thibault, à côté de son père, n'avait pas relevé la tête, perdu dans sa peine. Depuis la disparition de Quiterie, il n'avait pratiquement pas quitté sa chambre, pas même pour descendre manger. Il restait assis devant son bureau, dans le fauteuil même où elle s'était si souvent assise pour prendre un instant de repos. Sur la table, devant lui, les dessins qu'avait tracés la jeune femme. Il les touchait du bout des doigts, les regardait fixement puis éclatait en sanglots, sans un bruit. C'est son fils qui était venu le sortir de sa torpeur, le jour de la cérémonie.

Quand tout fut terminé et que Thibault, son père et son fils eurent retrouvé la maison soudain trop vide, un grand silence se fit. C'est Louis-Adrien qui le rompit le premier.

« Maintenant, mes enfants, il va nous falloir réapprendre à vivre ainsi. Et d'abord toi, Gautier, je veux te parler comme à un homme. Viens avec moi. »

Il entraînait l'enfant dans son petit bureau, qu'un soleil blanc éclairait sans le réchauffer.

« Assieds-toi là mon petit. »

Il lui désignait une chaise à fond de paille et s'asseyait lui-même sur le fauteuil, devant son bureau. Il marqua un temps d'arrêt, les yeux perdus sur les rayonnages pleins de livres aux tranches de cuir fauve. Il semblait chercher dans sa mémoire une image, un mot, comme s'il ne savait quels mots employer pour commencer, comment construire ses phrases pour ne pas effaroucher l'enfant. Il baissa lentement les yeux vers lui, le visage serein, le fixa un instant, prit son souffle, et commença à parler d'une voix calme et grave.

« Aujourd'hui Gautier, te voilà devenu un homme par la force des choses. Tu ne portes pas mon nom, mais celui de ta mère. Il est trop tard aujourd'hui pour te donner ce nom que j'aurais tant voulu que tu portes. La vie en a décidé autrement. Je pensais qu'après ma mort, ta mère aurait pu épouser mon fils sans faire de scandale. La vie en a décidé autrement. »

Il s'arrêta un instant pour prendre la main de son petit-fils dans la sienne. L'enfant avait pâli et restait le regard fixe, attentif et immobile.

Louis-Adrien reprit :

« Tu le sais, ici nous ne manquons pas d'argent ni de terres. Tu n'auras donc jamais à te faire de soucis, et même, même, si tu le désires, tu pourras un jour vivre de cette terre. Je ne veux rien d'autre que ton bien-être, tu le sais. Alors, aujourd'hui, je te demande de faire un choix. Tu peux souhaiter rester ici, au Peuch, pour y finir tes jours aux côtés de Thibault et de moi, tant que je serai encore là. Mais tu peux aussi, si tu le souhaites, partir étudier à Tulle, ou pourquoi pas, à Paris. Je suis prêt à payer pour cela. »

Il marqua à nouveau une pause, comme pour bien souligner ce qu'il venait de dire. L'enfant le regardait toujours sans rien dire. Le vieil homme eut le sentiment qu'il comprenait parfaitement, malgré son jeune âge. Il semblait posséder de sa mère cette maturité, ce sérieux devant les aléas de la vie qui faisaient sa force.

« Tu peux aussi choisir une autre voie pour ta vie. Te sens-tu aujourd'hui assez fort pour choisir ? »

Il reprit son souffle un instant, sans le lâcher du regard. Le chagrin avait laissé la place, sur le visage de Gautier, à une expression recueillie. Après un long moment de silence, que son grand-père se garda bien de troubler, l'enfant redressa le buste, prit sa respiration, et dit d'un ton qui paraissait trop sérieux dans sa bouche de petit garçon :

« Je ne veux pas aller à Tulle, tu sais, pas plus qu'à Paris ou ailleurs.

— Et que veux-tu donc faire ?

— Je veux naviguer. Je veux devenir gabarier.

— Gabarier ? Tu es donc inconscient ? Sais-tu au moins combien c'est dangereux ces engins-là ?

— Oui, grand-père, je le sais, mais je veux quand même partir, pour naviguer. »

Le vieux de Cosnac scrutait attentivement le visage de son petit-fils, à la recherche de cette flamme qui lui avait tant plu chez Quiterie, quand elle était arrivée dans cette maison.

Sur son bureau, deux gros livres de comptes, recouverts de tissu noir, étaient ouverts. Une plume était posée dans l'encrier. Le soleil, en tournant, commençait à éclairer la page couverte de chiffres, comme pour dire à l'enfant, voici ce que tu prétends maintenant abandonner.

Le regard de Louis-Adrien avait suivi celui de son petit-fils.

« Tu es bien sûr que tu ne regretteras pas ces grands livres avec lesquels je t'ai appris à compter ?

— Oui, grand-père, j'en suis bien sûr.

— Et tu sais aussi que, pour naviguer, tu devras partir d'ici pour t'installer Dieu sait où au bord de la rivière ? »

Puis, comme s'il réalisait brutalement la situation, il ajouta d'un ton faussement bourru :

« Et puis d'abord, comment vas-tu faire pour naviguer ? Crois-tu donc que des équipages viendront jusqu'ici pour te recruter, toi qui ne sais pas même tenir debout dans une barque ?

— Je veux aller vivre chez mon oncle, le Lu.

— Chez Lucien ? Mais c'est un vieux garçon ! Crois-tu donc qu'il voudra s'encombrer d'un garnement comme toi ? »

Comme Gautier ne répondait pas, il ajouta, dans sa barbe :

« Eh bien soit, nous verrons cela avec Lucien. Il doit s'arrêter ici avant de repartir pour la vallée. Et Dieu seul sait combien de temps il restera chez sa mère. »

Il s'était levé, avait posé la main sur l'épaule de son petit-fils et, la main sur la poignée de la porte, avait ajouté dans un soupir :

« J'aurais tant voulu que tu sois mon fils. »

Ils avaient à peine traversé le grand salon, glacé et sinistre, qu'il s'arrêta d'un coup et se tourna vers l'enfant.

« Mais, dis-moi, et si ton oncle venait à refuser de te faire embarquer, tu y as pensé ? »

Alors, sans l'ombre d'un doute, Gautier avait répondu, les yeux dans ceux de son grand-père :

« Il ne refusera pas. Et je serai du prochain voyage. »

Devant son fils médusé, Louis-Adrien avait éclaté de rire, en serrant l'enfant contre lui.

« Tu réussiras mon petit, tu réussiras, tu es né sous une bonne étoile et tu as l'énergie de ta mère. Eh bien soit, je verrai Lucien, et je te garantis que tu voyageras, toi aussi, un jour, jusqu'au bout de la rivière. »

Table des matières

Chez le même éditeur

ROMANS ET RÉCITS DU TERROIR

Les romans et récits du terroir font vivre la mémoire collective à travers l'histoire d'une famille ou d'un village de nos régions. Ils permettent au lecteur de retrouver les souvenirs de sa jeunesse ou de reconstituer une tranche de vie de ses aïeuls. Les destinées se croisent, les sentiments se mêlent et nous offrent une saga vivante, témoignage précieux en ce début de siècle.

Le Pays oublié, Jean Anglade
Le Milhar aux guignes, Alain Aucouturier
Le Dénicheur d'enfance, Alain Aucouturier
La Mère-Nuit, Alain Aucouturier
Aux innocents les mains pleines, Alain Aucouturier
Le Besacier, Alain Aucouturier
Le Bon Dieu dans les orties, Alain Aucouturier
Le Prix de la terre, Georges Barthomeuf et Roger Rouzaire
La Fille de la meunière, Adrien Bobèche
Les Coulées douces, Christian Bormann
La Pierre au mercier, Maurice Bouchet
Le Printemps d'Antonia, Josette Boudou
Les Grillons du fournil, Josette Boudou
La Maison d'école, Josette Boudou
Le Mur de la destinée, Josette Boudou
Quatre sons de cloche, Geneviève Callerot
Les Cinq Filles du Grand-Barrail, Geneviève Callerot
Treize grains de maïs, Geneviève Callerot
Les Chemins d'orgueil, Marie Nicole Cappeau
Le Blé germe en hiver, Marie Nicole Cappeau
La Mule blanche, Marie Nicole Cappeau
Les Promesses du haut pays, Maurice Chalayer
La Paix des collines, Maurice Chalayer
Ardéchois Cœur Fidèle, Jean Chatenet et Jean Cosmos
Les Classes creuses, François Cognéras
La Mémoire engloutie, François Cognéras
La Dictée, Jean Cosmos
L'Odeur des noisettes, Gilbert Dalet

L'Enfant oublié, Marie de Palet
Les Terres bleues, Marie de Palet
La Demoiselle, Marie de Palet
Retour à la terre, Marie de Palet
La Fleur de sang, Anthonie Delauze
Le Chant du Diable, Jean-Marc Dété
Le Grand Domaine, Claude Dravaine
Terre-Dieu, Bernard Farinelli
La Demoiselle du presbytère, Yvette Frontenac
La Croix du Mèze, Maurice Gautier et Fernand Raynaud
La Méprise, Yveline Gimbert
L'Ombre des chênes, Yveline Gimbert
L'Arbre à pain, Christian Laborie
Le Chemin des larmes, Christian Laborie
Le P'tit Louis de la Loge, Suzanne Lavisse-Serre
Traîne-misère, Georges Laz
Les Vendanges de Lison, Philippe Lemaire
Années vertes, années noires, Jacques Mallouet
Japperenard, Jacques Mallouet
Le Soleil de Monédière, Antonin Malroux
L'Héritage trahi, Yves Michelin
Michel, Marius, Marie et les autres..., Raymond Morge
La Pierre levée, Paul Perrève
Tustou et Marie, Jacques Pince
Les Premiers Sillons, Jacques Pince
L'Œil du vivier, Bernadette Puijalon
Le Moulin des retrouvailles, Bernadette Puijalon
Marie des solitudes, François-Paul Raynal
Le Sac à musique, Georges Rey
Les Gens de la Vallée, Georges Ribes
Des monts de Résistance, Florence Roche
La Terre des Coteaux, Pierre Sabourin
Le Bonheur selon Félisse, Jean-Marc Soyez
Les Feuilles du pêcher, Paule Valette
Les Lentilles vertes, Henri-Antoine Verdier
*Mémoires d'un papi auvergnat**, Henri-Antoine Verdier
*Mémoires d'un papi auvergnat***, Henri-Antoine Verdier
La Fille du bénitier, Henri-Antoine Verdier
Les Roses de l'hiver, Claude Vincent
La Servante, Louis-Olivier Vitté
L'Enfant de la rivière, Louis-Olivier Vitté
La Vallée des illusions, Louis-Olivier Vitté